Suzanne Robitaille

LA FEMME
AUX MELONS

Bébé contrôle
Ramsay, 1982

Chilly Billy, le petit
Flammarion-Père Castor, 1985

Chic
Hors collection, 1992

Conseils pour les petits dans un monde trop grand
Seuil, « Petit Point », 1993

Et moi, d'où viens-je ?
Christian Bourgois, 1993

Une année en Provence
NiL Éditions, 1994
Seuil, « Points », n° P252

Une année de luxe
Hors collection, 1995

Provence toujours
NiL Éditions, 1995
Seuil, « Points », n° P367

Hôtel Pastis
NiL Éditions, 1996
Seuil, « Points », n° P506

Une vie de chien
NiL Éditions, 1997
et Seuil, « Points », n° P608

La Provence à vol d'oiseau
Gründ, 1998

Le Diamant noir
NiL Éditions, 1999

Peter Mayle

LA FEMME
AUX MELONS

ROMAN

*Traduit de l'anglais
par Jean Rosenthal*

NiL Éditions

TEXTE INTÉGRAL

TITRE ORIGINAL
Chazing Cézanne

© 1997, Escargot Productions, Ltd

ISBN 2-02-036241-4
(ISBN 2-84111-091-5, 1re édition)

© NiL Éditions, 1998, pour la traduction française

Pour Ernest

1

La réceptionniste était assortie au décor : impeccable et glacée comme une gravure de mode, en beige
et noir, elle susurrait au téléphone, sans se soucier du
jeune homme aux vêtements froissés planté devant
elle. Elle jeta un coup d'œil à la sacoche en cuir éraillé
qu'il venait de poser sur son bureau de sycomore bien
astiqué, d'un dépouillement immaculé : un léger froncement de sourcils vint menacer le masque lisse de son
maquillage. Elle reposa le combiné, repoussant une
mèche de cheveux blonds afin de remettre en place la
boucle d'oreille en or qu'elle avait ôtée pour faciliter la
conversation. Ses sourcils, épilés à la perfection, s'éle-
vèrent en deux accents circonflexes interrogateurs.

Le jeune homme sourit :

« Bonjour. J'ai rendez-vous avec Camilla. »

Les sourcils restèrent en position haute.

« Vous êtes ?

– André Kelly. Êtes-vous nouvelle ici ? »

La réceptionniste ne daigna pas répondre : elle
détacha sa boucle d'oreille et décrocha le combiné.
André se demanda pourquoi Camilla s'obstinait à
engager des filles comme celle-ci. Elles tenaient rarement plus de deux ou trois mois avant d'être rempla-
cées par un autre clone tout aussi astiqué : décoratif,
pas très accueillant, l'air totalement blasé. Où s'en
allaient-elles une fois qu'elles étaient parties ? Au
rayon des produits de beauté de chez Barney's ? À la

réception d'une élégante entreprise de pompes funèbres ? Ou bien faisaient-elles perdre la tête à l'un des nombreux amis que comptait Camilla dans les bas-fonds de l'aristocratie européenne ?

« Son rendez-vous se prolonge un peu. (Un doigt désigna le fond de la réception.) Vous pouvez attendre là-bas. »

André ramassa son sac de voyage tout en adressant à la jeune femme un nouveau sourire :

« Vous avez toujours été aussi désagréable, ou bien est-ce que vous avez dû suivre des cours ? »

Mais c'était du temps perdu. Le combiné était déjà revenu se nicher sous la mèche de cheveux cuivrés, le susurrement avait déjà repris. André s'installa dans un fauteuil et s'apprêta à une longue attente.

Camilla était connue – et cela lui valait l'admiration de certains – pour son manque délibéré de ponctualité, pour sa façon de prendre deux rendez-vous à la même heure, pour créer des situations qui soulignaient son charisme journalistique et son importance sociale. C'était elle qui avait innové dans le monde des déjeuners d'affaires en retenant le même jour deux tables au Royalton, faisant la navette de l'une à l'autre – grignotant ici une feuille d'endive, buvant là une gorgée d'Évian – tout en faisant simultanément la conversation à ses deux invités, un important annonceur et un architecte sud-américain plein d'avenir. Il faut rendre hommage à sa réputation : ni l'un ni l'autre ne s'en offusquèrent et le déjeuner à deux tables figura occasionnellement dans le répertoire socioprofessionnel de Camilla.

Au bout du compte, bien sûr, on tolérait chez elle ce genre de numéro parce qu'elle avait réussi, ce qui, à New York, fait pardonner toutes sortes de comportements déplorables. Elle avait sauvé d'une mort lente un magazine vieillissant : elle l'avait modernisé, en avait changé le titre, elle avait mis à la retraite ses vénérables collaborateurs, instauré un « Billet de la Direction » plein de punch mais soucieux de rester mondain, mis au goût du jour les couvertures, la maquette et les photographies et même les réceptionnistes et la réception. Le tirage avait triplé, le nombre de pages de publicité ne cessait d'augmenter et les propriétaires, s'ils continuaient à perdre de l'argent, étaient auréolés du prestige qu'inspirait un titre parvenu soudain à la pointe de la mode. On ne parlait que du magazine et, pour le moment, Camilla Jameson Porter était infaillible.

Car même si les changements effectués dans sa présentation y étaient assurément pour quelque chose, la rapide ascension du magazine était due en fait presque entièrement à un élément plus fondamental : la philosophie éditoriale de Camilla.

Celle-ci avait suivi une étrange évolution. Lors de ses premières années de journaliste ambitieuse mais inconnue travaillant à la rubrique des P et P (potins et procès) d'un journal à scandales londonien, elle avait réussi à se trouver un riche mari dans la haute société : Jeremy Jameson Porter, grand, brun et sans substance. Camilla avait adopté son nom (*tellement* plus élégant que celui sous lequel elle était née, Camilla Boot) ainsi que ses amis bien placés. Elle avait hélas adopté l'un d'eux avec trop d'enthousiasme et s'était fait prendre en flagrant délit. Il s'en était suivi un divorce mais, à cette époque, Camilla s'était assez longtemps frottée aux riches pour en tirer la leçon qui devait si bien lui servir à New York.

Une leçon bien simple : les riches ont un côté thésauriseur et, à quelques notables exceptions près, ils aiment que les autres soient au courant de leurs acquisitions. Après tout, la satisfaction qu'on tire d'une existence privilégiée tient pour moitié à l'envie qu'elle fait naître : à quoi bon posséder des biens rares et précieux si d'autres ne savent pas que vous en êtes propriétaire ?

Cette découverte psychologique assez évidente ne cessait de hanter les pensées de Camilla tandis qu'elle réfléchissait à son avenir de femme sans attaches en quête d'une situation.

Et puis, un jour, elle trouva le catalyseur qui fit de cette observation la base de sa carrière.

Elle patientait dans la salle d'attente de son dentiste et avait pris sur la table un magazine de potins aux illustrations vivement colorées. C'était la photo de couverture qui l'avait intriguée : elle montrait un collectionneur aristocrate et mondialement connu, posant devant son dernier Titien avec sa dernière épouse. Pourquoi, se demanda Camilla, pourquoi un couple comme celui-là acceptait-il de figurer dans un pareil magazine ? L'article à l'intérieur répondait à sa question. Écrit par un courtisan, il regorgeait de descriptions flatteuses du collectionneur, de sa plantureuse jeune épouse et de leur petit nid d'amour de cinquante-sept pièces bourré d'objets d'art et juché sur le coteau le plus sélect dominant le lac de Côme. De nombreuses photographies – à l'éclairage ingénieux et tout aussi flatteur – accompagnaient ce torrent de prose. Chaque mot, chaque image témoignaient du fait qu'il s'agissait d'un couple absolument merveilleux, menant une existence merveilleuse dans une merveilleuse résidence. C'était sur sept pages un passage de pommade ininterrompu.

Camilla parcourut le reste du magazine, une chronique illustrée des activités d'une partie sous-employée de la société européenne : bals de charité, lancement d'un nouveau parfum, vernissages, pétillantes distractions qui fournissent des excuses au même groupe de gens pour ne cesser de se rencontrer – « Quelle surprise ! » – à Paris, à Londres, à Genève et à Rome. Ce n'étaient, page après page, que visages souriants, légendes insipides, réunions sans intérêt. Néanmoins, en partant de chez le dentiste Camilla emporta le magazine avec elle et elle passa cette soirée-là à ruminer sur l'article qui faisait la couverture. Une idée peu à peu commença à s'esquisser dans son esprit.

On atteint rarement la réussite sans un peu de chance et, dans le cas de Camilla, celle-ci se présenta sous la forme d'un coup de téléphone d'un ami journaliste de New York. Le Tout-Manhattan des médias, semblait-il, parlait des frères Garabedian et de leur irruption inattendue dans l'édition. Après avoir fait plusieurs fortunes dans des maisons de retraite, des sociétés de recouvrement de fonds et de traitement des ordures, ils venaient d'acquérir un groupe de sociétés comprenant une petite maison d'édition, un journal de Long Island et plusieurs magazines spécialisés à divers stades de décrépitude ou d'effondrement. Les Garabedian, supposait-on, avaient repris le groupe pour son principal actif, un immeuble de Madison Avenue, mais le bruit courait qu'ils pourraient conserver un ou deux des magazines et, pour reprendre l'expression du cadet des Garabedian, « leur donner un peu de pep ». Les analystes financiers interprétaient cela comme l'annonce d'injections de capitaux non négligeables. Un des magazines que l'on estimait susceptible de prendre un peu de pep était *La Revue de la décoration*.

C'était le genre de publication qu'on pouvait s'attendre à trouver, avec ses pages cornées et jaunissantes, dans le salon d'un hôtel particulier de Newport depuis longtemps abandonné. Le ton en était sérieux, la présentation démodée. Les placards publicitaires, rares et espacés, étaient essentiellement consacrés à des tissus d'ameublement et à des appareils d'éclairage de style pseudo-seigneurial. Les articles discutaient des finesses de la dorure et du bon entretien des porcelaines du dix-huitième siècle. Le magazine tournait résolument le dos à tout ce qui était le moins du monde contemporain. Il était parvenu pourtant à conserver un noyau de lecteurs tout en réussissant tant

13

bien que mal à engranger des bénéfices minimes qui ne cessaient de se réduire.

L'aîné des Garabedian examina les chiffres : il était d'avis d'arrêter le magazine. Mais son frère était marié à une jeune femme qui se décrivait comme une femme d'intérieur et qui avait lu des choses fascinantes sur Philippe Starck. Elle persuada son mari d'envisager une opération de sauvetage et l'on ajourna la disparition de *La Revue de la décoration*. Si l'on pouvait trouver la bonne formule éditoriale, la publication pourrait même avoir un avenir.

La nouvelle se répandit : le téléphone arabe se mit à fonctionner. Alertée par son ami, Camilla arriva à New York avec un projet détaillé qu'elle présenta, vêtue de sa plus courte minijupe, à Garabedian cadet. La présentation eut lieu de dix à seize heures, avec une interruption de deux heures pour un déjeuner dans une atmosphère quelque peu flirteuse. Garabedian, il faut en convenir, fut autant impressionné par ses idées que par ses jambes : il engagea Camilla. Son premier geste de directrice fut d'annoncer un changement dans le titre du magazine : *La Revue de la décoration* serait désormais connue sous le nom de *RD*. New York observa et attendit.

Comme les nouveaux directeurs soucieux de se faire une réputation, Camilla s'empressa d'investir une bonne partie de l'argent de Garabedian dans l'auto-promotion. On la vit – évidemment dans des toilettes appropriées et coûteuses – partout où il fallait être vu, souriant à toutes les personnes d'importance, ces instants magiques étant photographiés par son *paparazzo* personnel. Bien avant la parution du premier numéro de *RD* dont elle était responsable, elle avait atteint un certain niveau de célébrité qui ne reposait sur rien de plus qu'une formidable énergie mondaine.

Mais ces innombrables soirées passées à voir, à être vue et à cultiver ses relations, ces douzaines de déjeuners de relance devaient finir par payer. Camilla ne tarda pas à connaître tous les gens qu'elle avait besoin de connaître : c'est-à-dire les riches et ceux qui s'ennuient, les arrivistes, et – ce qui est peut-être le plus important – leurs décorateurs. Camilla accordait une attention toute particulière aux décorateurs : elle savait que l'influence qu'ils exerçaient sur leurs clients s'étendait souvent bien au-delà de conseils concernant les tissus et l'ameublement. Elle connaissait aussi le goût des décorateurs pour la publicité.

Aussi, les rares fois où l'une des victimes élues par le magazine manifestait une certaine répugnance à voir sa résidence envahie de photographes, de journalistes, de fleuristes, de stylistes et d'une cohorte d'assistants vêtus de noir et équipés de téléphones portables, Camilla appelait le décorateur. Le décorateur faisait pression sur son client : les portes s'ouvraient.

Camilla parvint de cette façon à entrer là où nul autre magazine de luxe n'avait jamais pénétré. Son tout premier numéro d'ailleurs contenait un scoop, un double triomphe : le triplex sur Park Avenue (avec un tableau impressionniste dans chaque salle de bains) et la villa à Moustique (avec trois domestiques par invité) appartenant à Richard Clement, des Clement de Wall Street. Célibataire d'ordinaire discret et vivant presque en ermite, il avait capitulé devant une manœuvre en tenailles lancée par son jeune compagnon italien (lui-même décorateur néophyte) et Camilla. L'article qui en résulta, vingt pages de descriptions sucrées et de photos à faire rêver, fut très remarqué et abondamment admiré. *RD* prenait un bon départ.

Trois ans avaient passé et, sans renoncer à son credo – « Jamais, au grand jamais, un mot désagréable sur qui que ce soit » –, le magazine avait prospéré. L'année prochaine, même en tenant compte des dépenses de Camilla, il allait rapporter une somme appréciable.

15

André saisit sur une table le dernier numéro et regarda les pages où se trouvaient les photos qu'il avait prises de l'appartement de Buonaguidi à Milan. Il sourit en se souvenant du petit industriel et de son garde du corps à qui Camilla avait intimé l'ordre d'accrocher le Canaletto à un emplacement plus photogénique. Et d'ailleurs, elle avait raison. Il aimait bien travailler avec elle. Elle était amusante, elle savait regarder et elle se montrait généreuse avec l'argent de Garabedian. Encore un an de reportages réguliers qu'elle lui commanderait et il aurait de quoi s'en aller faire son livre.

Il se demanda ce qu'elle avait à lui proposer aujourd'hui : il espérait que cela l'emmènerait au soleil. L'hiver à New York avait été si froid que, quand les éboueurs s'étaient lancés dans une de leurs grèves coutumières, très peu de gens s'en étaient aperçus. Les relents d'ordures en décomposition, d'ordinaire un puissant argument dans les négociations, avaient été neutralisés par le gel. Les syndicalistes comptaient les jours jusqu'au printemps et un bon dégel.

Le bruit de talons hauts sur les dalles d'ardoise fit lever les yeux à André juste à temps pour voir Camilla passer dans un claquement sec, la main nichée sous le coude d'un jeune homme barbu qui semblait vêtu d'une tente noire. Ils s'arrêtèrent devant l'ascenseur et André reconnut Olivier Tourrenc, un styliste parisien à la mode connu pour son mobilier minimaliste et qui s'occupait actuellement de transformer une boucherie de SoHo en boutique de haute couture.

L'ascenseur arriva. Il y eut un échange de bisous – un pour chaque joue et un pour porter bonheur. Les portes de l'ascenseur se refermèrent et Camilla se tourna vers le photographe :

« Mon chou ! Comment vas-tu ? Comme c'est vilain de ma part de t'avoir fait attendre. »

Elle le prit énergiquement par le bras et le propulsa devant le bureau de la réceptionniste :

« Bien sûr, tu as fait la connaissance de Dominique. »

La réceptionniste leva la tête en exhibant une sorte de rictus qui parvint à peine à détendre son rouge à lèvres.

« Oui, dit André. J'en ai peur. »

En soupirant, Camilla entraîna le jeune homme dans le couloir.

« C'est si difficile de trouver du personnel. Elle est aimable comme une porte de prison, je sais, mais elle a un père qui me rend quelques services. (Camilla regarda André par-dessus les verres foncés de ses lunettes.) Il est chez Sotheby's. »

Ils entrèrent dans le bureau de Camilla, suivis par le secrétaire particulier de celle-ci, un homme entre deux âges et ondoyant équipé d'un bloc-notes ; il arborait un hâle superbe qui n'était pas de saison. Il sourit à André.

« Alors, nous prenons toujours ces clichés divins ?

– Nous faisons de notre mieux, Noël. Où êtes-vous donc allé ?

– Palm Beach. N'allez même pas songer à demander chez qui je suis descendu.

– Jamais je ne ferais une chose pareille. »

L'air déçu, Noël se tourna vers Camilla :

« M. G. aimerait vous dire un mot. Tous les autres appels peuvent attendre. »

Camilla se mit à marcher de long en large derrière son bureau, le téléphone coincé contre son épaule, la voix douce et ronronnante. André la reconnut : c'était sa voix Garabedian ; il se demanda – et ce n'était pas la première fois – si leurs relations se limitaient aux affaires. Camilla était un peu trop autoritaire pour son goût, un peu trop le style missile d'entreprise, mais c'était à n'en pas douter une femme séduisante, qui résistait avec succès au passage du temps grâce à tous les artifices disponibles. Elle était svelte, d'une min-

ceur acceptable, le cou encore lisse et sans la moindre
flaccidité, elle avait le revers des bras, les cuisses et les
fesses fermes et sans une once de graisse grâce à des
séances quotidiennes de gymnastique à six heures du
matin. Il n'y avait qu'une chose chez Camilla de vaguement épais : ses cheveux. Les cheveux de Camilla, brun
foncé, coupés en casque, si droits, si nets, si brillants et
d'une vigueur si fabuleuse étaient légendaires chez
Bergdorf où on les coiffait trois fois par semaine.
André les regarda lui tomber sur la joue comme elle se
penchait en avant, roucoulant un au revoir à Garabedian avant de raccrocher.

Elle revint à André et fit la grimace :

« Mon Dieu, ce qu'il ne faut pas faire. Voilà qu'il
donne un dîner arménien. Tu imagines ?

– Tu vas adorer. Ça te donnera l'occasion de porter le costume national.

– Qu'est-ce que c'est ?

– Demande à Noël. Il te prêtera sans doute le sien.

– Ce n'est pas drôle, mon chou. Pas drôle du tout.
(Camilla nota quelque chose sur son bloc et jeta un
coup d'œil à l'énorme Rolex qu'elle avait au poignet.)
Mon Dieu, il faut que je file.

– Camilla ? Tu m'as demandé de passer te voir, tu
te souviens ?

– Je suis en retard pour déjeuner. J'ai rendez-vous
avec Gianni. Je n'ose pas le faire attendre. Pas encore
une fois. (Elle se leva.) Écoute... ce sont des icônes,
mon chou. Des icônes sur la Riviera, peut-être quelques Fabergés aussi. Il faudra que tu fouines un peu.
La propriétaire est une vieille douairière russe. Noël a
tous les détails. (Elle prit son sac sur le bureau.) Noël !
La voiture est en bas ? Où est mon manteau ? Appelle
Gianni au Royalton et dis-lui que je suis coincée dans
les encombrements. Explique-lui que je rentre d'un
enterrement extrêmement bouleversant. »

Camilla envoya un baiser à André avant de
se diriger dans un claquement d'escarpins jusqu'à

l'ascenseur, ses cheveux s'agitant avec leur vigueur légendaire, une autre secrétaire trottinant à ses côtés avec son manteau et une poignée de messages. André secoua la tête et alla se jucher au bord du bureau de Noël.

« Bon, fit-il, il s'agit d'icônes, mon chou. Sur la Riviera. C'est tout ce que je sais.

– Quelle chance vous avez. (Noël consulta son bloc.) Voyons un peu. La maison est à une trentaine de kilomètres de Nice, juste en dessous de Saint-Paul-de-Vence. La chère vieille chose s'appelle Ospaloff et à l'en croire elle est princesse. (Il leva la tête avec un petit clin d'œil.) Mais est-ce que nous ne le sommes pas toutes aujourd'hui ? Quoi qu'il en soit, vous avez une réservation pour trois nuits à la Colombe d'or. Camilla s'arrêtera pour faire l'interview avant de continuer sur Paris. Elle restera la nuit, alors vous pourrez avoir tous les deux un petit dîner en tête à tête. Mais ne faites rien que je ne ferais pas.

– Ne vous inquiétez pas, Noël. Je dirai que j'ai la migraine.

– Parfait. Tenez. (Noël poussa un dossier sur le bureau.) Les billets, les confirmations pour la voiture et pour l'hôtel, l'adresse et le téléphone de mère Russie. Ne manquez pas l'avion. Elle vous attend après-demain. »

André fourra le dossier dans son sac et se leva.

« S'il y a quelque chose que je puisse vous rapporter ? Des espadrilles ? Une crème contre la cellulite ? »

Noël leva les yeux au plafond et frissonna.

« Puisque vous me le demandez, un peu d'essence de lavande, ce serait très gentil. »

Le téléphone sonna. Noël décrocha, agitant les doigts dans un geste d'adieu tandis que le photographe tournait les talons et s'éloignait.

La Côte d'Azur. André se drapa dans cette idée comme dans une couverture avant de s'en aller affronter la poussière glacée de Madison Avenue. Une âpre bise, assez froide pour vous crevasser la peau, faisait frissonner les piétons et leur courbait la tête. Les accros à la nicotine – ces groupes avides d'inhaler qui s'entassent en petites cohortes coupables devant les immeubles de bureaux de Manhattan –, l'air plus furtif et plus mal à l'aise que jamais, tiraient sur leurs cigarettes en frissonnant, le visage figé dans un étau d'air glacé. C'était une ironie du sort, avait toujours estimé André, qui faisait que les fumeurs se voyaient refuser les privilèges de l'égalité des chances pour se retrouver bannis dans la rue, tandis que leurs collègues ayant un faible pour la cocaïne pouvaient s'adonner à leur penchant dans la chaleur et le relatif confort des toilettes du bureau.

Il se planta au coin de la Cinquante et unième Rue et de la Cinquième Avenue dans l'espoir de trouver un taxi pour l'emmener dans le centre. *La Côte d'Azur*. À cette époque, le mimosa serait en fleur et les résidants les plus audacieux devaient déjeuner dehors. Les gérants des plages ajustaient déjà leurs prix à la hausse en se demandant quelle maigre pitance ils pourraient réussir à allouer à la fournée de plagistes de cet été-là. On devait être en train de nettoyer la carène des bateaux, de donner quelques coups de peinture à la coque ou de faire tirer de nouvelles brochures d'excursions. Les patrons des restaurants, des boutiques et des boîtes de nuit devaient déjà palper leur portefeuille en songeant à la perspective de l'effort annuel, du dur labeur de mai à septembre qui leur permettait de passer le restant de l'année dans une indolence dorée.

André avait toujours aimé la Côte, l'aisance généralement charmante avec laquelle on lui piquait l'argent de sa poche tout en lui donnant on ne sait comment le sentiment que c'était à lui qu'on avait rendu service. Il était parfaitement prêt à supporter les

20

plages surpeuplées, la grossièreté occasionnelle, les prix si souvent ridiculement élevés, l'horrible circulation estivale – tout cela et pire encore, il pouvait le pardonner en échange d'un peu de la magie du Midi de la France. Depuis que Lord Brougham avait réinventé Cannes dans les années 1830, cette petite bande côtière n'avait cessé d'attirer aristocrates et artistes, écrivains et milliardaires, coureurs de dot, veuves joyeuses, jeunes gens prêts à draguer et jolies filles prêtes à se laisser draguer. C'était peut-être de la décadence, tout assurément était ruineux et encombré, mais jamais ennuyeux. Et, se dit André comme l'arrivée d'un taxi le sauvait des engelures, il ferait chaud.

Il était encore en train de fermer la portière lorsque le taxi démarra, coupa la route à un bus et brûla un feu rouge. André comprit qu'il était entre les mains d'un sportif, d'un fonceur qui considérait les rues de Manhattan comme une piste d'essai pour l'homme et pour la machine. Il appuya ses genoux contre la cloison qui le séparait du chauffeur et se prépara à prendre la position fœtale recommandée par les compagnies aériennes dans l'éventualité d'un accident, tandis que le chauffeur progressait dans la Cinquième Avenue grâce à une succession de foudroyants bonds en avant et de brutales embardées, tout en maudissant les autres conducteurs dans une langue mystérieuse à l'accent guttural.

Le taxi finit par débouler sur West Broadway et le chauffeur s'essaya à une esquisse d'anglais.

« O.K. Où le numéro ? »

André, qui sentait qu'il ne devrait pas forcer sa chance, décida de faire à pied les deux derniers pâtés de maisons.

« Ça ira très bien comme ça.

– Bien ?

– Ici. Juste ici.

– Vous y êtes. »

21

Un coup de frein plein d'entrain amena la voiture qui suivait à bloquer ses roues pour venir glisser, très délicatement, contre l'arrière du taxi. Le chauffeur bondit sur la chaussée, se prenant la tête à deux mains et, revenant à sa langue maternelle, se lança dans une tirade déchirante, dont les seuls mots familiers étaient « coup du lapin » et « enfant de salaud ». André régla la course et s'esquiva précipitamment.

L'immeuble qu'il atteignit après avoir marché deux minutes d'un pas vif avait débuté dans l'existence comme atelier de confection. Aujourd'hui, comme c'était le cas pour tant de constructions à SoHo, plusieurs couches d'embourgeoisement avaient totalement dissimulé ses humbles origines. Les pièces claires et hautes de plafond avaient été divisées, cloisonnées, repeintes, on avait refait l'installation électrique, la plomberie, changé l'aménagement et, inutile de le dire, le montant du loyer. Les locataires étaient essentiellement de petites entreprises dans le domaine des arts et de la communication : c'était là qu'Image Plus, l'agence qui représentait André, avait ses bureaux.

Image Plus avait été fondée par Stephen Moss, un jeune homme qui avait de l'intelligence, du goût et un penchant pour les climats chauds. Il avait pour clients des photographes et des illustrateurs spécialisés dans tout ce qui ne touchait pas à la mode : Moss, à juste titre, se méfiait des tempéraments et des problèmes de tout ce qui concernait le vêtement et les mannequins androgynes. Après quelques années difficiles, il avait maintenant une petite affaire au personnel peu nombreux, une affaire profitable, puisqu'il prenait 15 ou 20 % des revenus de ses clients pour les représenter, ce qui comprenait tout depuis l'orientation à donner à leur carrière jusqu'aux conseils fiscaux et à la négociation des honoraires. Il avait de nombreuses relations, une petite amie qui l'adorait, une excellente tension sanguine et tous ses cheveux. Son seul problème, c'était l'hiver à New York, qu'il abhorrait.

C'était cette peur d'avoir froid, tout autant qu'un désir de développer son entreprise, qui l'avait amené à prendre comme associée Lucy Walcott. Neuf mois plus tard, il s'était senti assez sûr de son choix pour confier le bureau aux mains de Lucy durant cette première partie suicidairement déplaisante de l'année, qui s'étend de janvier à mars. Elle était ravie d'avoir cette responsabilité. Il était enchanté de profiter du soleil à Key West. Et André n'était pas mécontent de travailler avec une jolie fille. À mesure qu'il connaissait mieux Lucy, il se surprit à chercher des occasions de développer leurs relations, mais il voyageait trop et elle semblait chaque semaine séduire un nouveau jeune homme à la musculature impressionnante. Ils n'avaient donc pas jusqu'à présent réussi à se voir en dehors du bureau.

Après un bref bourdonnement, une porte d'acier s'ouvrit qui donnait sur une pièce spacieuse et dégagée. À part un divan et une table basse dans un coin, il n'y avait pour tout mobilier qu'un grand bureau pour quatre. Trois des sièges étaient vides. La tête baissée sur le clavier d'un ordinateur, Lucy occupait le quatrième.

« Lulu, c'est ton jour de chance. (André laissa tomber son sac sur le canapé et s'approcha du bureau.) Un déjeuner, Lulu, un vrai déjeuner : chez Félix, ou au Cirque. Choisis. Je viens de décrocher une commande et j'éprouve une envie irrésistible de fêter ça. Qu'est-ce que tu en dis ? »

Lucy repoussa son fauteuil en arborant un large sourire et se leva pour s'étirer.

Longue et mince, avec une tignasse de cheveux noirs et bouclés qui la faisait paraître plus grande que son mètre soixante-cinq, elle avait l'air bien trop éclatante de santé pour une New-Yorkaise en hiver. Elle avait la peau d'une couleur intermédiaire entre le miel et le chocolat, une chaude nuance caramel foncé qui semblait avoir gardé un peu du soleil de sa Barbade natale. Quand on la questionnait sur ses origines, elle s'amusait parfois à se décrire comme une quarteronne pur sang et à guetter les hochements de tête d'incompréhension polie que provoquait d'ordinaire cette réponse. Elle trouvait que ça pourrait être intéressant de mieux connaître André si jamais il restait en ville assez longtemps.

« Alors ? »

Il la regardait, esquissant un sourire plein d'espoir.

Elle haussa les épaules, désignant d'une main le bureau inoccupé.

« Les deux filles ne sont pas là aujourd'hui. Mary a la grippe, Dana est jurée. Je suis coincée ici. (Même après une douzaine d'années à New York, la voix de Lucy avait toujours le doux accent chantant des Antilles.) Une autre fois ?

– Une autre fois. »

Lucy retira du canapé une pile de dossiers pour qu'ils aient la place de s'asseoir tous les deux.

« Parle-moi de cette commande. Est-ce que ça ne viendrait pas, par hasard, de ma directrice de revue favorite ? »

Une antipathie mutuelle s'était développée entre Lucy et Camilla. Cela avait commencé quand on avait surpris cette dernière à décrire Lucy comme « cette drôle de fille avec les cheveux en ruché », et cela n'avait fait qu'empirer régulièrement à mesure qu'elles se connaissaient mieux. Camilla trouvait Lucy résolument insolente et bien trop exigeante pour ses clients. Lucy trouvait Camilla arrogante et prétentieuse. Mais, dans l'intérêt des affaires, elles parvenaient à maintenir entre elles des relations d'une politesse précaire et glacée.

André s'assit à côté de Lucy sur le canapé, assez près pour sentir son parfum : une odeur chaude et relevée de citronnelle.

« Lulu, je ne sais pas mentir. Camilla veut que j'aille photographier des icônes dans le Midi de la France. J'en ai pour deux ou trois jours. Je pars demain. »

Lucy hocha la tête.

« Et tu n'as pas parlé d'argent ? »

Deux très grands yeux bruns le fixèrent avec intensité.

André leva les mains, une expression d'horreur se peignit sur son visage.

« Moi ? Jamais. Tu me dis toujours de ne pas le faire.

– Parce que tu en es incapable. (Elle nota quelque chose sur son bloc, se cala contre le dossier et sourit.) Bon. Il est temps qu'on augmente tes tarifs. Ils te paient comme un salarié alors qu'ils te font faire des piges dans presque chaque numéro. »

André haussa les épaules.

« Pendant ce temps-là je ne fais pas de bêtises.

– J'en doute. »

Il y eut un bref silence un peu gêné. Lucy repoussa ses cheveux en arrière, révélant la ligne pure et délicate de sa mâchoire. Elle se tourna pour lui sourire.

« Je vais régler ça avec eux. Toi, concentre-toi sur les photos. Elle sera là-bas ? »

André hocha la tête.

« Dîner à la Colombe d'or, mon chou. C'est un des restaurants qui ont son approbation officielle.

– Rien que toi, Camilla et son coiffeur. Délicieux. »

André se crispa un peu. Il n'eut pas le temps de répondre : le téléphone sonna. Lucy décrocha, écouta un instant, fronça les sourcils et posa sa main sur le micro :

« Je vais en avoir pour une heure. (Elle lui lança un baiser.) Fais bon voyage. »

Le chauffeur démarra devant le Royalton. Camilla prit le téléphone, faisant bien attention à ses ongles tout en composant le numéro. Ç'avait été un déjeuner un peu long mais constructif et le cher Gianni avait été d'une aide précieuse. Elle nota dans sa tête de lui faire envoyer une boîte de cigares à son hôtel.

« Oui ? »

La voix à l'autre bout du fil semblait préoccupée.

« Mon chou, c'est moi. Tout est réglé pour Paris. Gianni a tout arrangé. Un des domestiques va me faire visiter l'appartement. Je peux avoir toute la journée si je veux. »

La voix prit un ton plus intéressé.

« Les toiles seront là ? Rien au garde-meubles en hiver ? Aucune de prêtée ?

– Tout est là. Gianni a vérifié avant de quitter Paris.

– Excellent. Tu as fait du très bon travail, ma chère. Très bon. À plus tard. »

Dans la pénombre crépusculaire de son bureau somptueusement meublé, Rudolph Holtz raccrocha avec soin le téléphone, but une gorgée de thé vert dans une tasse en porcelaine de Meissen et revint à l'article qu'il était en train de lire. Un article du *Chicago Tribune*, envoyé de Londres et décrivant la récupération par la brigade des objets d'art et des antiquités de Scotland Yard d'un des plus célèbres tableaux de Norvège : *Le Cri,* d'Edvard Munch, estimé à quarante-cinq millions de dollars. Volé en 1994, on l'avait retrouvé deux ans plus tard dans une cave du Sud de la Norvège, enveloppé dans un drap. Holtz secoua la tête.

Il poursuivit sa lecture. S'il fallait en croire le journaliste, d'après une estimation « prudente », la valeur des objets d'art volés ou disparus dans le monde dépassait largement trois milliards de dollars, statistique qui amena sur le visage de Holtz un sourire satisfait. Quelle chance il avait eue de rencontrer Camilla deux ans auparavant.

Leurs relations avaient commencé sur un plan mondain : ils avaient fait connaissance à un des vernissages auxquels Holtz se faisait un devoir d'assister en tant qu'honorable négociant en objets d'art. Si les toiles l'avaient ennuyé, Camilla l'avait intrigué. Il sentit qu'ils pourraient avoir quelque chose en commun et un déjeuner exploratoire la semaine suivante vint confirmer cette impression. Sous les banalités d'une conversation polie, on percevait comme un courant souterrain, les premiers signes d'une communion d'esprit et d'ambition. Quelques dîners avaient suivi, l'escrime verbale avait cédé la place à quelque chose qui frôlait la franchise et, lorsque Camilla avait commencé à partager le lit à colonnes de Holtz, entouré des splendeurs de son appartement de Park Avenue, il leur apparut clairement à tous les deux qu'ils étaient faits l'un pour l'autre, qu'ils étaient deux âmes sœurs unies dans la même cupidité.

Chère Camilla. Holtz termina son thé et se leva pour regarder par la fenêtre la neige fondue qui tombait en rafales. Il était quatre heures passées et, dans l'obscurité glacée de Park Avenue, quinze étages plus bas, les gens s'arrachaient les taxis. Sur Lexington, ils devaient attendre les bus en files détrempées. Comme c'était agréable d'être au chaud et d'être riche.

2

« Avez-vous fait ces bagages vous-même ?

– Oui.

– Les avez-vous quittés des yeux depuis que vous les avez faits ?

– Non.

– Transportez-vous des cadeaux ou d'autres articles de la part de quelqu'un d'autre ?

– Non. »

La fille au comptoir de la classe affaires de Delta feuilleta le passeport. Nom : *André Kelly*. Lieu de naissance : *Paris, France.* Date de naissance : *14 juin 1965*. Pour la première fois, elle leva les yeux afin de s'assurer que cet être de chair et de sang ressemblait à sa photographie : elle vit un visage plaisant, à la mâchoire carrée sous des cheveux noirs coupés ras, un visage où frappaient les yeux verts qui soutenaient son regard. Elle n'avait jamais vu auparavant des yeux vraiment verts et elle se surprit à les fixer, fascinée.

André sourit.

« Mon père est Irlandais. Chez nous, les yeux verts, c'est héréditaire. »

L'hôtesse rougit légèrement.

« Ça se voyait, n'est-ce pas ? Excusez-moi. Je crois que ça m'arrive souvent. »

Elle s'affaira sur le billet et les étiquettes des bagages tandis qu'André inspectait ses compagnons pour le vol de nuit à destination de Nice : pour la plupart, des hommes d'affaires français, l'air fatigué après avoir dû affronter le climat de New York, le brouhaha et l'énergie de New York, le rythme de mitrailleuse de l'anglais de New York, si différent de l'élocution mesurée qu'on leur avait enseignée chez Berlitz.

« Voici, monsieur Kelly, dit la fille en lui rendant son passeport et son billet. Puis-je vous poser une question ? Si vous êtes Irlandais, comment se fait-il que vous soyez né à Paris ?

– Ma mère était là à l'époque. (André fourra sa carte d'embarquement dans la poche de sa veste.) Elle est Française. Je suis un corniaud.

– Ah, vraiment ? Super. Eh bien, bon vol. »

Il prit place dans la file qui s'avançait d'un pas traînant dans l'avion, en espérant que le siège auprès du sien serait libre, ou bien occupé par une jolie fille ou encore, piètre mais acceptable troisième solution, par un cadre trop épuisé pour faire la conversation.

Il venait de s'installer à sa place lorsqu'il sentit une présence planer au-dessus de lui : levant les yeux, il vit la silhouette empêtrée, le visage mince et crispé d'une jeune femme vêtue de l'uniforme classique du jeune cadre dynamique : tailleur sombre et porte-documents, sac noir plein à craquer en bandoulière. André se leva pour la laisser accéder au siège auprès du hublot.

La jeune femme restait plantée là.

« On m'avait promis le couloir. J'ai toujours le siège côté couloir. »

André vérifia sur sa carte d'embarquement le numéro de son siège et constata qu'il était assis à la place qu'on lui avait attribuée. Il montra le talon à la jeune femme.

« Vous ne comprenez pas, déclara-t-elle. Je suis allergique aux hublots. »

André n'avait jamais rencontré personne affligé de cette affection particulière et il n'avait certainement pas envie d'en entendre parler pendant les sept heures suivantes. Pour s'assurer un vol paisible, il proposa sa place côté couloir à la jeune femme qui se dérida visiblement. Il alla s'installer sur le siège auprès du hublot tout en la regardant disposer devant elle des documents et un ordinateur portable afin de créer l'environnement de travail indispensable. Une fois de plus, l'idée lui traversa l'esprit que le voyage de nos jours était un passe-temps extrêmement surfait : on se déplaçait par des moyens de transport bondés, dans des conditions ennuyeuses, souvent inconfortables et presque toujours irritantes.

« Vous n'aimez pas voyager ? fit la jeune femme. (Maintenant qu'elle l'avait emporté, elle avait retrouvé toute sa bonne humeur.) Je veux dire : aller dans le Midi de la France. C'est si...

– ... français ? »

Elle lança à André un regard en biais, ne sachant trop comment répondre. Il la regarda en hochant la tête et ouvrit son livre. Elle revint au contenu de son ordinateur.

C'est durant le service des repas que le passager d'avion en quête de quelques heures de silence est le plus vulnérable : simuler le sommeil est hors de question et se cacher derrière un livre tout en mangeant est matériellement impossible. Le chariot chargé des dîners destinés aux gourmets du ciel approchait. André surprenait de temps en temps un coup d'œil furtif de sa voisine : elle avait abandonné sa communion avec son ordinateur et semblait à l'affût d'une nouvelle tentative pour engager la conversation. Aussi, quand l'inévitable morceau de poulet, fidèle habitué des lignes, atterrit devant lui, il coiffa ses écouteurs, se pencha sur son plateau et essaya d'oublier la cuisine en songeant à son avenir.

Il fallait cesser de tant voyager. Sa vie mondaine, sa vie amoureuse, sa digestion, toutes en souffraient. Il campait, on ne pouvait pas dire autre chose, dans son studio de Manhattan : huit mois après son emménagement, des cartons de livres et de vêtements n'étaient toujours pas ouverts. Ses amis new-yorkais, fatigués de s'adresser à une machine, avaient pratiquement cessé de l'appeler. Ses amis français du temps où il était étudiant à Paris semblaient tous avoir des enfants et s'être rangés. Leurs épouses acceptaient André, mais non sans réserve et avec une certaine méfiance. Il avait la réputation d'être un coureur de jupons. Il se couchait trop tard. Il aimait prendre un verre. En d'autres termes, il constituait une menace sur le plan matrimonial, on le considérait comme une influence néfaste sur les jeunes maris qui ne s'étaient pas encore complètement accommodés des plaisirs et des contraintes de la vie de famille.

Il aurait pu être esseulé, mais il n'en avait même pas le temps. Sa vie, c'était son travail. Heureusement, il l'adorait : enfin, pour l'essentiel. Camilla, certes, devenait de plus en plus excentrique et dictatoriale à chaque nouveau numéro de *RD*. Elle avait aussi pris la lassante habitude d'insister pour faire faire à André des gros plans de tableaux qui, il l'avait remarqué, accompagnaient rarement l'article publié. C'était bien payé et il se forgeait la réputation d'être un des premiers photographes d'intérieur du métier. Deux éditeurs déjà l'avaient contacté pour qu'il fasse un livre. L'année prochaine, promis, il s'y mettrait : en travaillant à son rythme, en choisissant lui-même ses sujets, en étant son propre maître.

Il renonça à ses efforts sans conviction pour maîtriser le poulet, éteignit sa lumière et inclina le dossier de son siège. Demain, il ferait un vrai repas. Il ferma les yeux et s'endormit.

L'odeur familière de la France l'accueillit à l'instant où il eut franchi l'immigration pour déboucher dans le hall central de l'aéroport de Nice, une odeur dont il avait souvent tenté d'analyser les composants : une partie de café noir bien fort, une partie de tabac, un soupçon de fumée de diesel, une bouffée d'eau de Cologne, les délicieux effluves d'une pâtisserie faite au beurre. Elle était aussi reconnaissable que le pavillon national et, pour André, c'était le premier plaisir de se retrouver dans le pays où il avait passé une si grande partie de sa jeunesse. D'autres aéroports avaient une odeur fade et internationale. Nice sentait la France.

Plantée dans la zone de livraison des bagages, la fille au tailleur de jeune cadre ne cessait de consulter sa montre et de se mordiller la lèvre tandis qu'insolemment vide, la chenille de caoutchouc noir du tapis roulant décrivait sans hâte sa boucle au milieu des passagers avant de regagner son trou dans le mur. Elle avait une expression typiquement new-yorkaise : sourcils froncés, l'air impatient, accablé. André se demanda si elle se permettait jamais un moment de détente. Il s'apitoya sur elle.

Lorsqu'il lui tapa sur l'épaule, elle tressaillit.

« On dirait que vous êtes en retard, fit-il. Je peux faire quelque chose ?

– Combien de temps faut-il à ces gens pour sortir les bagages de l'avion ? »

André haussa les épaules.

« C'est le Midi. Rien ne va vite ici. »

La fille de nouveau consulta sa montre.

« J'ai une réunion à Sophia Antipolis. Vous savez où c'est ? Combien de temps le taxi va-t-il mettre pour me conduire ? »

Le centre commercial de Sophia Antipolis ou le Parc international d'activités, comme les Français l'avaient baptisé, était au fond des collines entre Antibes et Cannes.

« Ça dépend de la circulation, répondit André. Quarante-cinq minutes, ça devrait faire l'affaire. »

La fille parut soulagée.

« Oh ! formidable. Merci. (Elle sourit presque.) Vous savez, dans l'avion ? Je vous ai pris pour quelqu'un de ramenard. »

André soupira.

« Mais non. Mon heureuse nature m'en empêche. (Il vit son sac de voyage qui glissait lentement vers lui sur le tapis roulant.) Allez à votre rendez-vous et quittez cet endroit aussi vite que vous pourrez. »

Elle ouvrit de grands yeux.

« C'est dangereux ? »

André secoua la tête en ramassant son sac.

« La cuisine est abominable. »

Il quitta la route côtière à Cagnes-sur-Mer et engagea la Renault de location sur la D6 qui serpente au-dessus du Loup vers Saint-Paul-de-Vence. Il y avait dans l'air un petit froid mordant, une fraîcheur matinale qui n'allait pas tarder à disparaître. Le soleil chauffait déjà à travers le pare-brise, les sommets des collines au loin étincelaient d'un éclat blanc sur le fond bleu du ciel, la campagne avait un air fraîchement lavé. Il avait laissé sur une autre planète Manhattan et l'hiver. André ouvrit la vitre et sentit sa tête s'éclaircir après une nuit d'oxygène rationné.

Il arriva à Saint-Paul juste à temps pour voir sortir du café la police du village, un gendarme corpulent réputé pour être le plus rapide distributeur de contraventions de France. L'homme s'arrêta sur le seuil du café en s'essuyant la bouche du revers de la main et inspecta la petite place, à l'affût du premier délinquant de la journée. Il regardait toujours lorsque André recula dans une des très rares places de stationnement autorisé. Le gendarme inspecta sa montre. Il se dirigea vers la voiture, le cuir de ses bottes crissant, le pas lent et mesuré, comme l'exigeait sa position.

André le salua de la tête tout en fermant la portière à clef :

« Bonjour. »

Le gendarme lui rendit son salut :

« Vous avez une heure. Après ça, fit-il en tapotant sa montre, contravention. »

Il ajusta ses lunettes de soleil et s'éloigna, guettant le moindre signe d'infraction, ravi de ce premier petit triomphe de la matinée. Ah, avec quelle impatience il attendait juillet et août ! C'étaient ses mois préférés, où il pouvait se planter le visage sévère à l'entrée du village pour détourner une procession ininterrompue de voitures. Un bon jour, il pouvait mettre en rage plusieurs centaines d'automobilistes. C'était un des avantages du métier.

Dans le bistrot, André commanda un café et un croissant et tourna les yeux vers le centre de la place où, si le temps le permettait, des parties de boules acharnées se déroulaient tout au long de l'année. Il se rappelait sa première visite à Saint-Paul quand il était enfant, du temps où Yves Montand vêtu de noir et blanc comme un garçon de café jouait contre les vieux du village tandis que Simone Signoret fumait en le regardant, et quand James Baldwin picolait au bar de l'hôtel. La mère d'André lui avait dit que c'étaient des gens connus et il les avait contemplés pendant des heures en buvant de l'Orangina avec une paille.

Lors de sa deuxième visite, dix ans plus tard, il était tombé amoureux d'une Suédoise. Les baisers avides derrière le bureau de poste, le cœur brisé dans le train qui le ramenait à Paris, un échange de lettres de moins en moins fréquentes et qui avait fini par s'interrompre. Puis ç'avait été la Sorbonne et d'autres filles. Ensuite, les années d'apprentissage comme assistant d'un photographe à Londres. Et puis, attiré par la perspective de reportages exotiques et de piges aux tarifs américains, New York.

Il termina son croissant et étala sa carte sur la table. La douairière russe et ses icônes étaient au-dessous de Saint-Jeannet, à guère plus de dix minutes de là. Il décida d'aller se présenter avant de remplir sa fiche à l'hôtel.

Lorsqu'il quitta sa place de stationnement, Saint-Paul commençait à s'éveiller. Le gendarme était en patrouille, un serveur de la Colombe d'or arrosait l'entrée de la cour de l'hôtel, des gouttes d'eau bondissant sur la pierre comme des diamants au soleil. André roula lentement vers Saint-Jeannet, en comparant le paysage de chaque côté de la route. Sur sa droite, de coquettes villas blotties les unes contre les autres aussi loin que portait le regard, un fouillis de béton et de tuiles couvrant les collines en terrasses qui descendaient jusqu'à la Méditerranée. À sa gauche, les pentes du col de Vence s'élevaient au-dessus du faîte des arbres, décolorées, nues et sans aucune construction. C'était le genre de contraste qu'on rencontrait souvent sur la Côte d'Azur : un développement intensif cédant brutalement la place à une zone déserte, comme si l'on avait tiré un trait au-delà duquel on ne tolérait pas une villa. André espérait bien que cette ligne tiendrait. L'architecture moderne n'était pas une des grandes réussites de la France.

Quittant la route étroite, il suivit les instructions qui lui firent emprunter un chemin de gravier s'enfonçant dans un creux de la vallée et il se retrouva dans un coin de terrain qui avait échappé aux promoteurs. Une rangée de vieux édifices en pierre suivait les rives d'un petit cours d'eau, les géraniums tombant des murs par brassées, un filet de fumée s'échappant d'une des cheminées.

André gara la voiture et gravit une volée de petites marches irrégulières jusqu'à la porte d'entrée de la plus grande construction. Deux gros chats assis sur un mur l'observèrent d'un regard dédaigneux entre leurs paupières mi-closes et cela lui rappela une des citations favorites de son père : « Les chats vous regardent de haut. Les chiens lèvent les yeux vers vous. Mais les cochons vous regardent droit dans les yeux. » Souriant, il frappa à la porte.

Une serrure s'ouvrit en grinçant. Un visage rond et rouge, des petits yeux marron sous des cheveux gris crépus qui le dévisagèrent par l'entrebâillement de la porte. André sentit les chats lui frôler les jambes pour entrer.

« Bonjour, madame. Je suis le photographe américain. Envoyé par le magazine. J'espère que vous m'attendiez. »

Le visage se rembrunit.

« On m'avait parlé d'une femme.

– Elle arrivera plus tard dans la journée. Si ça vous arrange, je pourrai revenir à ce moment-là. »

La vieille femme se frictionna le nez d'un doigt déformé par l'arthrite.

« Où est votre appareil ?

– Dans la voiture.

– Ah, bon. (Cette précision parut aider la vieille femme à prendre une décision.) Demain, ce sera mieux. La fille vient faire le ménage aujourd'hui. »

Elle salua André de la tête en lui claquant fermement la porte au nez.

Il alla chercher son appareil dans la voiture pour prendre quelques extérieurs de la maison tandis que la lumière venait encore de l'est. Dans l'objectif, il vit la tache pâle que formait la tête de la vieille femme l'observant par une fenêtre. Comment allait-elle supporter Camilla ? Il termina un rouleau de pellicule et, clignant des yeux dans le soleil, décida de garder les autres extérieurs pour le soir.

Il regagna l'hôtel et remplit sa fiche puis, balançant dans sa main la lourde clef, il suivit le couloir jusqu'à sa chambre. Il aimait bien cet endroit. C'était plein de coins et de recoins, sans façon : on aurait plutôt dit une simple maison de campagne qu'un hôtel – jusqu'au moment où l'on se mettait à regarder les toiles aux murs et les sculptures dans les jardins.

La Colombe d'or avait été fondée après la Première Guerre mondiale par Paul Roux, un ancien fermier qui avait un faible pour les artistes faméliques. Ils venaient manger dans son restaurant et, comme cela arrive aux artistes, ils se trouvaient parfois un peu à court de fonds. M. Roux les laissait obligeamment payer leur écot avec leurs œuvres, acceptant en paiement des toiles signées de Chagall, Braque, Picasso, Léger, Bonnard et bien d'autres. Ses instincts thésaurisateurs ainsi éveillés, Roux se mit alors à acheter – à prix d'ami, on peut l'espérer – et, au bout de quarante ans, il avait réuni une des plus belles collections privées de l'art du vingtième siècle en France. Il mourut en laissant quelques milliers de francs à la banque et une fortune aux murs.

André déposa son sac au pied du lit. Il ouvrait les volets quand le téléphone sonna. Il y avait un fax pour monsieur. Il dit à la standardiste qu'il le prendrait en sortant. L'expérience des voyages précédents lui avait fait deviner exactement quelle en serait la teneur.

Camilla était incapable d'aller nulle part simplement et discrètement. Elle se faisait toujours précéder dans ses déplacements par un feu nourri de notes et de pense-bêtes qui venaient compléter ses instructions permanentes (une litanie commençant par « Ne jamais me loger dans une chambre rose » et se poursuivant par l'énumération de tous ses caprices depuis la taille des bulles dans l'eau minérale jusqu'à la couleur des fleurs fraîchement coupées). Les bulletins complémentaires, comme celui qu'André était en train de lire dans la cour inondée de soleil, précisaient les mouvements imminents et les rendez-vous de Camilla. Derrière son dos, on appelait ces communiqués la « Rubrique de la Cour », en souvenir de la chronique du *Times* de Londres décrivant les engagements de la reine et de la famille royale.

Mercredi. *Concorde le matin pour Paris, avec correspondance vol Air France pour Nice. Limo Azur passera me prendre à*

*l'aéroport de Nice pour me conduire à la
Colombe d'or. Dîner avec André.*

Jeudi. *Journée avec la princesse Ospaloff.
Vol Air Inter de dix-sept heures à destination
de Paris. Limo Eiffel passera me prendre à
Orly pour me conduire au Ritz. Dîner avec la
vicomtesse d'Andouillette.*

Vendredi. *Journée chez Beaumont, avenue
Foch. Déjeuner avec Gilles à l'Ambroisie.
Verre au Crillon avec...*

Et cela continuait, un catalogue à vous couper le
souffle de suffisance, énumérant chaque minute du
voyage de Camilla, détaillant chaque verre et chaque
repas. Comme l'avait dit un jour Noël, le simple fait de
lire cet emploi du temps avait de quoi épuiser
n'importe quel être normal. En parcourant la page,
André croyait entendre le glissement des noms qu'on
égrenait. Il fallait parfois se donner un peu de mal pour
trouver Camilla amusante. Il secoua la tête et fourra le
fax dans sa poche.

Il passa une journée fort agréable, partageant son
temps entre le plaisir et le travail : visites à la Fondation
Maeght et à la chapelle de Matisse, un déjeuner dehors
tardif à Vence, retour à la maison de la douairière pour
photographier d'autres extérieurs, cette fois avec le
soleil à l'ouest. De retour à l'hôtel, il prit une douche,
se changea et s'installa au bar avec son vieil exemplaire
fatigué de *Two Towns in Provence* de M.F.K. Fischer.

Ce soir-là, c'était assez calme. Un couple faisait de
son mieux pour ne pas avoir l'air coupable en buvant
du champagne dans un coin, leurs mains et leurs
genoux s'effleurant sous la table. Au bar, un homme
débitait au barman un sévère monologue sur
l'influence grandissante en France de Jean-Marie Le

Pen, ce qui lui valait les hochements de tête mécaniques et intermittents de l'auditeur professionnel pétrifié d'ennui. On entendait le bruit d'une bouteille qu'on débouchait au restaurant. Dehors, la nuit tomba rapidement et les lumières de la cour s'allumèrent.

Au bruit d'un moteur tournant au ralenti, André leva le nez de son livre pour constater qu'une Mercedes avait discrètement franchi l'entrée de la cour où elle s'était immobilisée. Le chauffeur ouvrit la portière arrière pour révéler le spectacle de Camilla en Chanel de la tête aux pieds. Ses talons claquant sur les dalles, elle lança ses instructions à l'air de la nuit.

« Jean-Louis, je vous prie, faites monter les bagages dans ma chambre et assurez-vous qu'on accroche bien le porte-vêtements. Venez me prendre ici demain après-midi à quatre heures pile. C'est compris ? »

Elle aperçut André qui était sorti du bar :

« Ah, te voilà, mon chou. Sois un ange et donne un pourboire à Jean-Louis, veux-tu ? Je m'en vais juste voir ce que j'ai comme messages. »

Le chauffeur s'occupa des bagages. André s'occupa du chauffeur. La voix incrédule de Camilla retentit dans le hall : « Mais c'est impossible. Absolument impossible. Vous êtes sûr qu'il n'y a rien ? » On manda d'autres membres du personnel qu'on interrogea. Tout l'hôtel se mit à jouer à cache-message.

André prit deux menus du restaurant et alla se réfugier au bar. C'était extraordinaire la rapidité avec laquelle une seule personne déterminée pouvait venir troubler le calme de tout un établissement. Il se commanda un autre kir et, espérant qu'il se rappelait bien l'eau préférée de Camilla à cette période, de la Badoit.

Elle vint le rejoindre, s'assit avec un long soupir et tira de son sac un paquet de cigarettes.

« Quelle journée. Je dois avoir l'air d'une sorcière. »

Elle croisa les jambes et se renversa en arrière, attendant qu'André lui apporte la contradiction.

« Rien qu'un dîner ne puisse arranger. (André sourit et lui tendit un menu.) L'agneau ici est excellent. Rose et fondant.

– Oh, *je t'en prie,* sais-tu combien de temps la viande reste dans le colon ? Pendant des *jours.* Maintenant, raconte-moi tout. Comment était la princesse ? »

André rapporta sa brève entrevue tandis que Camilla buvait son eau à petites gorgées et, prenant bien soin de ne pas avaler la fumée, tirait sur sa cigarette. Radieuse et attentive, elle ne semblait pas affectée par toute une journée de voyage et elle posait des questions, préparant le travail du lendemain. Son énergie perdura avec la salade niçoise qui constituait son dîner tandis qu'André, apaisé par le gigot et le vin rouge, sentait la torpeur le gagner.

« Tu tombes de sommeil, mon chou, dit-elle tandis qu'on apportait la note. Tu veux aller au lit ? »

Le serveur, dont les connaissances d'anglais se limitaient à l'essentiel, haussa les sourcils et fronça les lèvres.

André la regarda. Elle le regarda à son tour avec un demi-sourire qui n'allait pas tout à fait jusqu'à ses yeux. Il eut l'inconfortable impression qu'on venait de lui faire une proposition. On racontait au bureau que Camilla avait une liaison avec un riche amant tout en s'octroyant de temps en temps de discrets cinq à sept avec Garabedian. Pourquoi pas un photographe de temps en temps ? Les plaisirs de la directrice en déplacement.

« Voilà des semaines qu'on ne m'a pas fait une proposition comme ça. (Il se mit à rire et le moment passa.) Encore un peu de café ? »

Camilla lança sa serviette sur la table et se leva :
« Huit heures demain. Dans le hall. »

André la suivit des yeux tandis qu'elle quittait le restaurant : une femme repoussée. Il se demanda s'il ne venait pas de mettre en péril son gagne-pain.

3

Avec une ponctualité parfaite, André se planta à l'entrée de l'hôtel et examina comment se présentait la matinée. À part quelques traînées éparses de nuages d'altitude qui dérivaient au-dessus des collines, la grande étendue bleue du ciel était parfaitement dégagée. La journée promettait d'être comme celle de la veille. Il traversa la terrasse pour examiner la piscine, gardée d'un côté par une rangée de cyprès droits comme des sentinelles en formation serrée, sous la surveillance d'un mobile de Calder. Le couple qu'il avait aperçu la veille au soir au bar était dans l'eau chauffée. Ils riaient et s'éclaboussaient mutuellement comme des enfants. André se dit que ce serait agréable d'avoir avec lui quelqu'un pour partager une aussi splendide journée. Mais, bien sûr, c'était le cas.

« Ah, te voilà, mon chou. J'espère que tu as chargé ton Instamatic. Où est la voiture ? »

Camilla l'attendait au milieu de la cour, une main posée légèrement sur le bord du chapeau de paille que tout le monde porterait cet été. Elle avait revêtu ce qu'elle se plaisait à appeler sa tenue de travail – talons mi-hauts, solide tailleur Armani – et semblait être d'une humeur en harmonie avec le temps. André songea avec un certain soulagement qu'il avait dû mal interpréter ses signaux de la veille au soir.

Sur la route de Saint-Jeannet, elle lui expliqua qu'elle *adorait* littéralement les icônes et, d'ailleurs, tout ce qui était russe. S'ils s'étaient rendus dans un château bavarois ou un *palazzo* vénitien, elle aurait adoré tout ce qui était allemand ou tout ce qui était italien. C'était sa façon de s'échauffer, de s'apprêter à charmer son sujet.

Et c'est ce qu'elle fit la matinée durant. Elle s'exclamait avec ravissement devant tout : depuis la simplicité élégante mais un peu miteuse de la vieille maison – « De l'allure que rien n'est venu gâter, mon chou. Une merveilleuse structure architecturale. Tâche de bien en rendre toute l'essence » – jusqu'aux icônes elles-mêmes qui, bien que peu nombreuses, étaient magnifiques. Tandis que Camilla s'enthousiasmait et interviewait, André photographiait et, vers midi, il estima avoir accompli sa mission. Pour les clichés de l'après-midi, il pourrait se permettre quelques expériences.

La vieille femme leur avait préparé un déjeuner dans la cuisine et là la bonne humeur sans faille et les intarissables flatteries de Camilla furent mises à rude épreuve. C'était le genre de repas simple qu'André aurait été enchanté de trouver chaque jour : de grosses olives noires luisantes, des radis avec du beurre blanc, du pain de campagne qui résistait à la mastication, un pichet de vin rouge et, découpé avec grand soin et tout un cérémonial, un saucisson à la chair rose d'une admirable fermeté.

André tendit son assiette pour se faire servir par la vieille dame.

« Quel régal, dit-il. Impossible de trouver ça en Amérique. À vrai dire, je crois que là-bas c'est illégal. »

La vieille femme sourit :

« On dit que c'est la même chose pour certains fromages français. Quel étrange pays ce doit être. (Elle se tourna vers Camilla.) Avez-vous assez, madame ? Il vient d'Arles, ce saucisson. Un peu de bœuf, un peu de porc, un peu d'âne. Il paraît que c'est l'âne qui lui donne ce goût particulier. »

Le sourire de Camilla se pétrifia. Le déjeuner était déjà une épreuve : pas de Badoit – pas d'eau du tout, à part un fluide extrêmement suspect qui sortait du robinet de l'évier –, pas de salade, un des chats assis sur la table auprès du pichet de vin... Et maintenant de l'âne. Au risque de s'irriter la paroi intestinale, elle s'était forcée, par politesse et pour le bien du magazine, à avaler une tranche de saucisson. Mais *de l'âne*. L'âne, c'était trop.

André leva les yeux, vit son visage crispé et le désespoir qui figeait son regard : il constata que les mots manquaient à Camilla. C'était un phénomène qu'il n'avait jamais observé : cela avait pour effet de la faire paraître presque humaine. Il se pencha vers la vieille femme.

« Je suis absolument désolé, intervint-il. J'ai complètement oublié de vous dire : madame ma collègue est végétarienne. (Il ne put s'empêcher de préciser :) Elle a le colon extrêmement sensible.

– Ah bon ?

– Malheureusement oui. Son médecin lui a interdit toutes les formes de viande rouge. Particulièrement l'âne, que ses tissus délicats supportent très difficilement. »

La vieille femme hocha gravement la tête. Tous deux regardèrent Camilla, qui prit une expression de profond regret.

« Ce stupide colon, dit-elle. Comme c'est dommage. »

On lui proposa aussitôt des nouilles froides et de la morue, que Camilla refusa aussi promptement, se déclarant plus que satisfaite avec des olives et des radis, et le déjeuner fut vite terminé. Seul le chat s'attarda à table, espérant filer avec les restes du saucisson tandis que les autres repoussaient leurs sièges pour se remettre au travail. À vrai dire, il n'y avait plus grand-chose à faire. André changea les icônes de place pour les photographier sur des fonds différents – pierre, maçonnerie décolorée par les ans, volet de bois – et il arracha un sourire étonnamment juvénile à la vieille femme lorsqu'il fit un portrait d'elle assise sur un mur à côté d'un des chats. Camilla prit des notes et murmura quelques mots dans un petit magnétophone. À trois heures, ils en avaient fini.

Comme la voiture s'éloignait en remontant la colline, Camilla alluma une cigarette et souffla la fumée par la vitre avec un long soupir de gratitude.

« Mon Dieu, fit-elle, de l'âne. Comment au nom du ciel as-tu pu en manger ?

– C'était délicieux. (André ralentit pour laisser un chien couleur de boue traverser tranquillement la route et s'arrêter pour renifler la voiture avant de sauter dans un fossé envahi de mauvaises herbes.) Tu devrais essayer les tripes. Voilà une expérience intéressante. »

Camilla frissonna. Elle trouvait parfois les Français – ou du moins les Français ruraux, pas ses chers copains civilisés de Paris – d'une choquante rusticité dans leurs habitudes alimentaires. Et, ce qui était pire, ils éprouvaient le même délice à évoquer ces redoutables ingrédients qu'à les déguster : les gésiers et les croupions, les têtes de lapin et les pieds de mouton, les innommables morceaux de foie en gelée, les diverses et disgracieuses métamorphoses des abats. Elle eut un nouveau frisson.

« Alors, mon chou, quand rentres-tu à New York ? »

Ce fut au tour d'André de frissonner. Il n'avait aucune envie de quitter un printemps naissant pour retrouver les dernières âpres semaines d'un hiver à Manhattan.

« Le prochain week-end, je pense. Je me suis dit que demain j'irais à Nice prendre quelques photos d'Alziari et d'Auer.

– Ces noms-là ne me disent rien. Ce sont des gens que je devrais connaître ?

– Ce sont des boutiques. (André entra dans Saint-Paul et s'arrêta devant l'hôtel.) De merveilleuses boutiques. L'une vend des olives et de l'huile d'olive, l'autre a des confitures fantastiques. »

Cela n'intéressait absolument pas Camilla qui ne voyait rien ayant la moindre importance mondaine dans les olives ou la confiture. Elle descendit de voiture, regarda autour d'elle, puis fit un signe impérieux en direction d'une Mercedes garée de l'autre côté de la place.

« Voilà ce cher Jean-Louis. Dis-lui de venir prendre mes bagages, veux-tu ? Je m'en vais juste voir si je n'ai pas de messages. »

Le rituel précédant le départ de Camilla pour l'aéroport occupa les quinze minutes suivantes : sous le regard attentif du gendarme, les bagages furent transbordés jusqu'à la Mercedes où on les entassa dans le coffre ; on fit appel aux services d'une femme de chambre pour chercher sous le lit de Camilla une boucle d'oreille disparue ; on envoya à New York un fax de dernière minute ; on appela l'aéroport pour avoir confirmation que le vol était à l'heure ; on distribua pourboires et compliments. Enfin, dans un grand soupir collectif, le personnel de l'hôtel regarda Camilla traverser la cour pour s'installer à l'arrière de la voiture. Par la vitre ouverte, elle leva les yeux vers André.

« Tu auras bien les diapos à mon bureau mardi, mon chou, n'est-ce pas ? Je boucle le numéro la semaine prochaine. (Et, sans attendre de réponse :) *Ciao*. »

Là-dessus, la vitre remonta et Camilla partit à l'assaut de Paris. Espérant que le concierge du Ritz s'était préparé à cette attaque imminente, André suivit des yeux la Mercedes qui remonta prudemment la rue étroite et disparut du village.

Il avait maintenant devant lui le luxe d'une soirée libre et de toute une journée pour lui tout seul. Après s'être douché, il descendit au bar avec sa carte, la Michelin jaune 245, chiffonnée, usée, qu'il avait depuis l'université, et il l'étala sur la table auprès de son kir. La 245 était sa carte préférée, un rappel de voyages sentimentaux, une carte chargée de souvenirs. La plupart de ses longues vacances d'été, il les avait passées dans la région qu'elle couvrait, depuis Nîmes et la Camargue à l'ouest, jusqu'à la frontière italienne à l'est. C'était le bon temps, malgré une pénurie chronique d'argent et de fréquentes complications amoureuses. Il repensa à ces jours-là, les jours où il semblait que le soleil avait toujours brillé, au vin à cinq francs qui avait goût de château-latour, aux modestes petits hôtels propres et accueillants ; il y avait toujours eu auprès du sien un corps bronzé, sa forme sombre se découpant sur les draps blancs. Est-ce qu'il ne pleuvait jamais ? Avait-ce été vraiment comme ça ? S'il était sincère, c'était à peine s'il pouvait se rappeler le nom de certaines de ces filles.

Il prit son kir et la condensation du pied du verre tomba dans la Méditerranée juste au sud de Nice. Elle fit une tache sur les lignes en pointillé qui marquaient la route des ferries desservant la Corse et, comme la tache s'étendait jusqu'à la pointe du cap Ferrat, cela déclencha un autre souvenir, celui-là plus récent. À la fin de l'été précédent, il avait passé deux jours à faire des photos au cap, dans la somptueuse villa – que Camilla lui décrivit à l'oreille comme « Bourgeois-sur-mer, mon chou » – appartenant aux Denoyer, une famille dont la discrète richesse remontait à l'époque de Bonaparte. Un contrat pour confectionner des uniformes destinés aux nombreuses armées napoléoniennes avait abouti, avec le passage des générations, au développement d'une entreprise gigantesque, produisant avec succès toutes sortes de tissus pour un grand nombre de gouvernements. L'actuel chef de famille, Bernard Denoyer, avait hérité une société bien gérée qui exigeait bien peu de son temps, privilège dont il profitait pleinement. André se souvint l'avoir trouvé sympathique. Il se rappela aussi qu'il avait bien aimé sa fille.

Les photographies de Marie-Laure Denoyer paraissaient régulièrement dans les plus élégants magazines français. Selon la saison, on pouvait la voir à Longchamp bavardant avec un des jockeys de son papa, sur les pentes de Courchevel, au bal de la Croix-Rouge à Monte-Carlo, admirablement habillée, arborant un sourire charmeur et invariablement entourée d'un groupe de jeunes gens pleins d'espoir. Âgée tout juste d'une vingtaine d'années, gracieuse, blonde et menue, avec le perpétuel hâle de qui n'est jamais trop longtemps loin du soleil, elle était étonnamment normale pour la fille d'un homme très riche : vive, amicale et, semblait-il, sans attaches. Camilla l'avait tout de suite trouvée antipathique.

André décida de modifier ses plans. Au lieu d'aller à Nice le matin, il irait en voiture jusqu'au cap Ferrat présenter ses respects aux Denoyer. Avec un peu de chance, Marie-Laure serait peut-être libre pour déjeuner. Il termina son kir et passa au restaurant, l'appétit aiguisé par la perspective de ce que le lendemain lui apporterait peut-être.

Le cap Ferrat, avec ses élégants bouquets de palmiers et ses bois de pins, tout cela impeccablement entretenu et follement cher, a longtemps été une des adresses les plus à la mode de la Côte d'Azur. Il avance dans la Méditerranée à l'est de Nice, les villas de gens célèbres pour de bonnes ou de mauvaises raisons cachées derrière de hauts murs et des haies épaisses, protégées par des grilles de fer, isolées du commun des mortels par un matelas d'argent. On y a rencontré le roi Léopold II de Belgique, Somerset Maugham et la baronne Béatrice de Rothschild, toujours soucieuse de sa coiffure et qui jamais au grand jamais ne s'aventurait à l'étranger sans une malle contenant cinquante perruques.

La plupart des résidants d'aujourd'hui, à notre époque plus démocratique et plus dangereuse, préfèrent être sur la liste rouge, inconnus et au calme : le cap Ferrat est l'un des rares endroits de la côte où ils peuvent éviter la cohue et le brouhaha du tourisme. D'ailleurs, une des premières choses qui frappent le visiteur arrivant de Nice, c'est l'absence de bruit. Même les tondeuses – qu'on entend mais qu'on ne voit pas derrière les murs et les haies – ont un son étouffé et déférent, comme si elles étaient munies de silencieux. Il y a peu de voitures et elles évoluent avec lenteur, presque posément, sans manifester aucun signe de l'habituelle précipitation ni de l'esprit de compétition du conducteur français. Partout règne une impression de calme. On a le sentiment que les gens qui vivent là n'ont jamais à se presser.

André suivit le boulevard du Général de Gaulle, passa devant le phare, s'engagea dans une étroite route privée, un cul-de-sac qui menait à l'extrémité même du cap. Au bout de la route commençait la propriété des Denoyer, délimitée par des murs de pierre de trois mètres et de lourdes grilles en fer forgé ornées de l'écusson familial. Par-delà les grilles, le terrain descendait en pente abrupte, aux pelouses en terrasses séparées par une allée de plus de cent mètres, bordée de palmiers et s'achevant sur un rond-point avec une fontaine chargée d'ornements et une porte d'entrée quelque peu pompeuse. La pente du terrain permettait de voir, par-dessus le toit de la maison, une bande argentée de Méditerranée. André s'en souvenait, on l'avait fait passer par le tunnel qui menait du jardin au hangar à bateaux et à la plage privée : Denoyer avait fait quelques commentaires sur les problèmes de l'érosion et les frais qu'il fallait engager pour expédier à chaque printemps un chargement supplémentaire de sable pour l'agrément de ses hôtes.

André descendit de voiture, essaya la grille et la trouva fermée. À travers les barreaux il inspecta la maison en contrebas. Les fenêtres qu'il pouvait apercevoir avaient leurs volets clos et il dut se rendre à l'évidence : les Denoyer n'étaient pas là. C'était trop tôt dans l'année : à n'en pas douter ils étaient encore juchés sur quelque pente alpine ou allongés sur une plage où Marie-Laure entretenait son bronzage.

Un peu déçu, il allait tourner les talons pour remonter dans sa voiture lorsqu'il vit la porte de la maison s'ouvrir. La silhouette d'un homme apparut, tenant quelque chose devant lui. On aurait dit un carré, un carré de couleur vive, et il prenait le plus grand soin à l'écarter de son corps tout en tournant la tête pour jeter un coup d'œil vers le côté de la maison.

Intrigué, André plissa les yeux pour se protéger de l'éclat du soleil, mais il n'arrivait pas à distinguer les détails. Il se souvint alors de son appareil de photo. Il l'avait posé à la place du passager, équipé du téléobjectif au cas où il tomberait en route sur quelque chose d'intéressant à photographier, habitude qu'il avait acquise des années auparavant. Il alla chercher l'appareil dans la voiture et régla l'objectif jusqu'au moment où le personnage devant la porte apparut clair et distinct. Et maintenant familier.

André le reconnut : c'était le Vieux Claude (ainsi appelé pour le distinguer du Jeune Claude, qui était le chef jardinier). Depuis vingt ans, le Vieux Claude était l'homme à tout faire de Denoyer : gardien, coursier, chauffeur assurant la navette des invités avec l'aéroport, chef du personnel de la maison, responsable du canot automobile, membre essentiel de la domesticité. Lors des prises de vue, il s'était montré aimable et serviable, aidant à déplacer le mobilier et à régler l'éclairage. André avait proposé en plaisantant de l'engager comme assistant. Mais que diable faisait-il avec ce tableau ?

La toile aussi était familière : un Cézanne – le Cézanne de la famille, une très belle étude qui avait jadis appartenu à Renoir. André se rappelait exactement l'endroit où il était accroché : au-dessus de la cheminée monumentale du grand salon. Camilla avait insisté pour lui faire prendre une série de gros plans, afin de saisir, comme elle disait, l'exquis coup de pinceau, même si elle n'avait jamais utilisé un seul gros plan dans l'article.

Poussé par son instinct de photographe autant que par une mûre réflexion, André prit plusieurs clichés de Claude sur le pas de la porte avant que son corps ne fût dissimulé aux regards par une petite camionnette qui déboucha sur le côté de la maison pour venir s'arrêter devant lui. C'était la classique Renault d'un bleu sale comme on en trouve des centaines dans tous les bourgs de France. Un petit panneau sur le côté l'identifiait comme étant la propriété de *Zucarelli Plomberie Chauffage*. Tandis qu'André suivait la scène au téléobjectif, le chauffeur descendit, ouvrit les portières arrière de la fourgonnette et en retira un grand carton et un rouleau d'emballage de protection à bulles. Claude vint le rejoindre.

Les deux hommes enveloppèrent avec soin le tableau et le disposèrent dans le carton, qui reprit sa place dans la fourgonnette. On referma les portières. Les hommes disparurent à l'intérieur de la maison. Tout cela enregistré sur pellicule.

André abaissa l'appareil. Qu'est-ce que c'était que tout ça ? Il ne pouvait pas s'agir d'un cambriolage, pas en plein jour et en présence de Claude, Claude si digne de confiance, avec ses vingt ans de bons et loyaux services. Envoyait-on la toile pour la restaurer ? La réencadrer ? Dans ce cas, pourquoi quittait-elle la maison à l'arrière d'une fourgonnette de plombier ? C'était bizarre. Très bizarre.

Mais, André devait en convenir, ce n'étaient pas ses affaires. Il remonta dans sa voiture et retraversa lentement les petites rues bien balayées, respectables et somnolentes du cap Ferrat jusqu'au moment où il eut rejoint la route côtière qui le ramènerait à Nice.

Malgré une initiale petite déception vraiment tout à fait injustifiée – Marie-Laure de toute façon ne se serait sans doute pas souvenue de lui ; ou bien, en faisant mieux connaissance, il aurait découvert qu'après tout c'était une horrible enfant gâtée –, André profita pleinement de sa journée de liberté. Contrairement à Cannes, qui une fois les festivals terminés et les touristes envolés glisse dans une sorte de semi-hibernation languissante, Nice reste éveillée toute l'année. Les restaurants sont ouverts, les marchés continuent, les rues sont animées, la Promenade des Anglais grouille d'amateurs de jogging qui aiment prendre de l'exercice avec vue sur la mer, les voitures passent en rugissant et en crachotant, la ville respire, sue et vit.

André déambula par les ruelles du Vieux Nice, avec une halte sur la place Saint-François pour admirer quelques résidants de la Méditerranée récemment arrachés à ses eaux et qui occupaient maintenant les étals du marché aux poissons. Il s'assit à une terrasse sur le cours Saleya, et commanda une bière utilisant une nouvelle fois son téléobjectif pour prendre des photos des marchands en plein vent et de leurs clientes, les dignes ménagères du quartier, qui s'y connaissaient en laitues, en fèves et en marchandage. Après un déjeuner de moules, de salade et de fromage, il prit trois ou quatre rouleaux de pellicule couleur chez Auer et chez Alziari, acheta de l'essence de lavande pour Noël et – souriant à l'idée de la voir le porter – un authentique béret des Pyrénées pour Lucy, garanti imperméable à l'eau.

La pluie se mit à tomber comme il regagnait Saint-Paul, une petite bruine régulière qui persista toute la nuit et le lendemain matin, un changement de temps qu'André accueillit avec soulagement. Il avait toujours du mal à quitter le Midi de la France : plus de mal encore si le soleil brillait. C'était un moindre déchirement de s'en aller sous un ciel gris et ruisselant de pluie.

Les palmiers qui bordaient la route de l'aéroport, trempés et moroses, et qui semblaient courber le dos sous la pluie, cédèrent la place au verre, à l'acier et au béton de l'aérogare. André rendit sa voiture à Avis puis alla prendre place dans la file d'embarquement au milieu des hommes d'affaires (étaient-ce les mêmes nomades épuisés qui avaient fait avec lui le vol depuis New York ?) et une poignée de vacanciers arborant des joues et des nez rosis par le soleil.

« Bonjour ! Comment ça va ? »

André se retourna pour découvrir sa voisine allergique au hublot du vol aller qui tournait vers lui un regard rayonnant. Il lui rendit son sourire et la salua de la tête. Mais ce n'était pas suffisant.

« Alors. Comment était votre voyage ? Je parierais que vous avez fait des repas formidables. Je suis allée dans ce bistrot vraiment chouette à Cannes, peut-être est-ce que vous le connaissez, le je ne sais quoi rouge ? Attendez, j'ai la carte quelque part. » Elle sortit de son sac un Filofax gonflé. La file avança d'un cran. André pria le ciel que l'avion soit plein et qu'il ait un siège bien loin de sa nouvelle amie.

4

Fin d'après-midi à JFK, avec un soleil rouge qui plongeait à l'horizon, une bise mordante, des talus de neige sale offrant un triste contraste avec les gais parterres de fleurs de Nice. En montant dans le taxi, André détacha de la banquette une boule de chewing-gum d'un vert inquiétant et essaya de se faire comprendre du chauffeur. Ç'avait été un vol sans histoire. Un avion bienheureusement pas trop plein avec pour toute distraction un film dans lequel un de ces héros monstrueusement musclés de Hollywood éliminait systématiquement le reste de la distribution : tout ce qu'il fallait pour fermer les yeux et réfléchir.

La scène dont il avait été témoin à la villa Denoyer revint le hanter comme cela avait été le cas à plusieurs reprises pendant le vol. Le spectacle incongru de ce qu'il savait être une toile de très grand prix chargée, même si c'était avec précaution, dans la fourgonnette d'un artisan de la région était impossible à oublier. Et puis il y avait un autre détail auquel il n'avait pas attaché grande importance sur le moment : le téléphone intérieur installé dans le pilier de pierre de la grille ne fonctionnait pas lorsqu'il avait pressé le bouton. Ç'aurait été assez normal si la maison avait été fermée et s'il n'y avait eu personne pour répondre. Mais Claude était là. C'était à croire qu'on avait délibérément coupé la propriété du monde.

Il était impatient tout d'un coup de voir les photographies qu'il avait prises, plus fiables que son souvenir : il décida d'aller directement au laboratoire pour faire développer le film. Se penchant en avant pour se faire entendre au milieu du déferlement de musique de sitar, il donna l'adresse à la nuque enturbannée du chauffeur.

Il était près de sept heures quand André poussa la porte d'entrée de son appartement. Il posa ses bagages par terre puis se dirigea vers sa table de travail et alluma la visionneuse. Une lueur clignota puis se répandit en une nappe de pure lumière blanche : il aligna les diapositives sur la plaque de verre. Les petites images s'allumèrent. Claude, le Cézanne, la camionnette de Zucarelli et, sans doute, Zucarelli lui-même. André changea la disposition des diapos, les classant en succession chronologique pour raconter l'histoire. Les détails étaient nets, le réglage parfait même sous le grossissement d'une loupe. On aurait difficilement pu demander témoignage plus concluant.

Mais témoignage de quoi ? D'une course bien innocente ? André se rassit sur son tabouret en secouant la tête. Ça ne collait pas.

Il contempla le tableau d'affichage accroché au mur au-dessus de sa table : un méli-mélo de polaroïds, de factures, de coupures de presse, de numéros de téléphone et d'adresses griffonnés sur des bouts de papier, un menu de l'Ami Louis, des formulaires de notes de frais, des invitations restées sans réponse, des lettres des impôts qui n'avaient pas été ouvertes et, comme un rayon de soleil parmi la tristesse de tout ce fatras, une photo qu'il avait prise de Lucy au bureau. Il l'avait photographiée pendant une conversation téléphonique avec Camilla et, tout en regardant l'objectif, elle tenait le combiné loin de son oreille, un grand sourire triomphant illuminant son visage. C'était le jour où elle avait négocié pour lui avec *RD* sa dernière augmentation, une augmentation que Camilla avait fini par accepter de très mauvaise grâce.

Lulu. Il allait lui montrer les photos, voir ce qu'elle en pensait, avoir un autre avis. Il décrocha le téléphone.

« Lulu ? C'est André. Je viens de rentrer. Il y a quelque chose que je voudrais te montrer.

– Il y a un problème ? Ça va ?

– Très bien. On dîne ?

– André, c'est samedi soir, tu sais ? Le jour où les filles qui travaillent ont des rendez-vous.

– Un verre alors ? Un verre en coup de vent ? Ça pourrait être important. »

Un bref silence.

« Peux-tu me retrouver au restaurant où je dois dîner ? »

Vingt minutes plus tard, André était là-bas. Il s'installa au bar à demi vide et inspecta les lieux. La dernière fois qu'il était passé devant, quelques mois plus tôt, il y avait à cet endroit une quincaillerie délabrée avec une vitrine où s'étalaient toujours des petits appareils poussiéreux et des cadavres de mouches. C'était devenu encore un restaurant de SoHo qui espérait être dans le vent : décoration minimaliste, surfaces dures et un niveau d'éclairage suffisamment fort pour que quiconque jouissant d'une vague célébrité fût facile à reconnaître d'un bout à l'autre de la salle. L'hôtesse – une comédienne en herbe, à en juger par sa couche de maquillage – avait les façons désinvoltes et le déhanchement de rigueur caractéristiques de son espèce, le menu proposait une abondance de légumes à la mode et la carte des vins se diluait essentiellement dans une douzaine de marques d'eaux minérales. Le propriétaire semblait avoir pensé à tout : aucune raison pour que le restaurant ne soit pas un grand succès pendant au moins trois mois.

Il était encore un peu trop tôt dans la soirée pour l'invasion espérée de mannequins flanqués de leurs cavaliers : les dîneurs parvenus maintenant à la fin de leur repas avaient l'air dompté de clients profondément intimidés tout à la fois par les prix et par le personnel de l'établissement. Les gens du Tunnel, aurait dit Camilla, venus en ville du New Jersey et des banlieues pour une soirée de fête. Connus pour consommer avec modération et avoir le pourboire parcimonieux, ils étaient traités par les serveurs avec une froideur qui frôlait le flagrant mépris. En rentrant chez eux, ils se diraient avec une sorte de satisfaction perverse que New York était vraiment une ville dure.

André voyait l'entrée du restaurant reflétée dans le miroir derrière le comptoir et, chaque fois que la porte s'ouvrait, il levait les yeux, guettant la tête aux boucles noires de Lucy. Quand elle finit par arriver, il fut pris au dépourvu et dut y regarder à deux fois tant elle ressemblait peu à la Lucy du bureau qu'il attendait. Elle avait les cheveux tirés en arrière, une coiffure sévère et brillante, qui mettait en valeur la douce longueur de son cou. Le maquillage accentuait subtilement ses yeux et ses pommettes. Elle portait des boucles d'oreilles, deux petits clous dorés sur chaque lobe, et une petite robe de soie sombre avec cette coupe étriquée d'aujourd'hui qui les fait ressembler autant que possible à un article de coûteuse lingerie.

André se leva et l'embrassa sur les deux joues : respirant son parfum, il sentit sous ses mains la peau nue de ses épaules, le plaisir de la voir teinté d'un peu de jalousie.

« Si j'avais su que tu allais t'habiller, j'aurais mis une cravate. (Il laissa retomber ses mains.) Qu'est-ce que tu prends ? »

Lucy eut droit à un haussement de sourcils du barman en commandant un rhum à l'eau sans glace qu'elle but à petites gorgées tandis qu'André lui décrivait ce qu'il avait vu au cap Ferrat. Il lui montra les diapos, observant les jeux d'ombre sur les méplats de son

58

visage tandis qu'elle les levait vers la lumière, et se demandant avec qui elle pouvait bien dîner. Le restaurant commençait à se remplir et le bar essuyait maintenant les assauts de jeunes gens très mode : en attendant les consommations on comparait subrepticement les joues mal rasées et les cheveux plus ou moins coupés des voisins. André ne se sentait pas assez habillé mais trop bien rasé.

« Alors ? fit-il. Qu'est-ce que tu en penses ? Ce tableau doit valoir une fortune. »

De ses longs doigts au bout marqué d'écarlate, Lucy remit sur le bar une petite pile de diapos. C'était la première fois qu'André la voyait avec du vernis à ongles.

« Je ne sais pas, dit-elle. S'ils le volaient, pourquoi ne pas le faire de nuit ? Pourquoi traîner avec ce tableau sur le pas de la porte ? (Elle but une gorgée de rhum et sourit devant son air soucieux.) Écoute, si ça te tracasse, appelle Denoyer. Tu sais où il est ?

– Je peux le trouver. Quand même, c'est bizarre, non ? Tu as raison... je vais lui téléphoner. »

Il glissa les diapos dans une enveloppe et fixa Lucy d'un regard qu'il espérait attendrissant :

« Tout seul un samedi soir, dit-il, la fille de mes rêves promise à un autre. (Il poussa un soupir, un long et profond soupir.) Une pizza devant la télé, de la vaisselle sale. Peut-être que je ferai la folie de me laver les cheveux. Je devrais peut-être m'acheter un chat. »

Lucy eut un grand sourire.

« Tu me brises le cœur.

– Qui est l'heureux élu ? »

Elle regarda son verre.

« Un type.

– Tu l'as rencontré à la gym ? Voilà : l'amour parmi les machines à ramer. Vos regards se sont croisés par-dessus le banc d'haltérophilie. Un regard à ses pectoraux et tu étais perdue. (Nouveau soupir.) Pourquoi est-ce que ces choses-là ne m'arrivent jamais à moi ?

59

– Tu n'es jamais là. (Elle le regarda un moment sans rien dire.) Exact ? »

André acquiesça :

« Exact. D'ailleurs, il est en retard. Il a loupé le coche. Si on allait au restaurant du coin faire un vrai repas, des... »

Une bouffée de lotion après-rasage lui fit lever les yeux : l'espace qui les séparait fut brusquement occupé par un jeune homme en costume sombre et chemise à rayures agressivement voyante. André aurait juré que des bretelles rouges rôdaient sous sa veste. Pédé !

Lucy fit les présentations : les deux hommes se serrèrent la main avec un manque d'enthousiasme marqué et André céda son tabouret.

« Lulu, je t'appellerai demain après avoir parlé à Denoyer. (Il fit de son mieux pour sourire.) Bon dîner. »

Rentrant chez lui, sur des trottoirs traîtreusement verglacés, André réfléchit à la statistique si souvent citée d'après laquelle il y avait trois femmes sans attaches à Manhattan pour un homme disponible. Pour le moment, ça ne l'avançait pas beaucoup : et ça ne changerait pas, il devait en convenir, aussi longtemps qu'il continuerait à passer le plus clair de sa vie ailleurs. Lucy avait raison. Il s'arrêta chez un Italien pour acheter un sandwich, en essayant de ne pas penser à elle en train de dîner avec la chemise à rayures.

Plus tard, aux accents célestes d'Isaac Stern voguant sur une partition de Mendelssohn, il fouilla dans le tiroir où il avait jeté toutes les cartes de visite qu'on lui avait données. Celle de Denoyer, dans son opulence à la française, serait plus grande que les autres. Voilà. Il la prit et examina la classique calligraphie noire.

Deux adresses, selon la saison. Été : Villa *La Pinède*, 06230 Saint-Jean-Cap-Ferrat. Hiver : Cooper Cay, New Providence, Bahamas. Aucune mention de Paris ni de Courchevel : alors, à moins qu'il ne soit à faire du ski, Denoyer devrait encore être aux Bahamas.

André bâilla : il était toujours à l'heure française, quatre heures du matin. Il téléphonerait demain.

La voix de Denoyer, arrivant de Cooper Cay par une ligne crépitante de parasites, était affable et détendue. Bien sûr, il se souvenait d'André et de ses magnifiques photographies. Nombre de ses amis l'avaient félicité de l'article. Il espérait qu'André envisageait de faire des photos aux Bahamas. Les îles étaient délicieuses à cette époque de l'année, surtout quand le temps à Manhattan était si déplaisant. Denoyer marqua une pause, et il attendit.

« En fait, reprit André, je vous appelle à propos de la France. La semaine dernière, j'étais au cap Ferrat et je suis passé devant votre maison.

– Quel dommage que nous n'ayons pas été là, dit Denoyer. Elle est fermée pour l'hiver – mais, évidemment, vous vous en êtes aperçu. Nous ne revenons pas avant avril.

– Eh bien, ce qui m'a paru bizarre, c'est que j'ai vu votre gardien.

– Claude ? Mais j'espère bien. (Denoyer se mit à rire.) Je ne voudrais pas le savoir ailleurs pendant que nous sommes absents.

– Peut-être devrais-je dire que c'est ce qu'il faisait qui m'a paru bizarre.

– Oh ?

– Et j'ai pensé que je devrais vous mettre au courant. Lui et un autre homme étaient en train de charger dans une camionnette une de vos toiles : le Cézanne. Une camionnette de plombier. Je les ai observés depuis la grille. »

Pendant quelques instants, on n'entendit sur la ligne que les parasites, puis la voix de Denoyer, qui semblait plus amusée que surprise.

« Allons, allons, mon ami. Une camionnette de plombier ? Vous étiez à la grille, non ? Ça fait assez loin de la maison. Vos yeux vous ont joué des tours. (Il eut un petit rire.) Ça n'était pas après un bon déjeuner, non ?

– C'était le matin. (André prit une profonde inspiration.) Et j'ai pris des photos. Tout est très net. Tout. »

Nouveau silence.

« Ah bon ? Eh bien, sans doute que Claude faisait un peu de nettoyage de printemps. Je vais l'appeler. (Puis, d'un ton léger, désinvolte, comme si l'idée soudain le traversait, il ajouta :) Mais ce serait amusant de voir les photos. Ça vous ennuierait de me les envoyer ? »

Le ton était peut-être léger et désinvolte, mais pas vraiment convaincant. Il y avait eu un soupçon d'intérêt, quelque chose de plus qu'une curiosité éphémère. Aussitôt l'envie prit André de voir le visage de Denoyer quand il regarderait les diapos.

« Ce ne sera pas nécessaire, dit-il. Je vais les apporter. (Le mensonge lui vint facilement.) Il faut que j'aille voir une maison à Miami la semaine prochaine. Il n'y a qu'un saut de puce de là à Nassau. »

Après quelques protestations de pure forme, Denoyer accepta. André passa le reste de la matinée à organiser son voyage et à essayer de joindre Lucy. Elle était sortie. Peut-être la chemise à rayures l'avait-il persuadée de passer un dimanche rustique dans les étendues glacées de Central Park. Peut-être n'était-elle même pas rentrée chez elle après le dîner. Quelle abominable pensée et quel gâchis. Il fallait cesser de tant voyager. Il déversa dans le panier à linge sale le contenu froissé de son sac de voyage et mit à plein volume du Wagner tout en commençant à faire ses bagages pour les Bahamas.

5

À Manhattan, c'était le dégel. Du jour au lendemain un front chaud s'était abattu sur la ville, transformant les tas de neige en boue grisâtre, exposant au
soleil des amoncellements de sacs-poubelle non
ramassés pour la plus grande joie des responsables de
la grève. Les ordures ne tarderaient pas à annoncer
leur présence aux nez des quelques milliers de passants et, grâce au puissant appui de ces odeurs nau-
séabondes, les syndicalistes pourraient reprendre les
négociations.

André pataugea parmi les ruisseaux et les
affluents de West Broadway, tapant ses semelles
contre le mur de l'immeuble pour les débarrasser du
plus gros de la gadoue avant de monter jusqu'au
bureau. Il trouva Lucy au téléphone, le visage ren-
frogné, la voix cassante. Elle tourna la tête vers
André en levant les yeux au ciel. Il fouilla dans son
sac pour en sortir le dossier contenant les clichés qu'il
avait pris des icônes puis alla s'asseoir sur le canapé.

« Non. » Le visage de Lucy se rembrunit encore.
« Non, je ne peux pas. Je suis prise toute cette
semaine. Je ne sais pas quand. Écoutez, il faut que j'y
aille. J'ai quelqu'un qui m'attend. Oui, j'ai votre
numéro. Entendu. Moi aussi. » Elle raccrocha et
poussa un long soupir, puis elle se leva en secouant la
tête.

André eut un grand sourire :

« J'espère que je ne t'ai pas interrompue, dit-il avec la certitude que c'était le cas. Ce n'était pas notre ami à la chemise à rayures, par hasard ? »

Lucy essaya sur lui un regard mauvais puis se radoucit :

« J'aurais dû aller au restaurant du coin avec toi pendant que j'en avais l'occasion. Quelle soirée ! Et moi qui croyais que celui-là en était un possible. (Elle se passa les mains dans les cheveux.) Tu n'es jamais allé dans un bar à cigares ? »

André secoua la tête.

« Alors, n'y va pas.

— Trop de fumée ?

— Trop de chemises à rayures.

— Et des bretelles rouges ? »

Lucy acquiesça.

« Rouges, rayées, à fleurs, avec des initiales brodées, des bisons et des ours, des recettes de cocktail. Un type avait même le Dow Jones imprimé sur les siennes. Quand ils commencent à être ivres, ils ôtent leurs vestes. (Elle secoua une nouvelle fois la tête et ses épaules se crispèrent à ce souvenir.) Comment savais-tu pour les bretelles ?

— Sans elles ce serait l'effondrement à Wall Street. La plupart des pantalons tomberaient. Il était de Wall Street, n'est-ce pas ?

— Disons simplement que ce n'était pas un photographe ramenard. (Elle s'approcha pour prendre le dossier posé sur la table.) Ce sont les clichés de France ?

— J'allais te demander si tu pouvais les faire parvenir à Camilla. J'ai un avion à prendre.

— Quelle surprise ! (Lucy regardait les diapos. André vit son expression s'adoucir.) Elles sont bonnes. Quelle charmante vieille dame. On dirait Mémé Walcott sans le bronzage. C'est sa maison ?

— Elle habite un vieux moulin. Tu aimerais la France, Lulu.

64

– C'est superbe. (Lucy remit les diapositives dans le dossier et reprit son air de bureau : un peu sec et très boulot-boulot.) Alors, où nous envolons-nous aujourd'hui ? »

André se mit à raconter son coup de téléphone aux Bahamas. Tout en parlant, il se rendait compte qu'il mettait peut-être beaucoup de choses dans les réponses de Denoyer, ses silences et ses hésitations, le ton de sa voix. Au premier abord, l'homme n'avait rien dit de suspect. Il n'avait pas paru étonné ni même surpris de ce qu'André lui avait raconté. Il n'avait en fait pas semblé manifester plus qu'un intérêt poli jusqu'au moment où il avait été question des photos. Pourtant, malgré ces réserves, André était sûr que quelque chose clochait. Presque sûr. Peut-être pour essayer de s'en persuader tout autant que Lucy, il s'accroupit inconsciemment dans une attitude de conspirateur, la tête penchée en avant, l'air grave.

Renversée en arrière contre le bras du canapé, le menton sur une main, Lucy souriait de temps en temps quand il s'animait davantage. À mesure qu'il mettait plus de passion dans son récit, il devenait plus Français : il utilisait les mains comme des signes de ponctuation visuels, donnant des coups dans l'air ou le pétrissant de ses doigts pour souligner chaque phrase, chaque nuance significative. Quand il eut terminé, le numéro était parfait – épaules et sourcils haussés à l'unisson, coudes au corps, paumes tendues, lèvre inférieure en avant –, il utilisait tout sauf les pieds pour insister sur l'indéniable logique de ses conclusions. Son vieux professeur de la Sorbonne aurait été fier de lui.

« Je t'ai seulement demandé où tu allais », fit remarquer Lucy.

Ceux qui se rendent aux Bahamas en hiver ont tendance à devancer le climat : nombre des passagers à la porte d'embarquement avaient déjà leur plumage tropical – chapeaux de paille et lunettes de soleil, tenues de plage de couleurs vives, on voyait même une ou deux paires de shorts audacieusement prématurés –, l'humeur tropicale aussi, avec échanges de commentaires sur la plongée sous-marine, les boîtes à la mode de Nassau et les délices du bar de la plage avec ses cocktails aux noms suggestifs. C'était une foule d'humeur joyeuse, prête à tous les excès, bien décidée à ne rien se refuser. Dans vingt-quatre heures, songea André, la plupart d'entre eux souffriraient de la maladie des îles. Coups de soleil sur fond de Bacardi.

Lui-même n'entretenait pas avec les Caraïbes des rapports très heureux. Quelques années auparavant, lors de son premier hiver à New York, l'idée de n'être qu'à quelques heures d'avion d'une plage de sable blanc avait été une constante tentation. Finissant par y céder, il avait emprunté l'argent pour ce qu'on lui annonçait comme une semaine exceptionnellement avantageuse dans l'une des plus petites îles Vierges et, au bout de quatre jours, il était prêt à rentrer. Il avait trouvé les prix exorbitants, la cuisine trop frite, lourde et sans goût et les rares résidants qu'il avait rencontrés accros au gin et aux potins. Par la suite quelques visites pour le travail à d'autres joyaux des Caraïbes ne l'avaient pas fait changer d'avis : lui et les petites îles n'étaient pas faits pour s'entendre. Elles lui donnaient de la claustrophobie et des indigestions. Ce fut donc avec la perspective d'un devoir à remplir plutôt que de plaisirs à espérer qu'il boucla sa ceinture aux accents grêles d'un calypso pour Boeing suivi du traditionnel discours de bienvenue du pilote. Comment se faisait-il que tous les pilotes semblaient avoir des voix aussi bien timbrées, vibrantes de confiance, infiniment rassurantes ? Était-ce une exigence professionnelle au même titre que des connaissances en navigation et une parfaite tension sanguine ? Est-ce que les cours de recyclage comprenaient des conseils sur les tournures de phrase et l'élocution ?

L'appareil atteignit les étendues bleues sans limites de son altitude de croisière. André déboucla sa ceinture et essaya d'allonger les jambes, conscient de l'humidité qui en montait à force d'avoir pataugé dans toutes les flaques de New York. Voilà une chose au moins qu'il se ferait un plaisir d'abandonner pour un jour ou deux.

À l'aéroport de Nassau, la lumière lui fit mal aux yeux : la chaleur de l'après-midi, comme une serviette humide qu'on enroulait autour de lui, colla à sa poitrine et à son dos ses vêtements d'hiver qui lui parurent aussitôt moites et épais. Il chercha sans succès parmi les Chevrolet vieillissantes un taxi climatisé et passa le trajet jusqu'à Cooper Cay comme un chien, le visage penché par la vitre ouverte pour attraper un peu de brise.

Denoyer s'était arrangé pour lui avoir une chambre au club-house mais avant d'autoriser tous les visiteurs à pénétrer dans ce luxueux ghetto puissamment défendu, il y avait quelques petites formalités à remplir. Contraint de s'arrêter devant une barrière à rayures vertes et blanches qui interdisait l'accès, le chauffeur de taxi actionna son klaxon. Un grand gaillard alangui en casquette à visière, tenue militaire et bottes brillant comme un miroir émergea du poste de garde et s'approcha sans se presser du taxi. Le chauffeur et lui bavardèrent comme de vieux amis – de vieux amis qui ont largement le temps et rien de particulier à faire par une si belle journée. Les deux hommes ayant fait le point sur les derniers événements de leur existence respective, l'homme en uniforme finit par remarquer André qui se fanait à l'arrière et lui demanda qui il venait voir. Il regagna à pas lents le poste, et décrocha son téléphone pour vérifier auprès de la direction. Il apparut que tout allait bien. L'homme fit un signe de tête au chauffeur. La barrière se souleva. Sur un nouveau coup de klaxon, le taxi avança et André pénétra dans un paradis réservé à ceux ayant des revenus nets dépassant dix millions de dollars et un bon avocat.

La route commençait comme une large avenue toute droite bordée de cocotiers hauts d'une quinzaine de mètres avant de s'incurver devant une succession d'allées conduisant à d'énormes maisons blanches ou roses. De discrets panneaux peints avec soin, blottis au milieu des bougainvillées, identifiaient chacun de ces vastes édifices comme une villa portant un nom d'une tout aussi vaste fausse modestie : *Rose*, *Corral*, *Raisin de mer*, *Palmier* (bien sûr), *Palétuvier*, avec des jardins où pas un brin d'herbe ne dépassait, les volets clos pour protéger du soleil. André se prit à comparer cet environnement à l'autre retraite de Denoyer, au cap Ferrat. Malgré les différences de végétation, de qualité de la chaleur et de l'air, les différences d'architecture aussi, il y avait une frappante similitude : l'atmosphère de richesse tranquille et somnolente, le sentiment que le reste du monde était très, très loin. Vils mortels, défense d'entrer.

La route décrivait une nouvelle courbe pour longer les pelouses vert émeraude de l'inévitable terrain de golf où personne ne marchait. On progressait de trou en trou, de coup en coup, au moyen de chariots électriques peints dans les couleurs de Cooper Cay : vert et blanc. Les passagers mettaient pied à terre, frappaient la balle et remontaient. L'effort physique était réduit à un minimum.

S'arrêtant devant les larges degrés de pierre à l'entrée du club-house, le chauffeur fut pris d'un bref accès de zèle provoqué sans doute par la perspective d'un pourboire. Il sauta à terre et arracha son sac des mains d'André, pour se le voir arracher à son tour par un des chasseurs du club, un géant aux dents éblouissantes avec un gilet à rayures vertes et blanches. André distribua quelque menue monnaie à des mains tendues, des billets humides de transpiration, et pénétra dans la fraîcheur du vaste hall.

On lui montra sa chambre, qui donnait sur la piscine, on le soulagea de quelques autres billets humides. Sans prendre le temps de défaire ses bagages, il ôta ses vêtements et resta cinq minutes sous une douche froide avant de traverser le sol carrelé, ruisselant et tout nu, pour regarder la vue. Le long rectangle turquoise de la piscine était désert mais, sur un côté, disposés pour profiter du soleil de fin d'après-midi, il aperçut une rangée de camarades de pension, huilés et immobiles sur leurs chaises longues. Des hommes d'un certain âge, à la peau tannée et qu'une bonne vie avait rendus dodus. Des femmes plus jeunes et plus minces, arborant des bijoux de plage et pas grand-chose d'autre. Pas d'enfants, pas de bruit, aucun signe de vie. Il se détourna de la fenêtre.

Une enveloppe couleur crème était appuyée contre un vase d'hibiscus sur la table de chevet. Il s'essuya les mains et l'ouvrit : une invitation à dîner chez les Denoyer, avec instructions et un petit plan pour faciliter le trajet depuis le club-house jusqu'à leur villa – quatre cents mètres de jungle finement taillée. Il se sécha et déversa sur le lit le contenu de son sac de voyage. Denoyer était-il le genre d'homme à porter un smoking blanc quand il dînait sous les tropiques ? S'attendait-il à voir ses invités faire de même ? André prit une chemise de lin blanc et un pantalon kaki au milieu des vêtements enchevêtrés, alla les accrocher dans la salle de bains et ouvrit la douche pour effacer à la vapeur les ravages causés par le voyage. Le chasseur à l'entrée du club-house tenta de persuader André de s'installer dans un chariot de golf pour se faire conduire à la villa des Denoyer : il n'en crut pas ses oreilles quand le jeune homme déclina son offre. Personne ne *marchait*. Pas à Cooper Cay. Pas de nuit. Et quelle nuit c'était : tiède, noire et veloutée, avec un croissant de lune, le clignotement des étoiles, une légère brise salée venant de la mer, la robuste herbe tropicale drue et souple sous les pieds, un invisible orchestre d'insectes crissant et chantant dans les buissons. André connut un moment de net bien-être et il dut bien convenir qu'après tout l'hiver aux Caraïbes avait peut-être du bon.

La maison – une villa ordinaire à laquelle Denoyer avait assuré une promotion en la baptisant *La Maison Blanche* – était, comme ses voisines, imposante et immaculée, tout comme le digne maître d'hôtel qui vint ouvrir la porte. André fut escorté par un large couloir central jusqu'à une terrasse qui courait sur toute la longueur de la maison. De là, une allée éclairée longeait une piscine et, après avoir traversé un bouquet de palmiers, aboutissait à un ponton. Au-delà, c'était l'obscurité et le clapotis murmurant de l'eau.

« Monsieur Kelly ! Bonsoir, bonsoir. Bienvenue à Cooper Cay. »

Denoyer s'avança sans un bruit sur les dalles de corail. Il avait une tenue très décontractée, constata André avec plaisir : pantalon de flanelle, chemise à manches courtes et espadrilles, le seul signe de richesse étant sur un poignet bronzé une grosse montre en or – de ce modèle fort utile qui est étanche jusqu'à une profondeur de cent cinquante mètres. Sa peau respirait le soleil et la bonne santé, un chaleureux sourire adoucissant son visage un peu ridé mais encore beau.

Il entraîna André jusqu'à un groupe de chaises en rotin disposées autour d'une table basse au plateau en verre.

« Vous vous souvenez de ma femme, Catherine ?
– Bien sûr. »

André serra une main fine et ornée de bijoux. Mme Denoyer était une version plus âgée de sa fille : élégante dans un simple fourreau de soie bleu pâle, ses cheveux blonds tirés en chignon; sur son visage à l'ossature fine et à l'expression quelque peu hautaine, on retrouvait sans peine la trace laissée par plusieurs générations de bonne éducation. Elle inclina gracieusement la tête.

« Asseyez-vous donc, monsieur Kelly. Que voulez-vous boire ? »

Le maître d'hôtel apporta du vin.

« Pernand-vergellesses, annonça Denoyer. J'espère que vous aimez ça. (Il haussa les épaules d'un air contrit.) Nous n'avons jamais pu nous faire aux blancs de Californie. Nous sommes trop vieux pour changer nos goûts, j'en ai peur. (Il leva son verre.) C'est très aimable à vous d'être venu. »

Il but une gorgée de vin, son regard alla jusqu'à l'enveloppe qu'André avait posée sur la table, puis s'éloigna aussitôt, comme si elle n'avait pas plus d'intérêt pour lui qu'un paquet de cigarettes.

André sourit.

« De toute façon, j'étais dans les parages. (Il se tourna vers Mme Denoyer.) J'espère que votre fille va bien ?

– Marie-Laure ? (Elle esquissa une moue, un peu comme l'équivalent pour le visage d'un haussement d'épaules.) Quand elle est ici, elle veut faire du ski, quand elle fait du ski, elle veut être sur la plage. Nous la gâtons. Non, d'ailleurs, reprit-elle en montrant son mari du doigt, c'est Bernard qui la gâte. »

Elle le regarda avec une expression où se mêlaient l'affection et un doux reproche.

« Pourquoi pas ? Ça me fait plaisir. (Denoyer se tourna vers André.) À vrai dire, vous l'avez tout juste manquée. Elle est repartie hier pour Paris et puis je pense qu'elle ira passer le week-end au cap Ferrat. (Il sourit à sa femme.) Claude la gâte bien plus que moi. (La mention de Claude parut rappeler à Denoyer la raison de la visite d'André : il se pencha en avant,

71

haussant les sourcils, désignant nonchalamment du menton l'enveloppe sur la table.) Ce sont les photos que vous avez prises ? »

Le geste était un rien trop nonchalant, le ton de la voix trop désinvolte. Ni l'un ni l'autre n'étaient convaincants, telle fut du moins l'impression d'André.

« Oh, celles-là. Oui. Elles ne valent probablement même pas la peine qu'on les regarde », fit-il en souriant.

Denoyer leva les deux mains, l'image même d'une protestation polie.

« Mais vous vous êtes donné tout ce mal, vous avez fait tout ce chemin... (Il se pencha et prit l'enveloppe.) Je peux ? »

Le maître d'hôtel émergea sans bruit de la maison et murmura quelque chose à l'oreille de Mme Denoyer. Elle acquiesça.

« Ça ne peut pas attendre, chéri ? Parce que je crains que le soufflé, lui, ne puisse pas. »

Malgré sa situation géographique, c'était une demeure française, avec des priorités françaises. L'horrible perspective d'un soufflé s'effondrant pour n'être plus qu'une crêpe tristement flétrie l'emporta sur tout le reste et Mme Denoyer sans tarder les entraîna dans la salle à manger. Comme ils prenaient place, André constata que Denoyer avait emporté l'enveloppe avec lui.

La pièce était bien trop vaste et trop imposante pour eux trois : ils étaient assis à un bout d'une énorme table en acajou où auraient pu s'installer confortablement une douzaine de convives. André se représenta les Denoyer dînant en tête à tête, un à chaque extrémité de la table, le sel, le poivre et la conversation faisant la navette par le truchement du maître d'hôtel.

« Vous devez recevoir beaucoup, n'est-ce pas ? » demanda-t-il à Mme Denoyer.

Nouvelle grimace en forme de haussement d'épaules.

« Nous essayons de ne pas le faire. Les gens d'ici ne savent parler que de golf, d'adultère ou d'impôts. Nous préférons inviter nos amis de France. (Elle inspecta le dôme doré du soufflé que lui présentait le maître d'hôtel et acquiesça de la tête.) Jouez-vous au golf, monsieur Kelly ? Il paraît que le parcours ici est excellent.

– Non, je n'ai jamais joué. Je crois bien que je serais un désastre mondain si j'habitais ici. (Il perça la croûte de son soufflé, huma une bouffée d'herbes et versa dans la cavité mousseuse une cuillerée de tapenade.) Je ne suis même pas très bon pour l'adultère. »

Mme Denoyer sourit. Ce jeune homme avait le sens de l'humour et des yeux... Quel dommage que Marie-Laure soit partie.

« Bon appétit. »

Pour bien marquer le respect dû à la savoureuse légèreté du soufflé, la conversation s'interrompit pendant qu'on le dégustait. Puis on resservit du vin accompagné des opinions – essentiellement pessimistes – de Denoyer sur l'économie française, et de questions polies sur le travail d'André, la vie à New York comparée à la vie à Paris, les restaurants préférés : un plaisant échange de banalités, ce ciment mondain qui colle ensemble les étrangers au cours des dîners, rien d'approfondi ni de trop personnel. Et pas un mot des photographies, même si le regard de Denoyer ne cessait de revenir à l'enveloppe posée auprès de son assiette.

Le plat principal était du poisson, mais un poisson qui avait échappé à l'habituel trépas caraïbe par suffocation dans la pâte. On l'avait frit – très légèrement – et enrobé d'une chapelure de pain de seigle, le tout garni de tranches de citron vert et servi avec des pommes allumettes qui craquaient dans la bouche le plus délicieusement du monde. C'était, se dit André, un poisson aux frites qui méritait quatre étoiles et une citation à l'ordre du jour : il félicita Mme Denoyer d'avoir un tel cuisinier.

« Après tout, il y a de l'espoir pour la cuisine des Bahamas », dit-il.

Mme Denoyer prit la petite clochette de cristal posée auprès de son verre et sonna le maître d'hôtel.

« Vous êtes trop aimable. (Elle lui adressa un sourire, l'espièglerie effaçant les années sur son visage – elle était soudain le portrait même de sa fille –, et elle se tapota l'aile du nez.) Mais le cuisinier vient de la Martinique. »

André ne prenait jamais de dessert : il préférait un dernier verre de vin. Denoyer s'empressa de proposer qu'on prenne le café dans le salon. Cette pièce-là aussi était conçue pour accueillir une foule et ils allèrent s'asseoir dans un îlot central de fauteuils sous un ventilateur qui tournait lentement au plafond, entourés de tous côtés par un océan de dalles de marbre.

« Et maintenant, annonça Denoyer, voyons ce que cette vieille canaille de Claude a bien pu mijoter. »

6

Depuis plusieurs années, Rudolph Holtz observait strictement le rituel du lundi soir. Les rendez-vous d'affaires se terminaient à six heures pile : il n'envoyait pas plus qu'il n'acceptait d'invitations mondaines. La soirée du lundi lui appartenait et elle se déroulait exactement de la même façon chaque semaine. Après avoir dîné légèrement et de bonne heure – le menu ne variait jamais – de saumon fumé de chez Murray's arrosé d'une demi-bouteille de Montrachet, Holtz rassemblait les derniers catalogues de vente et les annonces des galeries ainsi que sa liste de clients existants et potentiels, puis il gravissait les marches menant à son grand lit à colonnes. Là, au milieu des oreillers, il complotait. C'était devenu un élément précieux de sa semaine de travail, une période où rien ne venait le déranger et durant laquelle il avait conçu nombre de coups profitables, dont certains tout à fait honnêtes.

À ses côtés, Camilla dormait déjà, les yeux protégés de la lumière par un masque de satin noir. Elle était épuisée, absolument vidée, en fait – d'avoir passé le week-end avec quelques amis follement mondains de Bucks County. Elle ronflait, un souffle doux et régulier qui rappelait à Holtz un carlin qu'il avait jadis beaucoup aimé : il la tapotait de temps en temps d'un air absent tout en feuilletant ses catalogues, notant par-ci, par-là un nom à côté de tel ou tel tableau. Il aimait beaucoup cette partie de son travail qu'il consi-

75

dérait comme du bénévolat : trouver pour un objet d'art une maison accueillante ; même si, évidemment, cela ne pouvait se comparer à la satisfaction plus profonde de déposer à sa banque un chèque de sept chiffres une fois la vente conclue.

Il examinait un petit mais charmant Corot qui, à son avis, pourrait combler une lacune dans la collection d'Onozuka à Tokyo, quand le téléphone sonna. Camilla poussa un petit gémissement et rabattit le drap par-dessus sa tête. Holtz jeta un coup d'œil à la pendulette. Presque onze heures.

« Holtz ? C'est Bernard Denoyer. »

Holtz jeta un nouveau coup d'œil au réveil et fronça les sourcils.

« Vous êtes bien matinal, mon ami. Quelle heure est-il là-bas ? Cinq heures ?

– Non. Je suis aux Bahamas. Holtz, je viens de voir quelque chose qui ne me plaît pas du tout. Des photographies prises la semaine dernière devant ma maison du cap Ferrat. Le Cézanne, Holtz, le Cézanne. En train d'être chargé dans une camionnette de plombier. »

Holtz se redressa tout d'un coup, haussant le ton.

« Où sont-elles, ces photos ? (Camilla gémit et s'enfouit la tête sous un oreiller.) Qui les a prises ? Pas ces salopards de *Paris Match* ?

– Non, je les ai ici. Le photographe me les a laissées : un nommé Kelly. Il travaille pour un magazine, celui qui a fait ce grand article sur la maison l'année dernière. *RD* ? Quelque chose comme ça.

– Jamais entendu parler. (Camilla geignait toujours. Holtz posa sur sa tête un second oreiller.) Ce Kelly, il veut de l'argent ? »

Denoyer hésita avant de répondre.

« Je ne pense pas. Il m'a dit qu'il rentrait à New York demain, je ne le reverrai donc pas. Mais qu'est-ce qui se passe ? Je croyais que vous transportiez la toile à Zurich ? C'était notre accord. Zurich, et puis Hong-

Kong, et personne n'en saura rien : c'est ce que vous m'aviez dit. »

Holtz dans le passé avait traité avec bien des clients mal à l'aise. Dans la plupart des transactions irrégulières comme celle-ci, il y avait une période intermédiaire – parfois des heures, parfois des jours, des semaines – où une des parties devait faire totalement confiance à l'autre pour respecter un accord. Holtz veillait à ce que la charge de faire confiance aux autres ne lui incombe en fait jamais, mais il pouvait comprendre le sentiment d'insécurité qui doit accompagner la décision de remettre votre sort ou votre argent entre les mains d'un autre. Il se cala parmi les oreillers et prit le ton rassurant d'un médecin au chevet d'un malade.

Il n'y avait absolument aucune raison de s'inquiéter, expliqua-t-il à Denoyer, à condition qu'il n'y ait pas d'autres photographies en circulation. Et cela, dit-il en jetant un coup d'œil au corps endormi à côté de lui, il était en mesure de le vérifier. Coupant court aux questions de Denoyer, il poursuivit. Claude n'était pas un problème. Il ferait ce qu'on lui dirait. Sa loyauté les assurerait de son silence. Quant à la fourgonnette, c'était une simple mascarade : le chauffeur n'était pas un plombier mais un employé de Holtz, un courrier qui avait l'habitude de transporter divers objets précieux sans attirer l'attention. Qui donc irait imaginer que la vieille Renault cabossée d'un artisan contenait un tableau de valeur ? Personne, bien sûr. Denoyer pouvait être certain que le Cézanne était maintenant en train de traverser discrètement l'Europe. Holtz s'abstint de préciser qu'il s'arrêtait en chemin à Paris, mais cela ne regardait pas Denoyer.

« Alors, vous voyez, mon ami, conclut Holtz, vous pouvez vous détendre. Ce n'est qu'un désagrément mineur, rien de plus. Un simple incident. Profitez du soleil et laissez-moi me charger du reste. »

77

Denoyer raccrocha et contempla la douce nuit des Bahamas. C'était la première fois d'une vie honnête et bien rangée qu'il travaillait avec quelqu'un comme Holtz, et l'expérience, cette impression d'être vulnérable, de courir des risques, de ne rien contrôler, ce sentiment de nervosité, voire de culpabilité, ne lui plaisait guère. Mais c'était trop tard maintenant. Il était trop impliqué. Il n'y avait rien à faire. Il se leva et se servit un cognac. Holtz avait paru certain de retrouver la trace des négatifs et des tirages des photos, si jamais il y en avait. Le jeune photographe semblait sincère. Peut-être faisait-il une montagne d'une coïncidence parfaitement innocente. Quand même, Denoyer serait soulagé quand tout cela serait fini.

À vrai dire, Holtz était loin d'être aussi sûr de lui qu'il l'avait laissé entendre au téléphone. Si ce que lui avait dit Denoyer était vrai, il n'avait que jusqu'au lendemain. Il se pencha, ôta les oreillers sous lesquels était enfouie la tête de Camilla et la secoua pour la réveiller. Elle repoussa son masque, un œil bouffi de sommeil s'entrouvrit, étrangement nu sans son habituel maquillage.

« Pas maintenant, mon chou. Je suis épuisée. Peut-être dans la matinée, avant la gym. (Comme bien des hommes de petite taille, Holtz compensait son manque de stature par une libido vorace que Camilla trouvait souvent lassante. Elle lui tapota la main.) Une femme a besoin d'une nuit de repos de temps en temps, chéri. Vraiment. »

On aurait dit que Holtz ne l'avait pas entendue :

« Il me faut l'adresse de ce photographe que tu emploies. Kelly. »

Camilla parvint à se rasseoir, se protégeant pudiquement la poitrine d'un pan du drap.

« Comment ? Ça ne peut pas attendre ? Rudi, tu sais que c'est une catastrophe pour moi si je n'ai pas assez dormi, et demain...

– C'est important. Il y a un pépin. »

Au pli de sa bouche, Camilla comprit qu'il était inutile de discuter davantage : elle le savait, il pouvait parfois se montrer une vraie petite brute. Elle se leva pour aller chercher son sac à main, se cognant un doigt de pied contre une commode Louis XV, ce qui la fit revenir jusqu'au lit en clopinant sur une jambe avec un boitillement résolument peu sexy. Elle prit son carnet d'adresses et en tourna les pages jusqu'à la lettre K.

« Mon orteil va enfler, j'en suis sûre. Saleté de commode. (Elle tendit le carnet à Holtz.) Ai-je le droit de savoir de quoi il s'agit ?

– Permets-moi de te dire que tu survivras, ma chère. Laisse-moi donner ce coup de fil. »

Tout à fait réveillée maintenant et en proie à une vive curiosité, Camilla prit un miroir dans son sac et rajusta sa coiffure tout en écoutant ce que Holtz disait à un nommé Benny. Elle regretta vite de l'avoir fait. Elle n'avait assurément aucune envie d'entendre tous les sordides détails. Pas ce soir en tout cas. Reprenant son masque, elle replongea à l'abri des oreillers et fit semblant de dormir.

Mais Camilla n'arrivait pas à trouver le sommeil. Elle se rendit vaguement compte que la conversation se terminait, puis elle sentit sur son corps le contact doux et insistant des mains de Holtz qui la retournait vers lui. Elle baissa les yeux vers le haut de son crâne : c'est vrai qu'il était petit, même à l'horizontale. Les mains insistaient. Camilla céda à l'inévitable et poussa un soupir : elle éloigna autant que possible son orteil endolori pour éviter tout risque de collision avec les pieds avides de Holtz.

Dans le rétroviseur du taxi, André vit se refermer la barrière à rayures qui protégeait Cooper Cay de toute invasion du commun des mortels. C'était un matin parfait, étincelant, les fleurs mettant des notes de couleurs vives sur le vert tropical, les jardiniers balayant et taillant pour éviter aux résidants l'horreur de voir une feuille morte ou une fleur fanée. Il se laissa retomber sur la banquette, ruminant sa déception, avec l'impression d'avoir passé les dernières vingt-quatre heures à perdre son temps.

Denoyer n'aurait pu se monter plus charmant ni, pour l'essentiel de la soirée, plus détendu. Loin de réagir à la vue des photographies avec la surprise teintée d'inquiétude à laquelle s'attendait André, il avait paru plus intéressé par l'état de son jardin que par le Cézanne. Il y avait eu juste un unique moment révélateur, et encore rien de plus qu'un bref froncement de sourcils étonné quand il avait vu la camionnette, mais il s'était repris presque aussitôt. Le plombier, avait-il dit, était un vieux copain de Claude qui faisait souvent des courses pour lui. De temps en temps on prêtait le Cézanne à la galerie d'un ami de Cannes. Ce devait être l'explication, avait précisé Denoyer, ce qui ne l'empêcherait certainement pas de toucher un mot à Claude pour la désinvolture avec laquelle on effectuait le transport. Et voilà. Denoyer s'était confondu en remerciements devant la sollicitude d'André et avait insisté pour régler son séjour au club-house. Mais la soirée – tout le voyage, à vrai dire – avait été décevante.

Ce fut une petite consolation cet après-midi-là quand il regagna New York de constater que le dégel s'était poursuivi et que le trottoir devant son immeuble n'était plus une patinoire. Tout en gravissant l'escalier jusqu'à son appartement, il décida qu'il avait besoin de se remonter le moral : ses pensées revinrent à Lucy et à la perspective d'un dîner en tête à tête et ce fut dans ces dispositions qu'il ouvrit sa porte et se dirigea vers le téléphone. Il était au beau milieu de la pièce quand il s'arrêta net pour inspecter le chaos qui l'entourait.

Chacun de ses cartons avait été ouvert et son contenu renversé par terre. Livres, photos, vêtements, souvenirs de voyage s'entassaient sur le plancher et contre la cloison comme s'ils avaient été jetés là par des mains violentes, furieuses. André s'approcha de sa table de travail, le craquement sec du verre brisé accompagnant ses pas. Les classeurs où il gardait toutes ses diapositives, rangées par années et par pays, étaient ouverts et vides. À côté, le placard où il rangeait son matériel avait été débarrassé de tout ce qu'il contenait à l'exception d'un trépied pliant et d'un vieil appareil de photo à plaques qu'il comptait faire restaurer. Ses autres boîtiers, ses objectifs, ses filtres, son matériel d'éclairage et les sacs faits sur mesure pour les transporter, tout avait disparu. Il alla jusqu'à la cuisine, ouvrit le frigo et constata, sans grand étonnement, qu'on avait pris tous ses rouleaux de pellicule. Bienvenue à New York, patrie des cambrioleurs consciencieux.

Dans sa chambre, il trouva les tiroirs qui pendaient béants, les placards vides, ses vêtements jetés n'importe où, le matelas arraché du lit. Il était abasourdi, sonné. L'indignation, l'impression d'avoir été victime d'un viol, tout cela viendrait plus tard. Se frayant un chemin au milieu des débris de ses affaires, il se jucha sur le tabouret devant sa table de travail et se mit à donner les coups de téléphone indispensables.

La police : polie, mais lasse. C'était un des quelques centaines d'incidents criminels qui s'étaient produits dans la ville depuis le week-end : sur une liste où figuraient en tête des homicides, des viols, des overdoses et l'ouverture de la chasse dans le métro, un vulgaire cambriolage n'occupait pas une place de choix. Si André voulait bien passer au commissariat pour fournir les détails, on enregistrerait officiellement sa plainte pour vol. Là, à moins d'un extraordinaire coup de chance, le dossier se couvrirait de poussière sur un rayonnage. On conseilla à André de changer ses serrures.

81

La compagnie d'assurances : tout de suite sur la défensive, avec le scepticisme professionnel, le feu roulant de questions en petits caractères qui sont tellement réconfortantes dans les moments de crise et d'infortune. Toutes les portes et fenêtres étaient-elles bien fermées ? Le système d'alarme était-il branché ? André avait-il en sa possession tous les documents nécessaires : reçus d'achat, numéros de série, estimations du coût de remplacement ? On ne pourrait prendre aucune mesure sans ces renseignements cruciaux. En attendant, on lui conseilla de changer ses serrures. En raccrochant, André se rappela le slogan de la compagnie d'assurances, débité à la fin de chaque spot publicitaire par une voix dégoulinante de sincérité sucrée : quelque chose à propos d'un ami dans l'adversité.

Lucy : enfin un peu de compassion. Elle annonça qu'elle serait là dès qu'elle aurait fermé le bureau.

Plantée au milieu de la salle de séjour, elle examinait le saccage, le visage crispé de colère et de consternation. Elle portait le béret qu'il lui avait acheté à Nice. C'était le spectacle le plus agréable qu'il ait vu de toute la journée et cela le fit sourire.

« Il te va très bien, Lulu. Je crois que je vais t'acheter un vélo et un collier d'oignons pour aller avec. »

Elle l'ôta et secoua sa chevelure.

« Si tu dois la jouer virile et courageuse, ne compte pas sur moi pour t'emmener dîner. Seigneur, quel gâchis ! »

Ils commencèrent par la chambre : d'une main experte, Lucy eut tôt fait de ramasser et de plier les vêtements, de les accrocher dans la penderie ou de les mettre au sale. Après avoir assisté aux pénibles efforts d'André pour plier un chandail, elle l'envoya dans le studio, en espérant que son éducation ménagère lui avait au moins enseigné l'art de manier un balai. Sans réfléchir, il ramassa par terre un CD de Bob Marley et le passa. Ce ne fut qu'après s'être éloigné de la chaîne stéréo que quelque chose lui parut très bizarre : il n'aurait pas dû y avoir de chaîne stéréo. Pourquoi n'avait-elle pas disparu avec tout le reste ? Là-dessus, tout en commençant à balayer les éclats de verre, il passa en revue ce qu'on avait emporté ; ou plutôt, ce qu'on n'avait pas emporté : on n'avait pas pris la chaîne, ni le téléviseur, ni le radio-réveil sur la table de nuit, ni le téléphone mobile, pas même la demi-douzaine de cadres en argent Art nouveau qui gisaient maintenant sur le sol au pied de l'étagère où ils étaient normalement posés. Ça ne rimait à rien, à moins que les cambrioleurs n'eussent l'intention de s'installer comme photographes professionnels. Mais si tout ce qu'ils voulaient, c'était du matériel, alors pourquoi emporter ses diapos ? Pourquoi prendre dans le frigo son stock de pellicule ? Pourquoi mettre l'appartement à sac ? Qu'est-ce qu'ils cherchaient donc ?

Deux heures plus tard, même si l'appartement avait retrouvé un semblant d'ordre, Lucy ne donnait aucun signe de ralentir le rythme. Pas signe non plus de faim ni de soif, alors que l'une comme l'autre commençaient à distraire André de ses devoirs de femme d'intérieur. Il l'arrêta au moment où elle traversait la pièce, portant en équilibre une pile de livres qui lui arrivait jusqu'au menton.

« Assez, Lulu, assez. (Il lui retira les livres des bras et les posa par terre.) Tu avais parlé tout à l'heure de dîner, ou bien est-ce que tu t'amuses trop pour t'interrompre ? »

Lucy mit les poings sur ses hanches et se détendit le dos.

« Bon, ça ira pour ce soir. As-tu une femme de ménage ?

– Quoi ?

– Non, je pensais bien que non. Je te trouverai quelqu'un demain. L'appartement aurait besoin d'un

83

bon nettoyage. C'est comme les fenêtres. Est-ce qu'on a jamais fait ces carreaux ? Dis-moi, André, le yaourt ne dure pas éternellement, même au frigo. Quand il commence à luire dans l'obscurité, jette-le, d'accord ? »

André eut soudain l'impression – une impression étrange mais plaisante – qu'une partie de sa vie personnelle passait sous une nouvelle direction. Il aida Lucy à enfiler son manteau. Elle prit son béret et promena son regard autour d'elle.

« Tu n'as pas de miroir ici, n'est-ce pas ? (Elle fourra ses cheveux sous le béret qu'elle inclina cavalièrement au-dessus d'un œil et le surprit en train de lui sourire.) Ça n'est pas comme ça que ça se porte en France ?

– Non. Mais on devrait. »

Lucy l'emmena dans ce qu'elle appelait son bistrot du coin, un petit restaurant bruyant et chaleureux de Duane Street. Rhum des Antilles, bière de Turin, un chef jamaïcain avec une épouse italienne : le menu succinct reflétait les deux aspects du mariage.

Lucy but une gorgée de rhum.

« Je suis désolée de ce qui s'est passé.

– Il y a quelque chose là-dedans que je ne comprends pas. (André se pencha et regarda le fond de son verre tout en parlant.) Ils ne se sont pas intéressés à des trucs qu'ils auraient pu vendre dans la rue en cinq minutes. Rien que des appareils de photo – des appareils et mes dossiers. Mon travail. C'est tout ce qu'ils voulaient. Et c'étaient des pros. Ils n'ont pas eu à défoncer la porte, ils savaient comment couper l'alarme. (Il leva les yeux.) Des pros, Lulu. Mais pourquoi moi ? Enfin, des photographies de maisons, de meubles, des portraits – ça n'est pas comme s'il y avait rien là-dedans qu'ils pourraient vendre à un magazine à sensation. Les seuls nus qu'il y a sont sur les tableaux. »

La femme du chef faufila son ample personne entre les tables pour prendre leur commande : elle s'embrassa le bout des doigts quand Lucy commanda le poulet à la haïtienne et eut un hochement de tête approbateur lorsque André se décida pour un risotto de fruits de mer.

« Je choisis le vin pour vous, hein ? Un bon petit orvieto jamaïcain. »

Elle s'éloigna en gloussant vers la cuisine. Lucy eut un grand sourire.

« Ne prends pas un air si désapprobateur et si français. Angelica s'y connaît. Maintenant, petit retour en arrière : parle-moi de ton voyage. »

André raconta, faisant de son mieux pour s'en tenir aux faits, guettant des réactions sur le visage de Lucy. Elle avait la plus séduisante qualité pour quelqu'un qui sait écouter, une totale attention : ce fut à peine si elle remarqua l'arrivée d'Angelica avec leur commande. Ils s'écartèrent pour lui laisser la place de déposer les plats.

« *Basta !* fit Angelica. Assez roucoulé. Mangez. »

Pendant les premières minutes, ils dînèrent en silence. Lucy s'arrêta pour prendre une gorgée de vin.

« Tu as raison, fit-elle. Ça n'a pas de sens, à moins que quelqu'un ait juste voulu saccager ton travail. (Elle secoua la tête.) As-tu quelqu'un qui t'en veuille ? Tu sais, dans le métier ?

– Pas que je sache. Mais pourquoi voudrait-on mes vieilles diapos ? Il n'y a rien là qu'on puisse vendre. Et pourquoi mettre tout l'appartement en l'air ?

– Peut-être qu'ils cherchaient quelque chose. Je ne sais pas... quelque chose que tu aurais caché. »

Angelica vint se pencher sur eux.

« Tout va bien ? »

Elle prit la bouteille de vin et remplit leurs verres :

« C'est la première fois que vous venez ici ? » demanda-t-elle à André.

Il sourit et acquiesça de la tête.

« Délicieux.

– *Bene.* Assurez-vous qu'elle mange. Elle est trop maigre. »

Angelica s'éloigna, se massant le ventre d'une main potelée.

Ils poursuivirent leur repas en bavardant, évitant d'échafauder de nouvelles théories à propos du cambriolage. Peu à peu ils passèrent des potins du métier à des comparaisons entre ce qu'ils aimaient et ce qu'ils n'aimaient pas, quels étaient leurs espoirs et leurs ambitions, les petites révélations de deux personnes qui tâtonnent pour mieux se connaître. Quand ils eurent terminé leur café, le restaurant était presque vide, et lorsqu'ils sortirent dans la rue, ils y trouvèrent un froid humide. Frissonnante, Lucy glissa une main sous le bras d'André et ils se dirigèrent vers le coin de Duane Street et de West Broadway. Il héla un taxi et, pour la première fois de la soirée, il y eut un moment d'hésitation un peu embarrassé.

Lucy ouvrit la portière du taxi.

« Promets-moi de ne pas faire de ménage quand tu rentreras.

– Merci pour tout, Lulu. Le dîner était délicieux. Ça vaudrait presque la peine de se faire cambrioler. »

Elle se dressa sur la pointe des pieds et lui posa un baiser sur le bout du nez.

« Change tes serrures, d'accord ? »

Là-dessus, elle disparut.

Il resta là, à regarder les feux arrière du taxi se fondre parmi une centaine d'autres : il se sentait étonnamment heureux pour un homme qui venait de se faire cambrioler.

7

Une grande agitation régnait dans les bureaux de *RD* sur Madison Avenue : tout le monde était encore plus débordé que d'habitude au moment du bouclage du nouveau numéro. Les plans de Camilla avaient été bouleversés – complètement *chamboulés*, comme elle disait en français – par l'arrivée d'un article que personne n'avait commandé sur les bidets décorés des gens célèbres, illustré de photos tout simplement ravissantes prises par un jeune photographe parisien plein d'avenir. Rarement des articles en porcelaine hygiénique avaient paru aussi somptueux, aussi sculpturaux, avaient semblé à tel point faire partie de la salle de bains bien conçue d'aujourd'hui : la fin de l'hiver était une époque absolument parfaite pour que les lecteurs passent en revue leurs besoins sanitaires. À la conférence de rédaction, on reconnut unanimement que c'était un travail d'une folle originalité, peut-être même une première dans l'histoire du magazine. Puis, comme Camilla s'empressa de le faire remarquer, il y avait le cachet supplémentaire apporté par la célébrité des propriétaires de ces bidets. Pour des raisons évidentes, on ne les voyait nulle part sur les photographies. Ils avaient néanmoins donné la permission qu'on utilise leurs noms. C'était une trop belle occasion pour la laisser passer.

Mais le numéro était déjà complet : il allait falloir laisser tomber un des reportages prévus. Camilla marchait de long en large dans la salle de conférence devant la longue table sur laquelle étaient étalées les doubles pages de la maquette. Comme toujours, une jeune secrétaire la suivait comme son ombre, bloc à la main et, telle une rangée de graves lutins vêtus de noir, le directeur artistique, les responsables des rubriques tissus, ameublement, accessoires et une cohorte de jeunes adjoints ne la quittaient pas des yeux.

Camilla s'arrêta, en se mordillant la lèvre inférieure. Elle ne se résignait pas à reporter l'article sur la petite folie médiévale de la duchesse de Pignolata-Strufoli en Ombrie, pas plus que l'autre grand reportage sur l'aménagement raffiné par un amour de petit milliardaire suisse d'un couvent de religieuses en Dordogne. La répercussion mondaine d'un tel ajournement pourrait être embarrassante et risquerait de compromettre les invitations qu'on lui avait lancées pour l'été. Elle finit par prendre une décision. Comme une fée utilisant les pouvoirs de sa baguette, elle frappa de son stylo Montblanc trois doubles pages de la maquette.

« Je suis navrée de les voir disparaître, déclara-t-elle, mais les icônes sont absolument hors du temps et les bidets, c'est tellement printemps. Nous passerons les icônes cet été. »

Au milieu de force hochements de tête et de notes hâtivement griffonnées – et non sans quelque bouderie rituelle et mouvements de mèche du directeur artistique qui devrait refaire toute la maquette –, la conférence prit fin. Camilla regagna son bureau pour y trouver Noël au téléphone, l'air accablé.

« Oh ! mon pauvre, mon pauvre garçon, disait-il. Voir tous ces trésors pillés par ces misérables. Je serais en larmes. C'est trop affreux. Tiens, la voilà. Je vais vous la passer. (Il leva les yeux vers Camilla.) C'est horrible. André a été cambriolé. Je crois qu'il a besoin d'une épaule pour pleurer. »

Camilla alla s'asseoir à son bureau. André... La seule mention de son nom éveillait en elle une émotion vague et fort inhabituelle. Pourrait-ce être du remords ? En tout cas, c'était la dernière personne à laquelle elle avait envie de parler : elle essaya de trouver une crise possible qui aurait pu survenir entre la table de Noël et son bureau et qui lui permettrait de ne pas prendre la communication. Le téléphone fixait sur elle un œil rouge clignotant. Elle décrocha, s'apprêtant à se montrer horrifiée et compatissante.

« Mon chou ! Mais qu'est-ce qui s'est passé ? »

André commença à lui raconter tandis que Camilla ôtait son escarpin pour apaiser la douleur qui lui faisait palpiter l'orteil. Le soulagement fut instantané. Elle se dit qu'au lieu d'essayer de glisser courageusement son pied dans un des meilleurs modèles de Chanel, elle pourrait envisager d'adopter la tenue de la rédactrice blessée : un pantalon, bien sûr, et une paire de ces confortables chaussons de velours brodés à ses initiales. Peut-être une canne à pommeau d'ivoire. Est-ce que Coco elle-même n'en utilisait pas une à la fin de sa vie ? Oui, une canne, absolument. Elle se mit à prendre des notes.

« Camilla ? Tu es toujours là ?

— Bien sûr, mon chou. Je suis simplement abasourdie par la nouvelle. Absolument consternée.

— Je survivrai. En tout cas, ils n'ont pas pris les photos des icônes. Qu'est-ce que tu en penses ?

— Sublimes, mon chou. Parfaites. (Camilla prit une profonde inspiration. Tôt ou tard, il finirait par l'apprendre.) Au fait, il y a eu un petit changement de programme à cause de placards publicitaires de dernière minute et j'ai perdu quelques pages. C'est trop assommant à expliquer. Ça veut dire que nous avons dû refaire la maquette et que les icônes ne seront pas dans le prochain numéro. Je ne peux pas te dire à quel point je suis désolée. »

Camilla rompit le silence déçu en interpellant un laquais imaginaire.

« Cessez de tourner comme ça autour de moi. J'arrive. (Puis, à l'intention d'André :) Mon chou, il faut que je file. Je te parlerai très bientôt. *Ciao.* »

Elle raccrocha avant qu'il ait eu le temps de répondre et appela la petite secrétaire, toute trace de remords oubliée, ne pensant déjà plus qu'aux détails de sa garde-robe de blessée ambulatoire.

La semaine d'André avait mal commencé et les choses ne s'arrangèrent pas. Dans la grande tradition des compagnies d'assurances, les amis sur lesquels on pouvait compter en cas de coup dur le traitaient comme une canaille cherchant à les escroquer et, chaque fois qu'il appelait, on trouvait de nouvelles raisons pour ne pas le régler. Cela lui avait coûté des milliers de dollars de remplacer le matériel qu'il avait dû racheter. Camilla n'avait fait allusion à aucune nouvelle commande, et Lucy avait beau multiplier les coups de fil pour lui en trouver, rien jusque-là ne s'était présenté.

Entre deux coups de téléphone, il passait son temps à remettre de l'ordre après le passage des cambrioleurs. Dans une pile de vieux magazines, il tomba sur le numéro de *RD* où avait paru le reportage sur la maison de Denoyer et il s'arrêta pour le feuilleter. Il sentit sa curiosité s'éveiller de nouveau quand il en arriva à une photo du grand salon. C'était là que trônait le Cézanne, au-dessus de la cheminée, baignant dans les couleurs de la Provence, le point de mire de la pièce. Où était-il maintenant ? À en croire Denoyer, accroché dans une galerie de Cannes. Il contempla le tableau, en essayant de se rappeler s'il avait jamais vu une galerie d'art à Cannes. Il ne pouvait pas y en avoir beaucoup. Ce serait facile à vérifier et il éprouverait au moins une certaine satisfaction à s'en assurer. Si la toile était bien là où Denoyer affirmait qu'elle était, tout l'incident pouvait s'expliquer et il n'aurait plus à y penser.

De bonne heure le lendemain matin, il appelait un ami à Paris. Après deux minutes de recherches sur le Minitel, l'ami donnait à André les noms et les numéros de téléphone de la poignée de galeries que comptait Cannes. André les appela successivement : à un numéro après l'autre, avec diverses nuances de regret on l'informa qu'il n'y avait pas de Cézanne dans les locaux et qu'on ne connaissait d'ailleurs pas non plus de M. Denoyer.

Il avait donc menti.

« Il a menti, Lulu. Pourquoi ferait-il ça s'il ne mijotait pas quelque chose ? »

Juché sur le bord de son bureau, André regardait Lucy croquer une pomme. Ouvrant de grands yeux, elle secoua la tête tout en finissant de mastiquer.

« André, c'est son tableau. Il peut en faire ce qu'il veut.

– Mais pourquoi mentirait-il ? D'ailleurs, j'en suis enchanté. Je ne me sens pas tout à fait si idiot. Il se passe bel et bien quelque chose de louche. »

Lucy leva les deux mains : elle capitulait.

« D'accord. Tu as peut-être raison. Mais c'est son problème. Nous avons les nôtres. (Elle prit sur son bureau une feuille de papier et la lui tendit.) Voici les magazines auxquels j'ai téléphoné pour voir s'ils avaient quelque chose pour nous. Aucun d'eux n'a rappelé. Au fait, tu as parlé à Camilla ? Elle n'a rien ? »

André secoua la tête.

« Tu sais comment elle est quand elle boucle un numéro : c'est à peine si elle peut penser plus loin que l'heure du déjeuner. (Il jeta sans grand intérêt un coup d'œil à la liste de Lucy.) Mais elle m'a quand même dit qu'elle laissait tomber le reportage sur les icônes. Trop de pages de publicité. Alors, dans l'ensemble, ça a plutôt été une bonne semaine. »

Il avait l'air aussi triste qu'un chien de chasse en cage.

« André, nous avons tous de sales semaines. Écoute, si tu allais chercher ton nouveau matériel ? Tu en auras besoin quand j'aurai fini. (Elle renversa la tête en arrière et leva les yeux vers lui.) Est-ce que nous ne pourrions pas avoir un air un peu moins lugubre ? S'il te plaît ? »

Il quitta le bureau et descendait West Broadway quand son regard fut arrêté par des livres dans la vitrine de la librairie Rizzoli. Une nouvelle biographie de Gauguin venait de sortir, épaisse et bourrée d'érudition : derrière les piles de livres bien entassés, une affiche montrant la *Femme avec une fleur* de l'artiste. Il y avait quelque chose de familier dans l'attitude de la femme et dans l'angle sous lequel on l'avait représentée. Malgré les différences de couleur et de technique, on y retrouvait un écho de la femme plus âgée, plus corpulente du Cézanne de Denoyer.

André entra dans la librairie et feuilleta tous les livres qu'il put trouver sur les impressionnistes jusqu'au moment où il tomba sur ce qu'il cherchait. La toile avait droit à une pleine page avec une brève légende : *Femme aux melons*. Paul Cézanne, environ 1873. Autrefois propriété de Pierre-Auguste Renoir, aujourd'hui dans une collection privée. Eh bien, se dit André, peut-être était-ce encore le cas. Ou peut-être la toile était-elle à l'arrière d'une fourgonnette de plombier. Mais certainement pas dans une galerie de Cannes. Il acheta le livre et regagna son appartement, prêt à une nouvelle escarmouche avec Thomas le Dubitatif, l'homme aux mille excuses, sa Némésis de la compagnie d'assurances.

Les derniers et pâles rayons d'un soleil déclinant abandonnaient le faîte des immeubles, et le centre de

Manhattan baignait dans son éclat du soir. André jeta à la poubelle un ultime chargement de bricoles et se versa un verre de vin rouge. Il inspecta l'appartement : tout aujourd'hui était plus propre et mieux rangé que jamais depuis le jour où il avait emménagé. L'idée lui traversait l'esprit qu'il n'y a rien de tel qu'un bon cambriolage pour vous simplifier la vie quand la sonnerie du téléphone retentit.

« Quel soulagement ! Tu ne t'es pas encore suicidé. (Lucy se mit à rire et André se prit à sourire.) J'ai réfléchi à ta toile mystère. Elle te tracasse toujours ?

– Ma foi... oui, je crois. Pourquoi ?

– J'ai un ami qui a une galerie à deux pas de chez moi. Tu sais, si tu voulais parler à quelqu'un du métier... (elle hésita)... on pourrait passer le voir ce soir.

– Lulu, c'est très gentil de ta part, mais tu as déjà entendu toute cette histoire. Ça ne va pas t'assommer ?

– Ça, ce sera pour plus tard. Mon cousin et sa femme sont arrivés de La Barbade et ils m'ont embarquée dans un dîner avec eux et un de leurs copains que je ne connais pas. Il achète des ordinateurs pour le gouvernement, c'est son premier séjour à New York et il est très, très timide. Est-ce que ça n'a pas l'air d'une soirée de rêve en perspective ?

– On ne sait jamais, Lulu. Nous autres timides, nous avons des profondeurs cachées. Je passe te prendre dans dix minutes. »

André prit une douche rapide, mit une chemise propre et trop de lotion après-rasage et quitta l'appartement en sifflotant.

La galerie était au premier étage dans un magnifique vieil immeuble de Broome Street : parquets de bois blond, plafond en fer-blanc, éclairage tamisé et un propriétaire étonnamment jeune.

« Papa est bourré de fric, avait expliqué Lucy tandis qu'ils montaient l'escalier, mais que cela ne te

93

décourage pas. David est un type charmant et il sait ce qu'il fait. »

David leur fit signe du fond de la galerie : une frêle silhouette au visage pâle en costume sombre et T-shirt blanc, plantée derrière un bureau minimaliste, un téléphone coincé entre l'oreille et l'épaule. Deux autres jeunes gens posaient des toiles contre les murs nus. Des enceintes cachées laissaient filtrer les échos du concert de Keith Jarrett à Cologne.

David termina son coup de téléphone et s'approcha pour donner à Lucy un baiser sur la joue et à André une poignée de main un peu molle.

« Pardonnez-moi ce fatras. (Il désigna le vaste espace immaculé.) Nous préparons une nouvelle exposition. »

Il leur fit franchir une porte au fond pour pénétrer dans une pièce plus humaine, où régnait un certain désordre, et où l'ameublement se réduisait à deux fauteuils de bureau, un canapé au cuir éraillé, un ordinateur et un fax coincés entre des piles de livres d'art.

« Lucy m'a dit que vous cherchiez un Cézanne. (David eut un grand sourire.) Moi aussi. »

André raconta son histoire au jeune marchand de tableaux silencieux et attentif : de temps en temps ce dernier levait une main pour tripoter une boucle d'oreille en argent, haussant les sourcils en entendant André décrire sa série de coups de téléphone à Cannes.

« Vous prenez ça fichtrement au sérieux, non ?

– Je sais. (André secoua la tête.) Et je sais que ce ne sont pas mes affaires, mais je n'arrive pas à laisser tomber. »

David fit une petite grimace.

« Je voudrais bien pouvoir vous aider, mais ce genre de choses n'est pas de mon niveau : je ne suis qu'un marchand débutant. (Il se gratta la tête en fronçant les sourcils. Ses doigts se portèrent de nouveau d'un geste songeur à sa boucle d'oreille.) Voyons... Il vous faut quelqu'un... Ah, attendez donc. (Il pivota dans son fauteuil pour faire face à l'ordinateur.) Je sais qui il vous faut. (Tout en continuant à parler, il pianotait sur les touches pour ouvrir un dossier.) C'est un des marchands des quartiers chics, un ami de mon père. Il a un de ces immeubles en pierre du style Fort Knox vers la Soixantième Est. (Il fit défiler sur l'écran une liste d'adresses.) Voilà : Pine Art, c'est sa petite plaisanterie. Il s'appelle Pine, Cyrus Pine. (David griffonna l'adresse et le numéro de téléphone sur un bloc.) Je l'ai rencontré deux ou trois fois. C'est un personnage, spécialisé dans les impressionnistes, en cheville avec tous les grands collectionneurs. (Le jeune homme se leva, tendit le bout de papier à André et regarda sa montre.) Écoutez, il faut que je file. Le vernissage a lieu demain. Dites bonjour pour moi à Cyrus. »

Ils se retrouvèrent dans la rue. André prit le bras de Lucy et l'entraîna d'un pas vif vers West Broadway.

« Lulu, tu es un ange et tu mérites ce que la vie peut t'offrir de mieux. As-tu le temps de prendre une coupe de champagne ? »

Lucy sourit. C'était bon de le voir retrouver son entrain.

« Pas vraiment.

– Parfait. Allons chez Félix. J'aimerais qu'ils voient ton béret. »

Ils s'installèrent au bout du petit bar, entourés d'un brouhaha de voix françaises. Un chien patient et philosophe était attaché à une chaise dans un coin, devant les toilettes pour hommes, son nez frémissant en humant les odeurs qui venaient de la cuisine. Les gens fumaient sans se cacher. Par un soir comme ça, on aurait presque pu se croire à Paris. C'était une des raisons pour lesquelles André aimait venir là.

L'air intrigué, Lucy essayait de reconnaître un son familier dans ce torrent de bruit.

« Est-ce qu'ils parlent toujours aussi vite ?

– Toujours. Il y a dans une lettre de Tchekhov une formule merveilleuse : " Jusqu'à ce que s'installe une sénilité avancée, le Français est normalement quelqu'un d'excité. "

– Qu'arrive-t-il quand la sénilité avancée s'installe ?

– Oh ! ils continuent à courir les filles, mais lentement, pour ne pas renverser leurs verres. »

Le champagne arriva et André leva sa flûte :

« Merci encore, Lulu. C'est sans doute une perte de temps, mais j'aimerais vraiment savoir ce qui est arrivé à ce tableau. »

À une centaine de blocs plus au nord, Rudolph Holtz et Camilla eux aussi buvaient du champagne. Les quelques jours précédents avaient été satisfaisants : pas d'autre coup de fil affolé de Denoyer et le Cézanne était arrivé sans encombre à Paris. Un examen attentif des fruits du cambriolage n'avait révélé aucune surprise déplaisante. On avait brûlé les diapos, liquidé le matériel en utilisant les relations douteuses mais efficaces de l'oncle de Benny dans le Queens.

« Nous n'avons donc aucun sujet d'inquiétude, déclara Holtz. Si Kelly était en mesure de faire quelque chose, nous le saurions maintenant. Il aurait pris contact avec Denoyer. »

Camilla agita son orteil dans son cocon de velours. La douleur avait disparu, mais elle savourait l'attention que lui valait sa canne et elle avait mis au point ce qu'elle considérait comme une claudication plutôt séduisante.

« Ça, je n'en sais rien, mais il a appelé le bureau tous les jours.

– Bien sûr qu'il a appelé le bureau. Il a besoin de travailler. (Holtz d'une chiquenaude fit tomber un bout de peluche de la manche de son smoking.) Mais j'estime qu'il serait sage de ne pas avoir affaire à lui pendant quelque temps. Tu peux trouver un autre photographe, j'en suis sûr. (Il reposa sa coupe.) Nous devrions partir. »

La limousine attendait devant l'entrée de l'immeuble, prête à leur faire franchir les quatre pâtés de maisons jusqu'à un dîner au profit d'une œuvre de charité. Holtz y allait sans entrain : ces soirées de bienfaisance pouvaient conduire un homme à la faillite s'il n'y prenait pas attention. Il palpa ses poches pour s'assurer qu'il avait bien oublié son chéquier.

8

Les rues du quartier élégant de l'East Side de Manhattan tendent à confirmer l'opinion de ceux qui considèrent la ville comme un avant-poste sur la frontière à la veille d'une guerre. Les immeubles d'appartements sont des garnisons où patrouillent vingt-quatre heures sur vingt-quatre des hommes en uniforme qui s'appellent Jerry, Pat ou Juan. Les hôtels particuliers sont fortifiés pour parer à tout assaut. Portes à triples serrures, fourrées de barreaux d'acier, systèmes d'alarme, tentures si épaisses qu'elles pourraient être à l'épreuve des balles : tous les systèmes de sécurité, hormis le lance-roquettes domestique et la mine antipersonnelle, s'étalent bien en vue ou sont signalés. Et c'est là la partie sûre de la ville. Ces casemates urbaines abritent les richesses et les privilèges, elles sont situées dans des quartiers extrêmement recherchés : ce sont des propriétés qui changent de mains pour des sommes qui se chiffrent en millions de dollars.

En quittant Park Avenue pour s'engager dans la Soixante-treizième Rue, André se demanda ce que ce devait être que de vivre en état de siège permanent. Est-ce que cela devenait jamais une situation qu'on considérait comme normale et à laquelle on finissait par ne même plus prendre garde ? L'idée de la résidence-prison l'horrifiait et pourtant, pour certains, c'était un état normal. Denoyer, par exemple, que ce fût en France ou aux Bahamas, passait sa vie derrière des barricades. Tout comme, à en juger par l'aspect de sa demeure, tout comme Cyrus Pine.

C'était un bâtiment de pierre à quatre étages, assez classique, peut-être un peu plus grand que la plupart et remarquablement bien entretenu. Les quelques marches du perron étaient grattées et immaculées, la porte d'entrée et les ferrures protégeant les fenêtres d'en bas brillaient d'une couche récente de peinture noire. Le bouton de la sonnette de cuivre étincelait au soleil de midi. Rien n'indiquait qu'il s'agissait d'une entreprise commerciale : il est vrai que ce n'était guère le genre d'affaires qui dépendaient de la clientèle de passage ou des achats sur un coup de tête.

André pressa le bouton et déclina son identité dans l'interphone. Soixante secondes plus tard, une transfuge de la Cinquième Avenue vint ouvrir la porte : une svelte jeune femme qui semblait avoir consacré le plus clair de la matinée et une bonne partie de l'argent de son père à courir les magasins pour acheter sa tenue de la journée. Un cardigan en cachemire, un foulard de soie, une jupe de flanelle réduite au minimum mais d'un tissu somptueux et le genre de chaussures – à talons hauts et avec des semelles épaisses comme du papier à cigarette – que l'on vend au poids. À la façon dont elle sourit à André, on aurait pu croire qu'elle l'avait attendu toute sa vie. « Suivez-moi », dit-elle. Ce qu'il fit avec plaisir tandis qu'elle l'entraînait par un vestibule dallé de noir et blanc jusque dans un petit bureau.

« M. Pine va être là tout de suite. Puis-je vous offrir un espresso ? Du thé ? Un verre de vin ? »

André demanda du vin blanc, un peu gêné d'être traité avec tant de considération. Sa conversation au téléphone avec Pine avait été brève : s'il avait mentionné le nom du jeune marchand de tableaux et prononcé le mot magique de Cézanne, il n'avait donné aucun détail quant au motif de sa visite. Pine avait dû le prendre pour un client éventuel. Il lissa les pans de sa veste et inspecta ses chaussures : elles semblaient ternes auprès des reflets bruns du parquet. Planté sur une jambe, il astiquait la pointe poussiéreuse de sa chaussure contre sa jambe de pantalon quand la jeune femme revint.

« Voilà. (Souriant toujours, elle lui apporta un verre de cristal tout embué par la condensation.) Il termine un coup de téléphone. Je vous en prie, asseyez-vous et mettez-vous à l'aise. »

Elle referma la porte derrière elle, laissant dans l'air un nuage de parfum.

André renonça à cirer ses chaussures et inspecta la pièce. Elle donnait l'impression d'un coin tranquille dans un confortable club pour gentlemen appartenant depuis longtemps à l'*establishment* : murs lambrissés, fauteuils au cuir veiné et craquelé, superbe tapis d'Orient un peu fané, deux beaux guéridons dix-huitième, l'arôme subtil de l'encaustique. André fut surpris de l'absence de toute toile, ou de rien d'ailleurs qui pût suggérer la profession de Pine. Il n'y avait aux murs dans la pièce que deux grandes photos en noir et blanc accrochées côte à côte au-dessus de la petite cheminée. Il s'approcha pour les regarder de plus près.

Les photos avaient jauni avec l'âge, ce qui contrastait avec la jeunesse manifeste de leurs sujets. À gauche, un groupe de garçons en train de devenir des hommes, très dignes avec leurs vestons noirs et leurs cols empesés, les mains dans les poches, étalaient devant l'objectif tout un assortiment de gilets fort décoratifs. Sous les cheveux plaqués en arrière, les visages étaient ronds et graves, l'expression presque hautaine, le regard perdu dans le lointain comme si le photographe n'était pas là. Une légende sous les personnages précisait : *Eton 1954*.

La seconde photographie montrait un autre groupe moins formel. Encore des jeunes gens, cette fois en

101

tenue de tennis, avec des chandails qui pendaient sur leurs épaules et des raquettes à l'aspect résolument démodé qu'ils tenaient nonchalamment devant eux. Hâlés et joyeux, ils souriaient au soleil. *Harvard 1958.* Le regard d'André allait d'une photo à l'autre pour voir s'il pouvait y découvrir un visage figurant sur les deux quand la porte s'ouvrit.

« C'est moi le garçon suffisant à l'extrême gauche qui a l'air de renifler quelque chose. Comment allez-vous, monsieur Kelly ? Je suis absolument désolé de vous avoir fait attendre. »

André se retourna pour apercevoir le visage rayonnant et la main tendue de Cyrus Pine.

Il était grand, un peu voûté, avec une abondante chevelure argentée ramenée en arrière au-dessus d'un front large, avec des yeux bruns au regard vif et des sourcils impressionnants. Il portait un costume de tweed gris de coupe européenne, une chemise bleu pâle et un nœud papillon en soie jaune vif. Comme sa maison, il semblait impeccablement entretenu. André lui donna une soixantaine d'années. Sa poignée de main était énergique et sèche.

« Merci de me recevoir, dit André. J'espère que je ne vous fais pas perdre trop de temps.

– Pas du tout. C'est toujours un plaisir de rencontrer un ami de David. Un homme très brillant, ce David. Son père est un de mes grands amis. Nous étions au collège ensemble. »

De la tête, André désigna les photos :

« Vous avez eu une éducation intéressante. »

Pine se mit à rire :

« J'avais des parents vagabonds : ils ne savaient jamais de quel côté de l'Atlantique ils avaient envie d'être. (Il s'approcha des cadres et désigna un des joueurs de tennis.) C'est moi à Harvard. Comme vous le voyez, sur ce cliché je ne renifle plus rien. Une odeur que j'ai dû laisser à Eton. »

André s'efforçait de situer son accent, un mélange charmant et cultivé qui semblait venir de quelque part entre Boston et Saint James's.

« Mais vous êtes Anglais, n'est-ce pas ?

– Oh ! j'ai toujours le passeport. Mais ça fait quarante ans que je n'ai pas vécu là-bas. (Il jeta un coup d'œil à sa montre.) Voyons. Je ne voudrais pas vous bousculer, mais une grande partie de mes affaires se traitent avec un couteau et une fourchette et je crois malheureusement que j'ai un rendez-vous pour déjeuner dans une demi-heure. Asseyons-nous. »

André se pencha en avant dans son fauteuil :

« Je suis sûr que la *Femme aux melons* de Cézanne ne vous est pas étrangère. »

Pine acquiesça :

« Je ne connais pas la dame intimement, malgré toute l'envie que j'en aurais. Cela fait au moins soixante-dix ans que cette toile n'est plus sur le marché. (Il eut un sourire et André retrouva soudain le jeune homme des photographies.) Vous êtes acheteur ou vendeur ? »

André sourit à son tour : l'homme lui plaisait déjà.

« Ni l'un ni l'autre, dit-il. Malgré toute l'envie que j'en aurais. Laissez-moi vous raconter ce qui s'est passé. »

Pine resta assis sans bouger, le menton appuyé sur ses mains jointes, et il laissa André parler sans l'interrompre. Il avait déjà entendu des histoires de ce genre : des toiles qui avaient disparu de la circulation, puis des rumeurs non confirmées de leur réapparition en Suisse, en Arabie Saoudite, en Californie, au Japon. Lui-même avait à une ou deux reprises prêté son concours à de discrètes manœuvres conçues pour minimiser les droits de succession. Des tableaux estimés à plusieurs millions étaient souvent trop chers à conserver. De nos jours, il fallait faire très attention au moment, à l'endroit, à la façon dont on mourait. À mesure qu'André poursuivait, Pine commença à sentir son intérêt s'éveiller. De petits incidents bizarres comme celui-là méritaient d'être pris au sérieux dans un métier qu'on avait décrit un jour en disant qu'on y faisait dans l'ombre commerce de couleurs vives.

André termina son récit et prit son verre.

« Monsieur Pine, laissez-moi vous demander quelque chose. Que vaut à votre avis cette toile ? Juste une estimation.

– Ah. La même question m'est venue à l'esprit pendant que vous parliez. Commençons par ce que nous savons. (Pine se frotta la mâchoire d'un air songeur.) Il y a environ un an, le musée Getty a acheté un beau Cézanne – *Nature morte aux pommes* – pour plus de trente millions de dollars. C'est le prix qu'on a annoncé. Voyons, compte tenu de certaines conditions évidentes comme la preuve de l'authenticité et le bon état de la toile, je dirais que la *Femme aux melons* pourrait atteindre autant, sinon plus. Naturellement, le fait que le tableau ait un jour appartenu à Renoir ne fait pas de mal. Pas plus que sa longue absence du marché. Les collectionneurs trouvent parfois ces détails-là extrêmement séduisants. C'est difficile de leur donner un prix. (Il eut un sourire malicieux et haussa les sourcils.) J'aimerais pourtant essayer. Mais restons raisonnables et tenons-nous-en à trente millions de dollars.

– Merde, fit André.

– Comme vous dites. (Pine se leva.) Laissez-moi votre numéro de téléphone. Je vais me renseigner. Le marché de l'art est un village international peuplé de commères. Je ne doute pas que quelqu'un saura quelque chose. (Nouveau haussement de sourcils.) S'il y a quelque chose à savoir. »

On frappa doucement à la porte et Miss Cinquième Avenue apparut.

« Monsieur Pine, vous devriez partir.

– Merci, Courtney. Je serai de retour à deux heures et demie. Tâchez que tous vos admirateurs soient partis à ce moment-là, voulez-vous ? »

Courtney étouffa un petit rire en ouvrant la porte de la rue, ses joues colorées par une légère rougeur.

Les deux hommes quittèrent la maison ensemble, André murmurant des propos flatteurs à propos de la jeune femme tandis qu'ils descendaient les marches du perron. Pine boutonna son veston et tira sur ses manchettes.

« Un des avantages d'être dans un métier où les apparences ont une telle importance, c'est qu'on peut engager de jolies filles avec une conscience parfaitement pure. Et on peut les déduire des impôts. J'adore les jolies filles, pas vous ?

– Chaque fois que l'occasion s'en présente », dit André.

Ils se séparèrent au coin de la Soixante-troisième Rue et de Madison. Comme il était dans le quartier, André décida d'aller à pied jusqu'au bureau de *RD* pour voir s'il pouvait attraper Camilla au vol. La dernière fois qu'ils s'étaient parlé, elle l'avait envoyé promener et bien qu'il lui eût téléphoné plusieurs fois par la suite, elle n'avait jamais rappelé. Son silence persistant commençait à l'intriguer. Ça ne lui ressemblait pas : elle n'aimait pas le voir travailler pour quelqu'un d'autre et en général elle appelait souvent, même quand elle n'avait à discuter avec lui d'aucun travail. « Juste pour vous garder au chaud, mon chou », lui avait-elle avoué un jour.

Le radoucissement de la température avait fait sortir la faune habituelle qu'on rencontre sur les trottoirs de Madison Avenue : touristes en jeans et baskets, avec l'air plein d'appréhension de quelqu'un qui va se faire agresser ; hommes d'affaires beuglant dans des téléphones portables pour se faire entendre au-dessus du brouhaha ; pilleurs de boutiques, le cheveu bien laqué, le visage bien lifté, leurs emplettes dans des sacs pleins à craquer; mendiants, patineurs filant sur leurs Rollers, rabatteurs pour salons de massage, marchands à la sauvette vendant de tout depuis des bretzels jusqu'à des Rolex d'imitation à cinquante dollars. Et, noyant toute conversation et même toute pensée lucide, l'incessante cacophonie de coups de klaxon et de vociférations, de trompes et de sirènes, le chuintement des bus qui freinaient, le crissement des pneus et le rugissement des moteurs, tout le vacarme mécanisé d'une ville toujours pressée.

L'exode de midi battait son plein lorsque André atteignit l'immeuble de *RD* : un flux d'humanité déferlait dans le hall pour aller déjeuner. Il renonça à prendre un des ascenseurs pour monter jusqu'aux bureaux : il ne voulait pas manquer Camilla qui descendrait. Il attendit donc, affrontant les centaines de personnes qui le bousculaient dans leur course pour franchir les portes. Pourquoi personne à New York ne marchait-il d'un pas normal ? Ces gens-là ne pouvaient quand même pas tous être en retard.

L'autre porte d'ascenseur s'ouvrit. André aperçut les énormes lunettes noires de Camilla, la masse de sa chevelure étincelante lorsqu'elle sortit de la cabine, encadrée d'un escadron volant de rédacteurs, la petite secrétaire occupant sa position officielle auprès de Camilla. André se dirigea vers le groupe qu'il reconnut comme étant une des réunions ambulantes de Camilla. Elles étaient fréquentes au magazine : cela tenait en partie à l'impression d'urgence et d'excitation que donnait, affirmait Camilla, le fait de réfléchir debout, mais cela tenait surtout à son manque congénital de ponctualité. Il avait déjà vu de telles réunions se poursuivre dans la voiture emmenant Camilla chez le coiffeur ou chez le couturier. Cela faisait partie du spectacle : la brillante directrice de journal surmenée qui ne laissait pas une seconde au service du magazine se perdre.

Elles étaient particulièrement efficaces quand on les utilisait comme bouclier contre la venue inopportune de quelqu'un à qui Camilla n'avait pas envie de parler, et c'était précisément le cas. Elle aperçut André : elle avait dû le voir, ils étaient à moins de deux mètres l'un de l'autre quand il l'appela – et elle le regarda un moment droit dans les yeux avant de détourner brusquement la tête. Puis, bien à l'abri derrière un rempart de corps, elle passa devant lui. Le temps de tourner les talons pour la suivre, elle avait franchi la porte et s'était engouffrée à l'arrière de la limousine qui attendait.

Pris entre l'incrédulité et un agacement croissant, il resta planté là à regarder la voiture se glisser dans le flot de la circulation sur Madison Avenue. Cela faisait plus de deux ans que Camilla et lui travaillaient ensemble. Ils n'étaient pas amis intimes, ils ne le seraient jamais, mais il avait fini par la trouver sympathique et il avait toujours pensé que ce sentiment était réciproque. Apparemment pas. On ne le rappelait plus quand il téléphonait et maintenant cette rebuffade manifeste et délibérée. Mais pourquoi ? Qu'avait-il fait de mal ?

Il hésita devant l'entrée de l'immeuble, en se demandant s'il n'allait pas monter voir Noël qui parvenait d'ordinaire à déchiffrer la signification des messages de Camilla. Là-dessus un mélange d'orgueil et de colère l'envahit : si elle comptait l'éviter, il n'allait pas lui courir après. Qu'elle aille au diable et *RD* avec elle. Il y avait plein d'autres magazines. En se dirigeant vers Park Avenue, il s'engouffra dans le bar du Drake pour fêter la modeste victoire de l'indépendance sur les besoins immédiats. Les besoins immédiats, il en avait : force lui était d'en convenir en regardant la serviette en papier sur laquelle il avait fait le total de ce que coûtait son nouveau matériel. Si les gens de l'assurance ne casquaient pas – et ils donnaient tous les signes d'essayer de retarder le paiement jusqu'à une date avancée du vingt et unième siècle –, il n'allait pas tarder à être gêné. Travailler, c'était la solution. Levant son verre, il porta un toast silencieux à la prochaine commande. Lucy allait bien lui trouver quelque chose bientôt.

« Bon, évidemment, ce n'est pas suffisant pour prendre sa retraite, mais je n'ai rien trouvé de mieux. (Lucy arborait une expression surprise, un peu sur la défensive.) Partout, c'est le calme plat. (Elle jeta un coup d'œil à son bloc.) J'ai à peu près tout essayé à part la *Gazette des plombiers* et le seul autre travail qu'on ait pu me proposer, c'était un catalogue. »

Elle plissa le nez. Elle n'aimait pas que ses photographes fassent des catalogues, à moins d'être vraiment pris à la gorge par le versement d'une pension alimentaire et d'être absolument désespérés. Elle haussa les épaules :

« On ne sait jamais. Ça pourrait être amusant. »

Le reportage était pour un magazine anglais et tarif anglais, sensiblement plus bas que les prix américains d'André. Lucy avait raison. Cela valait certainement mieux de photographier des tapisseries dans de belles demeures que la corvée de photographier des douzaines de décors de chambre à coucher sous le regard d'un directeur artistique qui voulait tout éclairer avec un projecteur de DCA. André était passé par là quand il débutait mais il n'avait aucune envie de recommencer.

« C'est parfait, Lulu. Franchement. Je n'ai guère le choix pour l'instant. Pour quand veulent-ils ça ? »

Lucy consulta ses notes.

« Hier. C'est une crise. Ils avaient tout arrangé. Leur photographe habituel était là-bas et puis il a fait une chute de cheval et s'est cassé le bras. »

André tressaillit.

« Ils ne s'attendent pas à me faire monter sur un cheval, non ? Qu'est-ce qu'il fichait sur un cheval, bon sang ?

« – Est-ce que je sais ? Serre les genoux, tout ira bien.

– Tu es une femme impitoyable, Lulu. Je regrette de ne pas t'avoir eue avec moi ce matin. »

André raconta sa rencontre infructueuse avec Camilla et vit le visage de Lucy s'assombrir.

« J'étais donc là, planté dans le hall comme un connard... reprit-il en français.

– Un quoi ?

– Un idiot. Et elle m'a regardé comme si j'étais transparent. Elle m'a vu, je sais qu'elle m'a vu. »

Lucy se leva de son bureau.

« André, elle est barjo. Tu dis toujours qu'elle n'est pas si mauvaise, qu'elle a juste des petits côtés bizarres, qu'elle connaît son boulot, qu'elle publie un bon magazine. C'est peut-être vrai, observa Lucy en braquant sur lui un doigt sévère, mais ça ne change rien au fait qu'elle est barjo. Quand elle t'aime bien, elle tombe sur toi comme la vérole sur le bas clergé, quand elle ne t'aime pas, tu n'existes pas. Pour je ne sais quelle raison, en ce moment elle ne t'aime pas. (Lucy croisa les bras et pencha la tête de côté.) Tu es sûr qu'il ne s'est rien passé quand vous étiez en France ensemble ? »

André repensa à la soirée à la Colombe d'or et secoua la tête :

« Non. Rien. »

L'air sombre de Lucy céda la place à l'esquisse d'un sourire, un sourire un peu complice :

« C'est peut-être ça le problème. »

Sous le vernis soigneusement entretenu de charme et d'affabilité dont il témoignait envers ses clients, Cyrus Pine avait un tempérament extrêmement agressif. Ç'avait toujours été dans son caractère de vouloir gagner depuis qu'à Eton il avait découvert que « la gagne », que ce soit en sport ou en classe, lui permettait d'amortir les menues brutalités de l'existence au collège. C'était à Eton qu'il avait appris à dissimuler ses dons car c'était mal vu d'être surpris à se donner trop de mal. Le succès qui semblait venir par accident ou par chance, on pouvait l'accepter ; le succès dû à une détermination manifeste et à de rudes efforts, absolument pas. Quand il eut terminé ses études à Harvard, la voie était toute tracée : il avait l'air d'être un des heureux amateurs de l'existence. Ce camouflage servait également dans les affaires mais, en réalité, il travaillait aussi dur et se réjouissait d'un coup réussi autant qu'un autre.

Les coups dans le monde de l'art – ou dans cette région à part du monde de l'art où évoluait Pine – dépendent souvent d'un renseignement obtenu avant tout le monde. Parfois, il vous tombera tout cuit, récompense à retardement d'un contact de longue date patiemment cultivé depuis des années. Le plus souvent, on le trouve en suivant et en triant les murmures, les rumeurs qui foisonnent inévitablement dans un métier où des millions de dollars sont à l'affût de quelques centaines de toiles. Et, pour Cyrus Pine, qui aimait à dire en plaisantant que le marchand de tableaux idéal était un acrobate qui gardait le nez au vent, l'oreille au sol et l'œil à l'affût d'une occasion, aucun murmure n'était trop faible pour qu'on y prête attention.

Lorsqu'il regagna son bureau après un déjeuner bien convenable arrosé d'eau minérale avec une vieille cliente qui proclamait sans cesse qu'elle en avait assez de sa collection de Pissarros et de Sisleys (et qui tout aussi régulièrement changeait d'avis), Cyrus s'installa au téléphone. Le récit de ce jeune homme pouvait n'être rien de plus qu'un incident curieux et sans importance, mais on ne savait jamais. Avec un verre de cognac pour chasser le goût de l'eau minérale, il se mit à piocher dans son carnet d'adresses.

9

L'appartement était retourné au chaos, comme si les cambrioleurs étaient revenus. Des cartons, des emballages de toute sorte, des lambeaux de plastique déchiré avec de petits godets de cellulite, du polystyrène dans toute sa somptueuse diversité ; en moules, en blocs, en cales, des déchets sans nombre qui s'envolaient au moindre courant d'air : le sol était un témoignage de la passion de l'Amérique pour le suremballage.

Par contraste, la longue table de travail au bout de la pièce était l'image même de l'ordre. Les boîtiers d'appareils, les objectifs, les polaroïds, de la pellicule et des filtres étaient bien alignés, attendant leur tour d'être rangés dans les compartiments capitonnés des sacs de nylon bleu marine. C'était un spectacle réconfortant. Sans les instruments de son métier, André s'était senti vulnérable. Comme si en même temps que son équipement on lui avait volé son regard et son talent. Mais maintenant qu'il passait ses doigts sur les boutons et les molettes, qu'il écoutait le déclic d'un objectif s'enclenchant dans son logement, il sentait son moral remonter et son assurance revenir. Peut-être, après l'Angleterre, ferait-il un saut de deux ou trois jours à Paris pour voir s'il pouvait se faire confier un reportage par un magazine français. Huit ou dix jours dans le Midi à faire des photos pour *Côte Sud* serait le parfait antidote aux déceptions de ces derniers

111

jours. Il prit le Nikon. Ce n'était pas son vieil ami un peu cabossé qu'il connaissait si bien, mais il en savoura le poids et la façon dont les contours du boîtier s'adaptaient à sa main. Il l'emporta jusqu'à la fenêtre et, un œil fermé, regarda par le viseur la mosaïque d'ombres et de ténèbres du soir tombant avec les lumières qui commençaient à clignoter. Merde pour *RD* et merde pour Camilla. Il se débrouillerait sans eux.

Il répondit à la deuxième sonnerie du téléphone : il s'attendait à entendre Lucy avec son habituel numéro de nounou précédant chaque voyage pour s'assurer qu'il avait bien ses billets, son passeport et des chaussettes de rechange. Il fut donc un instant déconcerté lorsqu'il entendit la voix précise et saccadée bien reconnaissable.

« Mon cher garçon, c'est Cyrus, j'espère que je ne vous dérange pas. Vous êtes sans doute occupé, mais je vous appelle à tout hasard pour voir si vous pourriez vous joindre à moi pour prendre un verre. J'ai fait quelques recherches et j'ai pensé que ça pourrait vous intéresser.

– C'est très aimable, Cyrus. (André jeta un coup d'œil au plancher jonché de débris.) À vrai dire, j'avais un rendez-vous avec une pièce bourrée de choses à jeter, mais je viens de l'annuler. Où voulez-vous qu'on se retrouve ?

– Connaissez-vous le Harvard Club ? C'est dans la Quarante-quatrième, entre la Cinquième et la Sixième, au 27. C'est un endroit tranquille et on peut véritablement voir à qui on parle. Je suis trop vieux pour les bars plongés dans l'obscurité. Voulez-vous que nous disions six heures trente ? Oh, j'ai peur qu'il ne vous faille une cravate. Ils adorent les cravates.

– J'y serai. »

Il mit un certain temps à trouver son unique cravate, roulée dans la poche d'un de ses blousons. La tyrannie de la cravate l'avait souvent dérangé et agacé, et jamais plus que lors d'un séjour dans un hôtel scandaleusement cher et scandaleusement prétentieux à Dallas. Après une journée passée à prendre des photos dans un *palazzo* texan, il s'était aventuré dans le bar de l'hôtel, sérieux et respectable avec son blazer du dimanche, et on lui en avait refusé l'accès car l'étendue neigeuse de sa chemise blanche fraîchement repassée était vierge de toute cravate. Les autorités lui avaient prêté un bout de soie aux motifs violents taché de whisky, la cravate du bar – et on lui avait alors permis de commander un verre, comme s'il était un paria devenu soudain acceptable dans le monde. Il avait partagé le bar avec deux bruyants gaillards arborant des lacets de chaussure autour du cou et une femme qui, à l'exception d'une cascade de bijoux, était pratiquement torse nu. Un des hommes portait aussi un grand chapeau, il s'en souvenait, détail vestimentaire qu'on aurait regardé d'un mauvais œil dans bien des régions du monde civilisé. Depuis cette triste expérience, il avait toujours voyagé avec dans sa poche une cravate en tricot de soie noire tous usages : infroissable, insensible aux taches et qui pouvait servir pour les enterrements. Il ajusta le nœud et partit, plein d'impatience, pour le refuge où la crème de Harvard va se détendre après une dure journée entre les hauts et les bas de la Bourse, les fusions et les OPA.

Il se débarrassa de son manteau et trouva Cyrus Pine dans un couloir à côté du hall, occupé à examiner les annonces placardées au tableau d'affichage, tournant un dos élégamment cintré au vestiaire. André s'approcha et se planta à côté de lui.

« J'espère qu'on n'a pas interdit l'accès aux photographes. »

Pine se tourna vers lui en souriant.

« Je regardais pour voir si aucun de nos membres n'avait été surpris à tenter d'entraîner des jeunes femmes aux bains de vapeur. Ah ! c'était la belle époque. (Il désigna du menton un prospectus épinglé au feutre rouge.) Les temps ont bien changé. Je vois maintenant que nous avons des déjeuners où on parle japonais. Comment allez-vous, mon garçon? (Il prit André par le coude.) Le bar est par ici. »

Au Harvard Club, le décor du bar est sobre, comme il l'était avant que des fougères pendouillantes n'aient remplacé les volutes de fumée du tabac et que le brouhaha des juke-boxes et des commentaires sportifs ne soit venu supprimer toute conversation sur un ton normal. Il y a, c'est vrai, deux récepteurs de télévision – installés récemment au grand agacement de Pine – mais ce soir-là, leur écran était vide et silencieux. C'était un soir calme : des quatre petites tables, une seule était occupée par un personnage solitaire penché sur son journal. Un autre membre était assis au bar, perdu dans ses pensées. Aucune distraction frivole pour vous arracher au tranquille plaisir de l'alcool.

Les deux hommes s'installèrent à une extrémité du bar, loin du vacarme que faisait un des membres en tournant les pages du *Wall Street Journal*. Pine prit une première longue gorgée de son scotch sur laquelle il s'attarda, manifesta son appréciation avec un soupir et se jucha sur un tabouret. André écoutait le silence de la pièce : le bruit le plus fort était le tintement du bourbon contre la vodka tandis que le barman ajustait l'alignement de ses bouteilles.

« J'ai l'impression, dit-il à voix basse, que nous devrions nous passer des billets ou chuchoter.

– Seigneur, non, fit Pine. C'est plein de vie ici comparé à un endroit que je fréquente parfois à Londres. Vous connaissez? Un de ces vraiment très vieux clubs. Disraeli en était membre : j'oserais dire qu'il l'est toujours. Permettez-moi de vous raconter une petite histoire qui est censée être authentique. (Il se pencha en avant, le regard pétillant d'amusement.) Le salon de lecture là-bas a une règle de silence très très stricte et les deux fauteuils de chaque côté de la cheminée sont

114

traditionnellement occupés par deux des membres les plus anciens pour leur méditation de l'après-midi. Bref, un jour, le vieux Carruthers arrive d'un pas chancelant pour trouver son ami Smythe tout aussi âgé déjà installé dans son fauteuil, dormant à poings fermés, avec comme d'habitude un exemplaire du *Financial Times* lui recouvrant le visage. Carruthers lit son journal, fait sa sieste, quitte le salon de lecture à l'heure du gin. Smythe est toujours là : il n'a pas bougé. Deux heures plus tard, Carruthers revient. L'histoire ne précise pas pour quelle raison : sans doute avait-il laissé ses fausses dents sous un des coussins. Quoi qu'il en soit, il trouve Smythe exactement dans la même position. Il n'a pas fait un geste. Bizarre, se dit Carruthers. Il donne donc à Smythe une tape sur l'épaule. Rien. Il le secoue. Rien. Il soulève le journal, aperçoit des yeux qui le regardent fixement, une bouche grande ouverte et il en tire aussitôt les conclusions. " Mon Dieu ! fait-il. Un des membres vient de mourir ! Qu'on aille chercher un médecin ! " S'élève alors la voix sévère d'un autre membre, qui fait un petit somme dans l'ombre à l'autre bout de la pièce : " Silence, bavard ! " (Un rire joyeux secouait les épaules de Pine et il hochait la tête en regardant André en faire autant.) Vous comprenez ? Comparé à ça, ce que nous avons ici est un vrai chahut. (Il prit une autre gorgée et se tamponna les lèvres.) Voyons, passons aux choses sérieuses. Dites-moi, la première fois que vous avez vu ce Denoyer, avez-vous eu l'impression qu'il songeait à vendre le Cézanne ? Avait-il l'œil humide en regardant les photographies ? A-t-il lâché une remarque sans y prendre garde ? Un rapide coup de fil chez Christie's ? Quelque chose comme ça ? »

André repensa à cette soirée plaisante à Cooper Cay.

« Non. Comme je vous l'ai dit, le seul détail qui m'a paru ne pas tout à fait coller, c'est le fait qu'il n'était pas surpris. S'il l'était, il l'a bien caché.

– Vous paraît-il un homme peu démonstratif ? (Les sourcils broussailleux s'agitèrent de bas en haut.) Sans vouloir manquer de respect aux Français, ils n'ont pas à proprement parler la réputation de dissimuler leurs sentiments. Qu'ils aient un caractère impulsif, oui. Théâtral, souvent. Impénétrable, bien rarement. Ça fait partie de leur charme.

– Ils savent se maîtriser, répondit André. Je crois que ce serait peut-être une meilleure façon de l'exprimer. C'était peut-être simplement parce que j'étais un étranger, mais j'ai eu le sentiment qu'il prenait toujours un moment – oh ! une seconde ou deux – avant de répondre à une question ou de réagir à quoi que ce soit. Il réfléchissait avant de parler.

– Bonté divine, fit Pine. Voilà qui n'est pas courant. Où irait-on si tout le monde était comme ça ? Heureusement, ça n'est pas un trait de caractère couramment répandu chez les marchands de tableaux. (Il jeta un coup d'œil au barman, dessinant un cercle avec un doigt pour signaler le besoin d'avoir un autre scotch.) J'ai passé quelques coups de fil cet après-midi, sans être toujours sincère, je dois l'avouer. J'ai dit que j'agissais au nom d'un collectionneur sérieux – dont je taisais naturellement le nom pour protéger ma commission – et qui serait acheteur d'un Cézanne. Un client d'une probité remarquable, disposant de fonds substantiels, prêt à régler dans n'importe quel pays du monde, bref toutes les âneries habituelles. Ah ! merci, Tom. (Pine s'interrompit pour boire une gorgée.) Maintenant, c'est ici que les choses deviennent intéressantes. En temps normal, quand on agite un ver dans l'eau comme ça, il faut un certain temps avant que ça morde. Mais pas cette fois. (Pine s'arrêta, pencha la tête et regarda quelques secondes sans rien dire le visage attentif d'André. Cette inspection parut le satisfaire.) Je m'en vais être tout à fait franc avec vous. S'il y a une affaire à conclure, j'aimerais être dans le coup.

Je ne rajeunis pas, et ce genre d'occasion ne se présente pas tous les jours. Et comme c'est vous qui me l'avez signalée, il me paraît tout à fait convenable que vous touchiez votre part. »

Nouvelle pause, tandis que les deux hommes se dévisageaient.

André ne savait trop quoi dire : il alla chercher refuge dans son verre de vin tout en essayant de mettre de l'ordre dans ses pensées. L'idée de gagner de l'argent ne lui avait jamais traversé l'esprit. Tout ce qu'il voulait, c'était satisfaire sa curiosité.

« Vous croyez vraiment que c'est probable ? Qu'il y a une affaire possible ?

– Qui sait ? Je pourrais trouver demain trois acheteurs pour cette toile si elle était disponible – et si Denoyer me laissait m'en occuper.

– Et vous pensez qu'elle est disponible ? »

Pine se mit à rire : le membre du club installé à l'autre extrémité du bar fronça les sourcils et interrompit l'hommage qu'il était en train de rendre à son Martini.

« Vous éludez le problème, mon cher garçon. Nous n'en aurons la certitude qu'après avoir étudié un peu la question.

– Nous ?

– Pourquoi pas ? Je connais le commerce de l'art, vous connaissez Denoyer. J'ai l'impression que vous êtes un jeune homme honorable et je suis un véritable pilier de droiture, même si c'est moi qui le dis. Deux esprits qui se penchent sur le problème valent mieux qu'un seul. Tout bien pesé, cela me semble une base raisonnable pour une collaboration. Permettez-moi de vous faire servir encore du vin. (Pine ne quittait pas des yeux André tandis qu'il brandissait de nouveau son doigt en cercle en direction du barman.) Alors ? Vous marchez ? Ça pourrait être drôle. »

André trouvait difficile de résister à Pine et, dans l'immédiat, il n'imaginait aucune raison d'essayer.

« Je ne le ferai pas pour l'argent, dit-il. L'argent est sans importance. »

Pine réagit par une crispation du visage – si violente que ses sourcils faillirent se rencontrer.

« Ne soyez pas ridicule. L'argent a toujours de l'importance. L'argent, c'est la liberté. (Les sourcils reprirent leur place normale et le visage de Pine se détendit : il sourit.) Mais si vous préférez, vous pouvez le faire pour une bonne cause.

– Laquelle ?

– Mon âge avancé. »

André regarda les cheveux argentés, le regard pétillant, le nœud papillon désinvolte et légèrement de travers. Ça pourrait être drôle, avait dit Pine : André avait l'impression que ça le serait probablement.

« Très bien, dit-il. Je vais faire ce que je pourrai. Mais il faut que je travaille aussi, vous comprenez.

– Parfait. Rien ne pourrait me faire plus plaisir. Nous vous laisserons le temps de travailler, ne vous inquiétez pas. Maintenant laissez-moi vous raconter ce que j'ai appris cet après-midi. »

Pine attendit que le barman eût remplacé le verre d'André et qu'il fût retourné d'un pas glissant à ses bouteilles.

« Il ne faut pas trop nous exciter, dit-il, parce qu'il ne s'agit même pas d'une rumeur confirmée : c'est plus une lueur dans le regard que quoi que ce soit d'autre. Mais, comme je vous le disais, la réaction a été très rapide : moins de deux heures après que j'en ai glissé un mot. Il y a une chère vieille chose qui travaille au Met : je l'invite à déjeuner deux ou trois fois par an – et personne n'a les oreilles qui traînent comme elle. À l'en croire, après avoir, j'imagine, écouté une conversation qu'elle n'était pas censée entendre ou avoir lu un mémo à l'envers sur le bureau de quelqu'un, l'amorce d'une rumeur circule d'après laquelle dans les deux ou trois mois à venir un Cézanne important va arriver sur le marché. Rien de sûr, naturellement, et aucun détail. (Pine se pencha en avant pour souligner son propos.) À l'exception de ceci : le tableau fait partie d'une collection privée, pas de musée impliqué dans l'affaire et on ne l'a pas vu circuler depuis longtemps. Ce qui correspond à notre cas, n'est-ce pas ? »

Instinctivement André s'était penché en avant lui aussi et il se surprit à jeter un coup d'œil par-dessus son épaule.

« Il pourrait y en avoir d'autres, non ? Je veux dire : c'était un peintre très prolifique.

– Assurément. Il a dû faire pour commencer une soixantaine de toiles de la montagne Sainte-Victoire et il est pratiquement mort le pinceau à la main. Mais la coïncidence est trop forte. (Pine regarda leurs verres vides puis sa montre.) Pouvez-vous rester pour dîner ? Le vin est buvable, c'est une bonne cuisine pour garderie d'enfants. À moins que vous n'ayez des projets pour ce soir ?

– Cyrus, si je vous parlais de ma vie mondaine en ce moment, ça vous endormirait. Les seules filles avec qui je passe du temps ces jours-ci sont celles qui me disent de boucler ma ceinture de sécurité.

– Vraiment ? Vous devriez tenter votre chance avec Courtney. C'est un succulent petit morceau, mais elle n'a pas beaucoup de chance avec les jeunes gens. J'en ai rencontré un ou deux – vieillis à vingt-cinq ans et ne s'intéressant qu'à eux. Incroyablement assommants. »

Pine signa l'addition et se leva.

« Avec bretelles et chemises à rayures ?

– Caleçons assortis aussi, j'en suis certain. Si nous allions dîner ? »

Ils quittèrent le bar et pénétrèrent dans une salle à double niveau qui aurait pu facilement accueillir trois cents membres de la crème de Harvard, avec de quoi garer en outre une petite armée de laquais. La décoration évoquait quelque chose entre une demeure seigneuriale et un pavillon de chasse, avec une profusion de trophées empaillés et montés ; nombre d'entre eux, expliqua Pine, étaient les victimes des grandes chasses de Teddy Roosevelt : têtes d'éléphants et de bisons, cornes et défenses, gigantesques panneaux sur lesquels on avait monté les bois d'un élan. Les trophées humains étaient représentés par des portraits, d'importants personnages à l'air digne : « Soit des présidents de club, soit des présidents des États-Unis », précisa Pine tandis qu'ils traversaient la grande salle. Au-dessus d'eux, d'autres tables occupaient un large balcon : André remarqua plusieurs femmes parmi les dîneurs, spectacle quelque peu surprenant dans un cadre aussi masculin. « Nous avons été le dernier des clubs universitaires à les admettre. Je crois que c'était en 1973. Une bonne idée, d'ailleurs. Ça change agréablement après avoir regardé tous ces animaux sauvages accrochés aux murs. »

Pine salua une personne de connaissance assise à une table voisine : un homme élégant et de haute taille, arborant une imposante moustache aux pointes bien tortillées et cirées. « C'est Chapman, un brillant juriste, il joue de la clarinette. Le type aux cheveux ébouriffés qui est avec lui dirige un des studios de Hollywood. J'ai eu du mal à le reconnaître sans ses lunettes de soleil. Ils ne doivent rien mijoter de bon. Voyons, qu'est-ce que vous allez prendre ? »

André choisit des clams et un tartare de saumon sur un menu énumérant des plats simples et sans histoire, puis il regarda Pine écrire son choix sur un bon de commande. C'était pour André sa première expérience d'un repas dans un club universitaire américain : il trouva cela démodé et extrêmement apaisant. Pas d'acteur sans travail rôdant autour de votre table en vous récitant sans reprendre son souffle les plats du jour, comme cela semble être devenu obligatoire dans de nombreux restaurants de New York. Les serveurs en veste rouge murmuraient les rares fois où ils parlaient. Ils étaient habiles et discrets. Ils connaissaient leur métier. André regrettait de ne pas être allé à Harvard pour pouvoir se réfugier ici quand le vacarme de Manhattan devenait insupportable.

Leur appétit maintenant un peu émoussé par le premier plat, Pine reprit la conversation au point où il l'avait laissée au bar.

« La première étape, dit-il, du moins me semble-t-il, c'est de découvrir où se trouve le tableau. À votre avis ?

– Eh bien, nous savons qu'il n'est pas là où Denoyer a dit qu'il était, dans une galerie de Cannes. J'imagine qu'on aurait pu l'envoyer quelque part pour le restaurer.

– C'est très peu probable, répondit Pine. Il n'est pas si vieux. D'ailleurs, la dame et ses melons avaient un air très sain sur la photographie que vous avez prise pour *RD*. Hypothèse suivante ?

– On l'a pris pour le faire réencadrer ? Il n'y avait pas de cadre quand on l'a mis dans la camionnette. Il l'a fait envoyer dans sa maison de Paris ? Il l'a planqué dans un coffre ? Dieu sait. Il pourrait maintenant très bien être de retour au cap Ferrat.

– Tout à fait, acquiesça Pine. Il pourrait y être. Ou peut-être pas. C'est la seule piste que nous ayons pour l'instant et je crois que c'est celle que nous devons suivre. C'est un endroit très agréable à cette époque de l'année si je me souviens bien.

– Le cap Ferrat ? Vous parlez sérieusement ?

– À quel autre endroit, mon cher garçon ? Si la toile n'est pas là où elle devrait être, il se peut que nous tenions quelque chose. Si elle est là où elle doit être, nous descendons jusqu'à Beaulieu pour noyer notre chagrin à la Réserve. Ça fait vingt ans que je n'y ai pas mis les pieds. (Pine avait l'air d'un collégien à la fin du trimestre.) Je vous ai dit que ce serait drôle. »

André ne pouvait pas discuter la logique du raisonnement : il n'en avait d'ailleurs pas envie. Ce serait drôle de s'en aller avec ce charmant vieux coquin ; de toute façon, il partait le lendemain pour l'Europe. On décida donc qu'ils se retrouveraient à Nice quand André en aurait fini avec son reportage sur le château. Le reste de la soirée, y compris la dégustation d'un mémorable cognac d'âge canonique, ils le consacrèrent à étudier comment ils pourraient s'introduire dans la maison du cap Ferrat sans encourager la police française à se joindre à eux.

10

Heathrow par un matin de printemps. Un fin cra-
chin persistant suintant d'un ciel gris et bas. Une frise
de visages manquant de sommeil se déployant au bord
du tapis roulant pour suivre le lent cheminement des
bagages d'autrui. Des annonces transformées en chara-
bia par les systèmes de brouillage que les aéroports
intègrent dans leurs haut-parleurs. Des vols en retard.
Des correspondances manquées. Des crises d'angoisse.
Bref, l'aube d'une journée consacrée aux plaisirs du
voyage.

Ayant évité l'alcool et dormi pendant six heures,
André se sentait étonnamment frais. Si la circulation
n'était pas trop épouvantable, il pourrait être dans le
Wiltshire avant le déjeuner, passer l'après-midi et le
matin suivant à prendre des photos et être de retour à
Heathrow à temps pour prendre un vol du soir pour
Nice. Encouragé par cette aimable perspective, il
commit l'erreur de sourire au douanier en passant par
le couloir « Rien à déclarer ». Et, bien sûr, se fit inter-
peller.

« Voudriez-vous ouvrir ce bagage, monsieur, s'il
vous plaît. »

Le fonctionnaire des douanes contempla la collection de matériel entassé dans le sac et haussa un sourcil.

« Nous sommes photographe amateur, monsieur ?

– Professionnel. Je fais des photos pour les magazines.

– Je vois. (Le ton était neutre et peu convaincu.) Vous faites ça depuis longtemps?

– Quelques années, oui.

– Mais pas avec ce matériel.

– Non. (Pourquoi se sentait-il coupable?) On m'a volé mon équipement. J'ai acheté tout ça la semaine dernière à New York. »

Un sourire glacial :

« Passez. »

Jurant de ne plus jamais regarder un douanier dans les yeux, il se dirigea vers sa Ford de location, au milieu de voitures qui ressemblaient à des jouets après les monstres qui sillonnent les routes d'Amérique. Il se demanda combien de fraudeurs se faisaient prendre et avec quoi? Des sachets de came camouflés dans des colis de médicaments? Des articles préjudiciables à la sécurité publique? Ou était-ce plus probablement une malheureuse bouteille de trop de cognac hors-taxe ou un ordinateur portable de contrebande? Comment faire passer un objet plus gros, quelque chose comme un tableau? Il poussa la voiture à 130 : il avait hâte d'avoir fini son travail et d'aller retrouver Cyrus Pine.

La bruine céda la place à une grosse pluie que le vent poussait en rafales au moment où il quittait la banlieue pour s'enfoncer parmi les vertes collines et les petits champs soignés du Wiltshire. Quel magnifique pays serait l'Angleterre si quelqu'un coupait l'eau. Essayant de voir quelque chose à travers le mouvement de métronome des essuie-glaces, André cherchait la petite route menant au village où il devait demander des instructions pour gagner sa destination finale.

Il faillit bien la dépasser : Nether Trollope n'était guère plus qu'un hameau ne comptant qu'une seule rue. Quelques petites maisons à colombage, à l'air sévère et ruisselant sous la pluie, un minuscule bureau de poste, une épicerie et un pub.

Le pub de Haddock Arms se signalait aux passants par son enseigne peinte délavée par les intempéries :

elle montrait une créature ressemblant à un ver – grasse et avec une mâchoire proéminente – qui se tortillait au-dessus d'une devise en latin écaillée et indéchiffrable. Sous l'enseigne, un panneau s'efforçait d'attirer le chaland en proposant des plats du jour. André se gara dans le parking et franchit l'étendue de gravier gorgé d'eau, la marque de ses pas se transformant aussitôt en petites flaques.

S'il y avait eu des conversations, elles s'interrompirent dès qu'il eut poussé la porte, et la demi-douzaine de clients qui se trouvaient là tournèrent la tête pour le dévisager. Des relents de bière et de tabac froid l'accueillirent en même temps, mêlés à des odeurs de vêtements humides. Un feu de boulets crachotant s'efforçait de survivre dans la grille, toute sa chaleur absorbée par la masse endormie d'un vénérable labrador noir dont la truffe grisonnante s'agitait au rythme de ses rêves. Derrière le comptoir, une robuste femme aux cheveux sombres rayonnait de cet éclat peu crédible dispensé par une main qui ne lésine pas sur le maquillage.

« Bonjour, cher monsieur, fit-elle. Beau temps pour les canards. Qu'est-ce que ce sera ? »

André commanda une bière. Le murmure des voix reprit, étouffé et discret, comme si le jardinage et le football étaient des sujets tabous.

« Voilà, cher monsieur, dit la barmaid en posant devant lui la bière d'André. Alors, on est de passage ? »

Elle l'observa, son regard curieux brillant au milieu de flaques d'ombre à paupières bleu nuit.

« Vous pourriez peut-être me renseigner, répondit André. Je cherche le manoir de Throttle.

– Alors, on va voir Sa Seigneurie ? (Elle tira sur sa cigarette. Elle aussi avait bénéficié de quelques soins de beauté : le filtre était barbouillé de rouge à lèvres.) Ce n'est qu'à cinq minutes plus haut sur la route. Une grande grille avec une de ces saloperies tout en haut. Vous ne pouvez pas la manquer.

– Quelle saloperie?

– Ça ne s'appelle pas une morue? Comme celle qu'il y a sur l'enseigne. Une sorte de gros poisson avec des dents : ça me donne le frisson, mais qu'est-ce que vous voulez? J'aimerais mieux avoir un beau chien et un canard ou bien un vieux chêne, mais comme c'est le pub de Lord Haddock, on est bien obligé d'encaisser.

– C'est historique, Rita, intervint un des clients. Ça remonte à Dieu sait quand. Une tradition.

– Je m'en fiche. (Rita alluma une cigarette au mégot de la précédente.) Ça me donne la tremblote, répéta-t-elle. Des dents pareilles... »

André déplaça son coude malencontreusement posé sur une tache de bière du comptoir.

« Lord Haddock vient ici souvent? »

Rita ricana.

« On ne peut pas dire. Mais Daphné, si. Sa fille. (Elle hocha la tête à deux ou trois reprises en clignant de l'œil.) Le samedi soir. (Elle lança à André un coup d'œil significatif sous ses paupières à demi baissées.) Elle aime bien s'amuser un peu, Daphné. Ça, oui. »

André ne releva pas cette tacite invitation à demander ce que Daphné faisait au juste le samedi soir.

« Et Lady Haddock? Vous la voyez beaucoup? »

Rita quitta son poste derrière ses pompes à bière pour se rapprocher un peu.

« Lady H., dit-elle d'une voix qui n'était guère plus qu'un souffle, elle s'est fait la malle, voyez-vous? Elle est partie avec un avocat de Salisbury. (Elle rajouta un peu de rouge à lèvres à sa cigarette.) Des années de moins qu'elle, qu'il avait. Mais vous savez ce qu'on dit. »

André ne le savait pas et ne pensait pas avoir envie de savoir. Il empêcha Rita de prodiguer de nouvelles

126

révélations en commandant ce que l'ardoise accrochée au mur annonçait comme le déjeuner du laboureur. La chose se révéla être une petite miche de pain, une rondelle de beurre de la Laiterie rurale enveloppée dans du papier métallisé, une tranche de fromage, des oignons méchamment marinés dans un vinaigre décapant. La serviette en papier montrait un gros homme coiffé d'une toque de chef et brandissant une bannière sur laquelle on pouvait lire *Bon appétit*. André s'en servit pour étouffer l'odeur âcre des oignons. Il plaignait les laboureurs.

Une demi-heure plus tard, son déjeuner reposant sous une dalle commémorative au fond de son estomac, André descendit de voiture et poussa la grille : elle s'ouvrait sur une large allée de gravier qui décrivait une courbe entre d'immenses pelouses parsemées de superbes vieux marronniers et de bouquets de chênes. Il franchit l'entrée puis vint refermer la grille. Un groupe de moutons détrempés se tourna pour l'inspecter. L'un d'eux bêla, un son grêle et plaintif qui dominait à peine le tambourinement de la pluie sur les cailloux. André réprima un frisson et remonta l'allée.

Le *Guide des châteaux d'Angleterre* de Pringle décrit Throttle comme « un imposant manoir datant du seizième siècle agrémenté d'extensions successives » : bienveillante description qui camoufle quatre cents ans de dévergondage architectural. Les précédents Lord Haddock, lorsqu'ils étaient en fonds, s'étaient permis des agrandissements, des annexes, des folies, des arcs – dont certains boutants –, des crénelures, des frontons et des fioritures gothiques jusqu'à finir par dissimuler complètement la symétrie élisabéthaine de l'édifice originel. Aujourd'hui, aux abords du vingt et unième siècle, le château de Throttle était une caserne délirante d'une laideur spectaculaire. André gara sa voiture et descendit, remerciant le ciel qu'on ne lui eût pas demandé de photographier aussi l'extérieur.

Sa première tentative pour tirer le cordon de la cloche qui pendait devant la double porte cloutée ne produisit rien d'autre que le grincement du fer contre la pierre. Il tira plus fort et fut récompensé de ses efforts par un aboiement lointain qui ne tarda pas à se rapprocher et à devenir plus frénétique. Il entendit des pattes gratter de l'autre côté de la porte, puis un juron et enfin le grincement d'une serrure qui manquait d'huile. Il s'écarta en voyant la porte s'ouvrir pour livrer passage à une meute de chiens efflanqués et roussâtres qui geignaient et se tortillaient d'excitation en bondissant pour le coincer contre le mur.

« Vous devez être le photographe, j'imagine. »

André repoussa un des chiens qui lui flairait l'entrejambe et leva les yeux pour voir un homme d'un certain âge, portant un long tablier par-dessus un pantalon noir et un gilet, ses manches de chemise retroussées sur des bras décharnés et tavelés, les mains protégées par des gants de coton blancs fort sales. Sous des mèches plaquées sur son crâne, le visage était étroit et pâle, seule un peu de couperose sur les joues apportant quelques taches de couleur.

André acquiesça.

« C'est exact. Lord Haddock ?

– Il regarde les courses. (Le gardien renifla et releva brusquement la tête.) Suivez-moi. »

Escorté d'un groupe de chiens bondissants, il entraîna André dans la pénombre de l'intérieur : il marchait à petits pas prudents, le corps penché en avant comme si le sol était verglacé. Ils traversèrent un hall sombre et dallé sous le regard d'ancêtres Haddock dans leurs cadres dorés qui s'écaillaient, et s'engagèrent dans un couloir aux murs lambrissés. Il faisait froid, plus froid que dehors : ce froid humide spécial à l'Angleterre qui monte du sol et vous envahit le corps, laissant dans son sillage un cortège d'engelures, de rhumatismes et de bronchites. Le regard d'André chercha en vain des radiateurs.

Comme ils approchaient d'une porte ouverte au bout du couloir, André entendit le débit rapide d'un commentateur de télévision, interrompu par un rugissement durable et plus aristocratique : « Cravache-le, pauvre imbécile. Cravache-le ! » Puis un grognement déçu.

Ils s'arrêtèrent sur le seuil. Le vieil homme toussota bruyamment.

« Le photographe, monsieur le comte.

– Quoi ? Ah, le photographe. (Lord Haddock gardait les yeux fixés sur la télévision tandis que les chevaux rentraient au petit trot vers le paddock.) Eh bien, allez le chercher, Spink. Amenez-le ici. »

Spink leva les yeux au plafond :

« Il est ici, monsieur le comte. »

Lord Haddock regarda alentour :

« Bonté divine, il est là ! »

Il posa son verre sur un guéridon et s'extirpa de son fauteuil : c'était un homme de haute taille, solidement bâti, avec un visage ravagé qui avait dû être beau et ce teint coloré que donne la vie au grand air. André apercevait des chaussures de daim au cuir éraflé et un pantalon de velours marron dépassant de l'ourlet d'un long manteau de tweed, le col relevé pour protéger son propriétaire du froid mordant.

« Haddock. Enchanté. »

Il tendit à André une main qui lui parut de cuir glacé.

« Kelly. (Du menton, André désigna le téléviseur.) Mais, que je ne vous empêche pas de...

– Il y a une demi-heure avant la prochaine course : largement le temps de prendre une tasse de thé. Spink, si vous nous faisiez un thé ? »

Entre ses dents, Spink marmonna à l'adresse d'André :

« D'abord, il me dit de faire l'argenterie. Maintenant il veut du thé. Je n'ai que deux mains, non ? (Puis,

129

tout haut :) Du darjeeling ou du chine, monsieur le comte ?

– Du darjeeling, je pense. Nous le prendrons dans la galerie pour que M. Kelly puisse jeter un coup d'œil aux tapisseries. »

Haddock le précéda dans le couloir, passant devant une succession de vastes pièces au mobilier recouvert de housses, avant de s'arrêter au pied d'un grand escalier de chêne. Il s'arrêta sur la première marche et tapota la rampe en bois sculpté.

« Élisabéthain, dit-il. Cet endroit est un peu un entrepôt, comme vous avez pu le remarquer. Mes ancêtres étaient des collectionneurs. Ils rentraient toujours de voyage avec une chose ou une autre : des statues, des tableaux, des épouses mal choisies. (Ils étaient arrivés en haut de l'escalier : Haddock désigna de la main les tapisseries.) Et ceci, bien entendu. »

La galerie s'étendait de chaque côté de l'escalier sur une bonne vingtaine de mètres, les murs sur toute la longueur couverts de tapisseries, certaines accrochées à des tringles, d'autres encadrées comme des panneaux.

« Des Gobelins, pour la plupart, précisa Haddock. Assez superbes, vous ne trouvez pas ? »

André eut un murmure approbateur tout en avançant lentement devant ces couleurs assourdies, songeant aux problèmes techniques de photographier dans ce couloir étroit et mal éclairé. Malgré tout ce qui avait pu changer au château de Throttle au long des siècles, l'installation électrique d'origine était toujours là : début vingtième, avec des prises de courant limitées à une par mur. L'éclairage allait poser un problème.

Le thé arriva, foncé et dûment infusé. Spink ne donnait aucun signe de vouloir retourner à son fourbissage d'argenterie : il restait planté là, les bras croisés, serrant les dents. Tout en se réchauffant les mains sur sa tasse, André surprit Lord Haddock à détourner son regard des tapisseries pour jeter un coup d'œil à sa montre.

« Elles sont magnifiques, commenta André. Depuis combien de temps sont-elles dans la famille ?

– Elles ont été rapportées de France au dix-huitième siècle. (Haddock s'avança et passa les doigts sur l'une d'elles.) Aujourd'hui évidemment elles n'ont pas de prix. »

Spink se glissa auprès d'André jusqu'à pouvoir lui chuchoter dans un souffle parfumé de gin : « Elles ont été fauchées. Toutes autant qu'elles sont. Ils ne les ont jamais payées un penny. » Du revers de la main, il essuya une goutte qui lui pendait au bout du nez et renifla. « Du vol organisé. »

« Allons, fit Haddock, il ne faut pas que je reste ici à traîner dans vos jambes.

– Il ne s'agit pas de manquer le départ de la troisième », marmonna Spink.

Après une heure d'agacement à brancher les projecteurs, à remplacer les fusibles sautés et à maîtriser les excentricités d'une installation électrique qui avait largement passé l'âge de la retraite, André put commencer à photographier. De temps en temps, Spink apparaissait au pied de l'escalier et regardait là-haut, les lèvres pincées, avant de regagner les appartements des domestiques et le réconfort de son gin. De Lord Haddock, pas trace. Vers sept heures, quand Spink vint lui demander de se changer pour dîner, André estima qu'il en était à peu près au milieu de sa tâche : si l'électricité tenait, encore trois heures le lendemain matin et il aurait terminé.

On l'avait installé pour la nuit dans ce que Spink appelait la chambre bleue, une dénomination fort bien choisie qui correspondait non seulement à la nuance des rideaux mais à l'effet que la température avait sur le teint des hôtes. Tout en attendant qu'un maigre filet d'eau chaude veuille bien recouvrir le fond de la baignoire, André inspecta sa chambre. Malgré le mobilier de bonne qualité, encore qu'un peu fatigué, l'aménagement de la pièce lui promettait une nuit extrêmement inconfortable. Les ressorts du grand lit avaient cédé, provoquant au milieu du matelas un affaissement marqué. Une petite lampe jetait une vague lueur sur une des tables de nuit. Sur l'autre, on avait disposé un verre à dents et un carafon à demi vide de whisky, à n'en pas douter afin de provoquer une torpeur qui compenserait l'absence de chaleur. Il y avait bien un radiateur à gaz, mais un rapide examen révéla qu'il n'y avait pas de gaz. André se baigna par sections dans quelques centimètres d'eau tiède, s'habilla aussi chaudement qu'il le pouvait et descendit au rez-de-chaussée.

Au château de Throttle, on passait l'heure du cocktail dans un des petits salons, une sombre caverne décorée, comme le Harvard Club, par un taxidermiste plein d'enthousiasme. Lord Haddock se tenait au fond de la pièce, tournant le dos au feu de bois, sa veste remontée pour permettre à l'air chaud de venir réchauffer sa noble croupe. Dans un coin, Spink faisait semblant de s'affairer sur la table à liqueurs : il levait les verres en direction de la lumière pour les astiquer avec sa manche. André traversa la pièce : les chiens effectuèrent vers lui un mouvement convergent pour lui faire un accueil enthousiaste.

« Donnez-leur des coups de pied s'ils vous ennuient, déclara Lord Haddock. De superbes bêtes, ces setters irlandais, mais aucun sens des convenances. Fitz ! Fitz ! Couché ! »

Les chiens ne prêtèrent aucune attention à cet ordre.

« Lequel est Fitz ? interrogea André.

— Ils s'appellent tous comme ça. Couché, bon sang ! Je n'ai jamais pu les distinguer, alors c'était plus facile de leur donner à tous le même nom. Qu'est-ce que vous buvez? »

Spink, semblait-il, avait déjà décidé pour lui. Il fourra sous le nez d'André un plateau d'argent avec un verre. « Whisky. » Il avait annoncé cela entre ses dents, avec ce chuchotement confidentiel qui lui était coutumier. « Je ne me fierais pas au sherry, et nous sommes à court de gin. »

André fut heureux de constater qu'il n'y avait pas de glace. Il se fraya un chemin au milieu de la meute pour rejoindre son hôte au coin du feu.

« Ça marche bien, les photos, j'espère, dit Haddock. Je pense que vous avez appris pour le dernier photographe, n'est-ce pas? Il a été entraîné par ma fille, malheureusement, et il est tombé de cheval.

– C'est ce qu'on m'a dit.

– C'est cela l'ennui : Daphné s'imagine que tout le monde monte comme elle, mais elle fait du cheval depuis l'âge de trois ans. Elle monte comme un homme. Une magnifique assiette. »

Tous deux contemplèrent le feu sans rien dire et, pour la première fois depuis son arrivée, André commençait à se sentir au chaud. Cela ne devait pas durer. Avec l'air d'un homme accablé par de graves problèmes d'organisation, Spink s'approcha en tapotant sa montre.

« La cuisinière a dit sept heures trente ou bien ce sera brûlé. »

Haddock poussa un soupir.

« Où est Daphné? Ah! ces femmes. Pourquoi sont-elles toujours en retard? Hein, Spink? »

Spink eut un sourire salace.

« Elle doit être à se bichonner, si je puis me permettre, monsieur le comte.

– Eh bien, il va falloir passer à table sans elle. Nous n'allons pas mécontenter la cuisinière. »

Haddock vida son verre, le tendit à Spink et délogea un chien qui s'était couché sur ses pieds. Il entraîna

133

André par la porte et lui fit traverser un hall, tout en grommelant des remarques sur le désinvolte manque de ponctualité de sa fille : elle ne voulait pas faire attendre ses fichus chevaux, elle traitait cette maison comme un hôtel, les jeunes gens d'aujourd'hui, tous les mêmes, le sens de l'heure, ça n'existe plus. Il continuait à développer ce qui était manifestement un de ses thèmes favoris lorsqu'ils entrèrent dans la salle à manger.

Là se trouvaient d'autres portraits, cette fois des femmes de la famille. Certaines, visage anguleux et regard vitreux, avaient un air de famille avec l'énorme blaireau dont la tête montée sur un panneau ricanait au-dessus de la cheminée. La longue table de chêne était dressée pour trois sous un lustre massif : André s'attendait à moitié à voir les minuscules ampoules en forme de bougie se mettre à couler dans l'âpre bise qui soufflait par les fissures des fenêtres à meneaux.

Lord Haddock présidait. Il agita vigoureusement une clochette en argent avant de tendre la main vers la bouteille de vin. Il examina l'étiquette et grommela :

« Nous avons de la chance. C'est le latour 1969. Je croyais que Spink avait tout bu. (Il en versa un peu dans son verre et le goûta.) Magnifique. Êtes-vous amateur de vin, Kelly ?

– Certainement.

– Dommage. »

Il tendit le bras et remplit à moitié le verre d'André.

« Spink est à votre service depuis longtemps ?

– Trente ans, peut-être plus. Il a commencé à servir dans l'entrepont, à l'arrière-cuisine. Et puis il est resté. (Haddock faisait rouler le vin dans son palais.) Un drôle de pistolet, mais nous avons fini par nous habituer l'un à l'autre et aujourd'hui c'est pratiquement lui qui fait tourner la maison. Je l'aime bien, en fait. Vous savez comment c'est avec les domestiques. »

134

André se vit épargner le besoin de répondre grâce à une double arrivée simultanée, mais par des portes différentes : d'un côté, Spink, apportant d'un pas traînant une soupière, et de l'autre, avançant d'un pas de grenadier, chaussée de bottes, la fille de la maison, une robuste jeune femme arborant une culotte de cheval, un chandail à col roulé et un de ces amples gilets en duvet comme les adorent les Anglaises à la campagne.

« Pardon d'être en retard, papa. Percy avait la colique. »

Sa voix, sonore et quelque peu étranglée, retentissait dans la pièce : dans l'orchestre des voix humaines, la sienne était une trompette.

Comme André se levait, elle se tourna pour le regarder.

Lord Haddock s'arracha à la contemplation de son potage.

« Monsieur Kelly, voici ma fille, Daphné. »

Spink, planté auprès d'André, la soupière en arrêt, murmura : « L'*honorable* Daphné », avec une telle insistance qu'André se demanda s'il était censé faire la révérence ou mettre un genou en terre. Elle le dévisageait avec une intensité qu'il trouva déconcertante. Elle avait de très grands yeux très bleus qui se détachaient sur son teint coloré. Ses cheveux bruns étaient tirés en arrière, attachés avec un ruban noir, et on voyait encore sur son front la faible marque laissée par une bombe de chasse récemment ôtée. Dans quinze ans, elle se serait sans doute épaissie et sa peau se serait abîmée à être trop exposée au vent et aux intempéries. Pour l'instant, à vingt ans, elle avait le sain éclat d'un animal au mieux de sa forme qui a tout l'exercice qu'il lui faut.

Lord Haddock désigna de sa cuillère un petit doigt en caoutchouc qui flottait à la surface de sa soupe.

« Spink, que diable est-ce donc ? »

Spink se précipita et procéda avec sa louche au sauvetage du doigt de caoutchouc :

135

« Ah ! La cuisinière le cherchait. Ça a dû glisser du doigt qu'elle s'est brûlé. (Il l'enveloppa délicatement dans son mouchoir.) Elle va sûrement être contente. C'était son dernier. »

André pencha la tête sur son assiette, à l'affût d'autres objets perdus dissimulés dans les profondeurs de l'épais brouet. Il fut quelque peu surpris de le trouver bon : généreusement arrosé de sherry, chaud et réconfortant. Il sentit qu'on l'observait et, levant les yeux, vit que Daphné le dévisageait.

« Vous montez ? demanda-t-elle.

– Malheureusement pas. Enfin, ça m'est arrivé autrefois. Il y a longtemps, mes parents m'avaient emmené au bord de la mer à Arcachon, non loin de Bordeaux. On louait des ânes sur la plage. Je crois que j'ai tenu une dizaine de minutes sans tomber. (Il la regarda en souriant.) Mais c'était un vieil âne très paisible. »

Cette allusion à la France éloigna aussitôt Lord Haddock de la dégustation de son potage. Il se lança dans un discours sur le caractère pernicieux des Français : leur profond égoïsme, leur arrogance et leur complaisance, leur snobisme, leur obsession pour la nourriture. Des gens qui mangeaient des grenouilles, Seigneur, et des escargots ! Aujourd'hui, ce fichu franc était si surévalué qu'on ne pouvait plus se permettre d'aller là-bas. C'était une opinion communément répandue qu'André avait entendu exprimer bien des fois déjà par des amis anglais. Ils semblaient nourrir on ne sait quel profond ressentiment envers leurs voisins, comme si le destin avait accordé aux Français un traitement préférentiel. Pourtant tous ces Anglais continuaient à traverser la Manche chaque année par millions pour rentrer avec d'horribles histoires à propos d'une tasse de café payée cinq livres et de la grossièreté légendaire des garçons de café parisiens.

André attendit que Lord Haddock eût déversé sa bile.

« Ce qui est drôle, répliqua-t-il, c'est que les Français en disent à peu près autant des Anglais : sauf en ce qui concerne la cuisine. Je ne voudrais pas répéter ici leurs commentaires sur la cuisine anglaise. L'arrogance, le snobisme – particulièrement le snobisme –, vous entendrez le même genre de propos de l'autre côté de la Manche. Je crois que nous adorons nous agacer mutuellement. (Il sourit à Daphné.) Je suis pour ma part à moitié Français, précisa-t-il, et je dois dire que nous ne sommes pas si mauvais que ça. »

Daphné ricana.

« Très bons cavaliers, les Français, dit-elle. Il ne faut pas prendre papa trop au sérieux. Il déteste tout le monde. Il faudrait que vous l'entendiez parler des Allemands. Ou des Anglais, d'ailleurs. Lancez-le sur les hommes politiques – vous n'avez qu'à prononcer le nom de Blair –, et nous serions ici toute la nuit.

– On peut dire une chose en faveur des Français, dit Haddock en remplissant son verre et, avec un manque d'entrain évident, faisant effectuer à la bouteille un bref passage au-dessus des deux autres verres. Ils font un vin très convenable. (Il regarda André en souriant et proposa un toast :) À votre glorieux pays. (Et il ajouta à mi-voix :) Dommage que ce ne soit pas le nôtre. »

Spink avait profité de cet échange pour débarrasser. Il réapparut avec le plat de résistance, une carcasse calcinée entourée d'un déferlement de pommes sautées et de choux de Bruxelles. Après avoir essayé la lame sur son pouce, il tendit à Haddock un couteau à découper à manche en os et une fourchette.

« Rien de tel que de la volaille élevée en liberté », déclara Haddock en se levant pour procéder à la première incision.

Il attaqua en plongeant avec violence la fourchette, mais l'armure de peau calcinée résistait aux dents de l'instrument : le poulet glissa hors du plat jusqu'au milieu de la table, semant autour de lui pommes de terre et choux de Bruxelles. Haddock suivit le cheminement avec inquiétude :

« Bon sang, cette fichue bête n'est pas morte, Spink !

– Peut-être nous sommes-nous un peu trop précipité pour la première passe, monsieur le comte. »

Spink s'aida d'une serviette pour récupérer le volatile et le reposa sur le plat.

« Puis-je me permettre de conseiller une attaque moins brusque de la fourchette ? Ensuite, entre les deux cornes, avec le couteau. »

Il entreprit de rassembler les légumes échappés tout en surveillant Haddock du coin de l'œil.

« Les cornes ? Quelles cornes ? C'est un malheureux poulet.

– Vieille expression tauromachique, monsieur le comte. »

Haddock poussa un grommellement, parvint à empaler le poulet et se mit à le débiter avec le couteau.

« *Olé !* monsieur le comte », lança Spink avec un sourire.

André avait du mal à décider ce qu'il y avait de plus coriace, des choux de Bruxelles ou de la volaille, mais les autres dévoraient avec un appétit campagnard peu exigeant et un plaisir évident. Ils allaient même jusqu'à se resservir. Quand il ne resta plus sur le plat qu'une cage thoracique dépouillée de sa chair, Haddock proclama une trêve. On débarrassa le squelette pour le remplacer par un carafon de porto et les vestiges d'un gros stilton.

La conversation se poursuivait : Daphné et son père discutaient chevaux, les détails d'un récent concours hippique et les perspectives, pour l'année prochaine, de la chasse au faisan. Entièrement pris par leur propre univers, ils ne manifestaient pas la moindre curiosité à propos d'André ni de son travail, ce qui lui convenait fort bien au terme d'une longue journée. Après une tasse de café tiède dans le salon, Lord Haddock annonça son intention de regarder les dernières catastrophes, comme il appelait le journal télévisé de dix heures : André en profita pour s'excuser et monter dans sa chambre.

Assis au bord du lit, un petit verre de whisky à la main, il reculait le moment d'ôter ses vêtements avant de se glisser dans des draps qui lui semblaient plutôt de verre glacé que de coton. L'alcool livrait une bataille perdue d'avance avec la température et ôter ses vêtements lui paraissait une aventure périlleuse. Il essayait de décider s'il allait trouver le courage nécessaire ou bien se déshabiller dans son lit quand on frappa un coup sec à la porte. Espérant voir arriver Spink avec une brique chaude ou une bouillotte, il alla ouvrir.

C'était l'honorable Daphné.

« Un petit galop ?

– Quoi ? fit André. Dans le noir ?

– On peut garder la lumière allumée, si vous voulez. »

Là-dessus, elle posa sur sa poitrine une main ferme, le poussa en arrière et d'un coup de son pied botté referma la porte derrière elle.

11

La pluie de la veille s'en était allée, on sentait dans la brise le souffle tiède du printemps et, sous le soleil de l'après-midi, même la hideuse façade du château de Throttle paraissait un peu moins abominable. André, mission accomplie et adieux faits, rangea le dernier de ses sacs et referma le coffre de la voiture. Spink rôdait sur le perron, abandonnant tout travail jusqu'à ce que vienne le moment de fondre sur André pour empocher son pourboire. Ce dernier se dirigea vers l'avant de la voiture. Spink, témoignant d'une étonnante pointe de vitesse, le battit d'une courte tête et vint lui ouvrir la portière avec un regard paillard et néanmoins chargé de déférence. Il empocha le billet que lui donna André, après s'être assuré d'un bref coup d'œil qu'il s'agissait d'un billet de vingt livres pour mesurer le degré de gratitude qu'il devait manifester.

« Merci beaucoup, monsieur, merci beaucoup. »

Une fois l'argent en sécurité dans sa poche, il pensa qu'il pouvait se permettre de satisfaire sa curiosité :

« Monsieur a passé une nuit confortable ? Monsieur a eu assez chaud ? J'espère que monsieur a bien profité de sa chambre ? »

Ce qu'il croyait être un clin d'œil subtil vint lui tordre le visage.

André ne put s'empêcher de sourire à la vieille gargouille. Il boucla sa ceinture et mit le moteur en marche.

« Je n'ai jamais mieux dormi, Spink, je vous remercie. »

Je le savais, semblait se dire Spink. J'aurais pu le dire à la façon dont elle le regardait au dîner, où elle le jaugeait. Petite effrontée. Elle tient de sa mère. Il jeta un coup d'œil à sa montre, se demandant sans doute s'il avait le temps d'aller jusqu'au village acheter une bouteille de gin à Rita avant que Lord Haddock n'émerge de sa sieste d'après déjeuner dont il avait l'habitude les jours où il n'y avait pas de courses de chevaux à la télévision.

Tout en roulant vers Heathrow, André secoua la tête en évoquant sa nuit d'aérobic de haut vol avec l'honorable Daphné. Après les salutations initiales, elle avait limité ses remarques à des instructions d'un caractère technique et à des demandes d'effort plus appuyé sur les obstacles. Tout en récupérant entre les parcours, elle avait liquidé le carafon de whisky posé sur la table de chevet et sommeillé un peu, ignorant pratiquement ses tentatives de conversation. De toute évidence, il était là pour assurer un service plutôt que pour papoter et c'était bien ce qu'il avait fait, au mieux de ses capacités. À l'aube, elle l'avait laissé épuisé et le nez dans son oreiller, en lui donnant une petite tape d'adieu sur les fesses et en faisant observer qu'elle avait vu pire.

À Heathrow, un coursier du magazine anglais l'accueillit : André lui remit les rouleaux de photos qu'il avait prises des tapisseries puis s'effondra dans la salle de départ. Des muscles dont il avait oublié l'existence étaient endoloris : encore une nuit comme celle-là et il lui faudrait des béquilles et un kinésithérapeute. Comme il décrochait le téléphone pour appeler Lucy, il remarqua qu'il avait les mains qui tremblaient.

« André ! Où es-tu ?

– À Heathrow. J'attends le vol pour Nice. Le magazine a envoyé quelqu'un prendre la pellicule, alors tu peux leur faire parvenir la facture quand tu voudras. (Il étouffa un bâillement.) Pardon. Les deux derniers jours ont été un peu bousculés.

– Comment était-ce ?

– Froid. Humide. Bizarre. Cuisinière, maître d'hôtel, portraits d'ancêtres, des chiens partout, des dizaines d'hectares de bois et de collines et pas de chauffage. Lord Haddock se plaint qu'on ne peut plus trouver des gens pour monter ramoner les cheminées. Je ne savais pas qu'il existait encore des personnages pareils. »

Il entendit le rire de Lucy à cinq mille kilomètres de là.

« Ça m'a l'air d'être le genre d'endroit que tu adores. Est-ce que tu as eu le temps de faire un peu de cheval ?

– Lulu, pas une minute à moi. Je te promets. (Ce qui était parfaitement vrai, songea André.) Comment ça va là-bas ?

– Bien. C'est encore un peu calme mais Stephen est rentré de Floride, alors maintenant je peux quitter le bureau pour aller déjeuner.

– Garde-m'en un, veux-tu ? J'ai rendez-vous ce soir avec Cyrus Pine, mais nous devrions être rentrés d'ici deux jours. Je t'emmènerai au Royalton et nous pourrons saluer Camilla.

– Parfait, approuva Lucy. J'apporterai une arme. »

André entendit le croassement inintelligible annonçant que son vol embarquait.

« Lulu, je t'appellerai de Nice.

– Eh bien, voilà un endroit où déjeuner. Bon voyage. »

André s'installa sur son siège au fond de l'appareil. Il dormait déjà avant le décollage, sa dernière pensée consciente lui montrant Lucy assise en face de lui à la terrasse d'un restaurant dominant la Méditerranée. Quand l'hôtesse vint le réveiller juste avant l'atterrissage, elle constata qu'il souriait.

Sur les conseils de Cyrus Pine, ils avaient retenu au Beau Rivage, un charmant petit hôtel derrière la Promenade des Anglais, non loin de l'Opéra. C'était là que descendaient les divas de passage, avait expliqué Cyrus à André. Il avait un faible pour les divas car, lui avait-il dit, il était très amateur de poitrines plantureuses. Il avait fait un saut à Paris avant de descendre à Nice, arrivant à l'hôtel quelques heures avant André, et lui avait laissé un message à la réception : *Parti acheter du poisson et des frites. Rendez-vous au bar à dix heures.*

André avança sa montre d'une heure pour se mettre à l'heure française et constata qu'il avait une demi-heure devant lui. Il défit ses bagages et se doucha, cherchant sur son corps des cicatrices et des contusions, heureux de laisser le flux d'eau brûlante dissiper ses courbatures. Il se jura de ne plus jamais tenir de propos désagréables sur les installations de plomberie en France et il descendit au bar, avec l'impression pour la première fois de la journée de se sentir de nouveau un être humain.

Pine arriva peu après dix heures, impeccable et quelque peu spectaculaire en costume à carreaux pied-de-poule et nœud papillon prune. Il était encore imprégné dans tous les sens du terme du repas qu'il venait de faire.

« J'avais oublié qu'ils font si merveilleusement les choses en France, s'excusa-t-il. Je suis sûr que j'empeste l'ail. Avez-vous jamais goûté des raviolis de homard ? »

André se rappela son plus récent repas, un déjeuner sur le pouce dans la cuisine du château de Throttle.

« Je croyais que vous étiez allé prendre du poisson et des frites.

– J'étais plein de bonnes intentions, mais cette charmante enfant à la réception m'a recommandé un endroit qui s'appelle l'Esquinade, du côté du port, et

144

j'ai cédé à la tentation. Une vieille habitude, hélas. (Pine s'interrompit pour commander un cognac au barman.) Quoi qu'il en soit, vous serez heureux d'apprendre que la voie est libre. Comme nous en avions convenu, j'ai téléphoné. Denoyer est toujours aux Bahamas. Je lui ai parlé. Il m'a paru plutôt aimable.

– Que lui avez-vous dit?

– J'ai dit que j'étais vice-président des services clientèle internationale chez AT&T et que je voulais lui envoyer une carte platine lui octroyant une réduction de 75 % sur tous les appels longue distance. (Pine sourit dans son cognac.) Il était ravi. Il n'y a rien que les riches aiment tant qu'économiser de l'argent. Il m'a dit d'envoyer la carte au cap Ferrat : il arrive là-bas la semaine prochaine. Demain. il n'y aura donc que nous et le gardien. »

André sourit et salua.

« Avez-vous apporté les échantillons?

– Des douzaines, mon cher garçon. Nous sommes parés. »

Le lendemain matin à neuf heures, ils étaient dans la voiture, suivant sous le soleil la route côtière qui mène au cap Ferrat. Pine pour l'occasion avait modifié sa garde-robe. Au lieu d'un costume, il portait un blazer et un pantalon saumon et il avait renoncé à son nœud papillon habituel pour une cravate de soie à motif cachemire.

« Qu'en pensez-vous? demanda-t-il à André. Est-ce que je pourrais passer pour un décorateur? J'ai peut-être un peu exagéré avec le pantalon. C'est le vestige d'un week-end à Fire Island.

– À dire vrai, Cyrus, le seul décorateur que j'aie jamais rencontré était une femme : une grande et robuste créature, très contente d'elle. Elle faisait des coussins, je me rappelle. Je crois d'ailleurs qu'elle en portait quelques-uns quand je l'ai rencontrée. (André quitta la N98 pour prendre la petite route qui mène au cap.) Ne vous inquiétez pas. Votre tenue est parfaite. L'erreur par ici c'est de porter un costume de chez Armani : tout le monde vous prend pour un chauffeur.

– J'ai potassé un peu le sujet dans l'avion, avoua Cyrus. J'ai trouvé un livre sur la Côte d'Azur. Le roi Léopold de Belgique avait une propriété au cap Ferrat et il allait nager avec sa barbe enfouie dans une enveloppe de caoutchouc. Fascinant, non ? Nous sommes presque arrivés ?

– Dans deux minutes », répondit André.

Il avait cru qu'il serait nerveux : après tout, il s'apprêtait à s'introduire dans le domicile de quelqu'un en usant d'un prétexte. Mais son joyeux compagnon semblait tellement s'amuser, son assurance était si contagieuse, qu'André éprouvait plutôt de l'impatience et de l'optimisme. Il était convaincu qu'ils parviendraient à pénétrer dans la place. À ce moment-là, le pire qui pourrait arriver, ce serait de constater qu'après tout le Cézanne était toujours là, accroché à sa place habituelle. Une déception suivie d'un bon déjeuner. Il haussa les épaules et, ralentissant, se tourna vers Cyrus.

« C'est juste après le virage. Faut-il nous arrêter pour répéter encore un peu ?

– Jamais de la vie, fit Pine. Je crois que nous connaissons l'essentiel de l'intrigue. La spontanéité, mon cher garçon, c'est le souffle de la vie. Faites-nous entrer et laissez-moi faire.

– N'oubliez pas que Claude sait probablement quelques mots d'anglais.

– Je serai l'âme même de la discrétion. »

André sourit :

« Pas avec ce pantalon-là. »

Il arrêta la voiture devant les grilles et pressa le bouton de sonnette.

La voix retentit dans l'interphone, brutale et métallique :

« Oui ?

– Bonjour, Claude. C'est André Kelly... vous vous souvenez ? Le photographe. M. Denoyer m'a demandé d'amener à la maison un de ses amis. Il doit effectuer quelques travaux dans le salon.

– Attendez. »

Il y eut un déclic et les grilles pivotèrent lentement. Pris d'une brusque inspiration, André se tourna vers Cyrus :

« Nous ferions mieux de ne pas utiliser votre vrai nom.

– Vous avez tout à fait raison, mon cher garçon. (Il ajusta sa cravate.) Que diriez-vous de Dundee ? Frederick Dundee, précisa-t-il, le troisième du nom. Vieille famille de Palm Beach. Des ancêtres écossais.

– Ne vous laissez pas emporter. »

André lâcha la pédale de frein et laissa la voiture descendre lentement l'allée. De toute évidence les jardiniers avaient travaillé en prévision du retour de Denoyer. On avait tondu les pelouses de près, taillé les cyprès et les palmiers, replanté les massifs de fleurs. Le jet d'un système d'arrosage invisible faisait tournoyer des arcs-en-ciel sous le soleil et, par-delà la maison, on voyait étinceler au loin la Méditerranée.

« Denoyer ne se débrouille pas mal, dit Cyrus. Je passerais bien moi-même un été ici. Est-ce le fidèle serviteur, que j'aperçois sur le pas de la porte ?

– Lui-même. »

André s'arrêta. Ils descendirent de voiture tandis que Claude s'avançait à leur rencontre : silhouette trapue en pantalon de cotonnade, vieille chemise polo, le visage déjà hâlé, un éclat d'or dans son sourire. Il serra la main tendue d'André et le salua de la tête.

« Vous allez bien, monsieur Kelly ?

– Trop de travail, Claude. Trop de voyages. J'aimerais passer plus de temps ici. Et vous ?

– Bah. Je me fais vieux. »

Le regard de Claude se porta sur Cyrus, planté sur le côté, les bras chargés de collections de tissus, d'une liasse d'échantillons de peinture et d'un bloc-notes.

« Claude, voici M. Dundee, de New York. (Les deux hommes se saluèrent de la tête.) Il va refaire la décoration du salon : il a besoin de choisir les couleurs et de prendre des mesures avant de pouvoir soumettre sa proposition aux Denoyer.

– Ah bon ? (Le visage souriant de Claude prit une expression intriguée.) Ils ne m'ont parlé de rien.

– Non ? Comme c'est bizarre... (André fit semblant de réfléchir un moment, puis haussa les épaules.) Bah, pas de problème. Il n'y a qu'à les appeler. »

Il se tourna vers Cyrus et répéta ce qu'il avait dit, mais cette fois en anglais.

Cyrus aussitôt lui donna la réplique :

« Vous croyez ? (Il déplaça les bouts de tissu qu'il portait de façon à pouvoir consulter sa montre.) Il est trois heures du matin là-bas : vous savez comme Bernard aime bien dormir. »

André expliqua le problème à Claude.

« Et malheureusement, ajouta-t-il, M. Dundee a rendez-vous à Paris cet après-midi. C'est le seul moment qu'il ait trouvé. »

Un silence. André s'efforça de ne pas retenir son souffle. Claude réfléchit, chercha l'inspiration en regardant sa propre montre puis finit par hausser les épaules.

« C'est pas grave, fit-il. (Il décrocha un téléphone invisible et le porta à son oreille.) Je parlerai à M. Denoyer plus tard. »

Il hocha la tête. Ils étaient dans la place.

Claude leur fit traverser le vestibule carrelé et ouvrit les doubles portes du salon. La longue pièce haute de plafond était plongée dans l'obscurité, ils durent attendre que Claude ait ouvert les lourds rideaux puis, avec une lenteur qu'André trouva exaspérante, les volets. Le soleil entra à flots par les fenêtres. Enfin il distingua les appliques, les murs couleur pêche un peu fanée, les meubles un peu trop recherchés disposés avec soin, le tapis d'Aubusson, les livres et les bibelots sur les tables basses. C'était exactement comme il l'avait photographié. Exactement.

« Mais c'est *fabuleux*! »

Cyrus avança dans la pièce, étalant ses échantillons et ses feuilles de couleur sur un canapé avant d'écarter les bras dans un geste large :

« Les proportions sont divines, la lumière exquise et certaines pièces de mobilier vraiment tout à fait exceptionnelles. »

Il mit les mains sur ses hanches et resta planté à taper du pied sur le sol dallé de marbre :

« Je ne vous cacherai pas que je ne suis pas fou des appliques, et il vaut mieux ne pas parler de ces rideaux. Mais j'entrevois des possibilités. De grandes possibilités. »

C'était à peine si André l'entendait. Il se sentait soudain déprimé, tout son optimisme envolé. Il contempla le tableau au-dessus de la cheminée et la *Femme aux melons* de Cézanne le dévisagea à son tour, à l'endroit précis où elle était censée être. Même le cadre, observa-t-il avec consternation, était le même. Tout cela n'avait été qu'une perte de temps.

Claude alla se poster près de la porte, les bras croisés. Il avait manifestement décidé de rester avec eux. André s'efforça de ne pas avoir l'air trop déçu.

« Je ne peux rien faire pour vous aider? »

Cyrus lui passa le bloc et un stylo.

« Ça vous ennuierait de prendre des notes pendant que je vais et viens? Merci beaucoup. »

Son ton ne trahissait rien. S'il se sentait déçu, il dissimulait ses sentiments de façon très convaincante.

« Voyons, reprit-il, il me semble que cette pièce est centrée autour du Cézanne qui est absolument magnifique. Nous ne devons donc rien avoir qui lui fasse concurrence, n'est-ce pas ? Couleurs, peintures, tissus, tout doit être en harmonie avec le tableau. Le maître, c'est Cézanne. C'est donc par là que nous commençons. Allons-y. »

Il approcha de la cheminée une liasse d'échantillons et fixa d'un regard intense la toile, brandissant de temps en temps à côté un bout de tissu avant de lancer un numéro de référence qu'André notait consciencieusement sur son bloc. L'opération se répéta avec les nuances de peinture et se renouvela encore et encore au gré des changements d'humeur de Cyrus qui semblait fasciné par le tableau. Cela continua deux heures durant, avec la présence silencieuse et morne de Claude à l'arrière-plan et André dont le moral déclinait avec chaque note inutile qu'il griffonnait sur le bloc.

Il était près de midi quand Cyrus termina de prendre les mesures et lança un ultime regard au tableau.

« Je crois que j'en ai vu assez, déclara-t-il. Vous êtes sûr d'avoir bien tout noté ? »

Sans attendre la réponse d'André, il s'approcha de Claude et lui serra vigoureusement la main :

« Désolé de vous avoir fait attendre comme ça, mon brave. Vous avez été extrêmement aimable. Merci infiniment. Merci, merci. Vive la France. »

Claude tourna un regard perplexe vers André qui ajouta ses remerciements tandis qu'ils se dirigeaient vers la voiture. Ils franchirent les grilles sans avoir échangé un mot. Une fois hors de vue de la maison, André se rangea sur le bas-côté.

« Cyrus, je ne sais pas quoi dire. Je me demande comment vous avez réussi à supporter toute cette plaisanterie. (Il secoua la tête en regardant par le pare-brise.) Je suis navré. Vous avez été formidable et ça me donne encore plus de remords.

– Vous ne pouviez pas savoir, mon cher garçon. Mais cette toile est un faux.

– Quoi ?

– Un magnifique, un superbe faux, j'en suis certain. »

Cyrus regardait avec amusement le visage d'André s'éclairer d'un sourire qui allait presque jusqu'aux oreilles :

« Eh bien, ne restez pas assis là. Roulez !

– Où va-t-on ?

– Déjeuner, mon cher garçon. Déjeuner. »

Il y a peu de cadres plus satisfaisants pour un déjeuner au soleil que la terrasse de la Voile d'or, débordant de géraniums, et qui domine le port de Saint-Jean-Cap-Ferrat. On les installa à une table à l'ombre d'un vieil olivier, Cyrus fredonnant d'un air satisfait. André le laissa en paix pendant qu'ils étudiaient le menu après avoir commandé une bouteille de rosé. Finalement, la curiosité l'emporta.

« Comment savez-vous que c'est un faux ?

– Hmmm ? Les crevettes grillées ne me semblent pas mal, qu'en pensez-vous ?

– Allons, Cyrus. Comment le savez-vous ?

– Eh bien, je crois que c'est essentiellement le résultat d'années et d'années consacrées à l'observation minutieuse des vrais et, depuis mes débuts, il m'est passé pas mal de Cézannes entre les mains. À la longue, l'œil s'éduque. Êtes-vous allé à l'exposition Cézanne l'an dernier à Philadelphie ? Je suis resté deux jours là-bas, à regarder et à regarder. C'est magnifique. Ah ! le brave homme. »

Le serveur déboucha la bouteille en marmonnant quelque chose à propos du teint d'une jeune fille tout en versant dans leurs verres le vin d'un délicat rose fumé. Il prit leur commande, hocha la tête d'un air approbateur et repartit en trottinant vers la cuisine.

Cyrus leva son verre à la lumière avant de goûter son vin.

« Il n'y a vraiment aucun pays comme la France, n'est-ce pas ? Voyons, où en étais-je ?

– À Philadelphie.

– C'est vrai. Ce que je vous expliquais, c'est qu'il s'agit d'habituer votre œil à la façon dont un artiste peint, dont il utilise la couleur, la lumière et la perspective, quels sont ses trucs de composition, quelle est sa touche, qui peut être rapide ou lente : c'est parfois aussi reconnaissable qu'une signature. Ce doit certainement être la même chose pour vous, les photographes. Je veux dire, vous pourriez faire la différence entre un authentique Avedon et une imitation. (Il sourit.) Ou un authentique Kelly, d'ailleurs.

– Pas tout à fait la même catégorie, Cyrus.

– Mais vous comprenez ce que je veux dire. Il n'existe pas de formule pour repérer un faux. Votre œil, votre expérience, votre instinct – la réaction de vos tripes, comme on le dit parfois de façon bien indélicate. Vous pouvez procéder à certains tests pour établir l'âge de la toile et de la peinture, du châssis et des clous, mais même ces tests sont loin d'être absolument sûrs. Prenez la toile, par exemple, ou le bois. Il y a des milliers de vieux tableaux sans intérêt en circulation. Un faussaire compétent en achètera un pour quelques dollars – évidemment de la période appropriée – et l'utilisera pour peindre sa copie. Plus le tableau est récent, plus il est facile de trouver des matériaux de la même époque et Cézanne n'est mort qu'il y a quatre-vingt-dix ans. (Cyrus but une gorgée de vin.) Dire que le faussaire à n'en pas douter a touché beaucoup plus que Cézanne n'en a jamais reçu pour l'original ! Nous vivons dans un drôle de monde. »

Le serveur arriva, pour psalmodier :

« Les crevettes pour monsieur, et le saint-pierre avec la sauce gaspacho. Voilà. Bon appétit, messieurs. »

Les autres questions qui se pressaient sur les lèvres d'André durent attendre pendant qu'ils portaient à leur assiette une attention méritée. Ils partageaient la terrasse avec quelques autres couples qui révélaient leurs origines par le choix de leur table : les indigènes à l'ombre, les gens du Nord assis en plein soleil pour compenser un hiver gris et interminable. À leurs pieds, le port était tranquille, les rangées de yachts et de canots vides, leurs propriétaires trimant dans leurs lointains bureaux pour s'acquitter des droits d'anneau. En juillet et en août, ils allaient descendre sur la côte, marins pour deux semaines, et passer leurs vacances serrés coque contre coque parmi des milliers de gens comme eux. Mais aujourd'hui, c'était aux mouettes qu'appartenaient les bateaux.

André sauça son assiette avec un morceau de pain et vit Cyrus jeter un regard intéressé au plateau de fromages.

« Je commence à croire que j'ai vécu trop longtemps en Amérique, déclara Cyrus. Je suis conditionné par la propagande : le fromage est mauvais pour vous, le soleil est mauvais pour vous, ne parlons même pas de l'alcool et du tabac. C'est extraordinaire comme les Français parviennent à atteindre un âge avancé, n'est-ce pas ? Ils doivent quand même faire quelque chose de bien.

– Envisageriez-vous de venir vous installer ici ?

– J'adorerais, mon cher garçon, mais c'est une question de gros sous. La maison de New York est hypothéquée et je paie encore la pension alimentaire de ma dernière épouse. Mais on ne sait jamais : une grosse affaire pourrait tout changer.

– Vous croyez que ce pourrait être le cas de celle-ci ?

– Peut-être. Mais nous sommes encore loin du compte. La première chose à faire, c'est de mettre la main sur le tableau.

– Vous disiez que celui qui est dans la maison est un faux, mais un faux remarquable. Ça ne constitue pas une sorte d'indice ?

– Oh, je sais qui a dû le peindre. Il n'y a qu'un homme qui soit aussi bon pour les impressionnistes. Si je n'avais pas passé autant de temps avec le nez pratiquement sur la toile, je ne l'aurais jamais repéré. Du beau, du très beau travail. Et même si je sais qui l'a fait, le problème c'est de mettre la main sur ce coquin. (Cyrus fit signe au garçon d'apporter le plateau de fromages.) Je ne le trouverai pas dans les pages jaunes.

– À quoi cela avancerait-il de le trouver ? Il n'y a guère de chance pour qu'il nous dise quelque chose, n'est-ce pas ? C'est un escroc.

– Précisément, dit Cyrus, et on peut toujours acheter les escrocs. Il va assurément falloir faire montre d'un peu de subtilité, mais je suis certain qu'à nous deux nous pouvons y parvenir. Réfléchissons. La seule autre personne qui soit impliquée, à notre connaissance, c'est Denoyer, et ce n'est pas lui qui va dire la vérité. Il a déjà menti une fois. Mon Dieu, regardez ces fromages. Pensez-vous que je pourrais me risquer à goûter le camembert ? Il a l'air prêt à attaquer d'un moment à l'autre. »

Il désigna le fromage et le serveur lui en coupa un morceau, coulant et onctueux.

« Avec ça, monsieur ? »

Il prit du cantal, un peu de chèvre, commanda un verre de vin rouge pour faire descendre tout cela et regarda avec intérêt André faire son choix.

« Et vous ? interrogea Cyrus. Vous avez l'air de vous plaire ici, vous parlez la langue. Je vous vois très bien dans un petit atelier à Paris. Ou même à Nice. Ce n'est pas comme si vous deviez aller chaque jour dans un bureau. »

André contempla le port.

« J'ai beaucoup réfléchi ces temps-ci, dit-il. Mais c'est à New York qu'on trouve les bonnes commandes.

(Il haussa les épaules.) Ou plutôt c'était, jusqu'à il y a deux semaines. »

Il entreprit de raconter à Cyrus comment on lui battait froid du côté de Camilla et de *RD* :

« C'est arrivé du jour au lendemain. Dès que je suis rentré des Bahamas, elle n'a même plus voulu me prendre au téléphone. »

Cyrus plissa le front par-dessus son camembert.

« C'est intéressant. Elle ne connaît pas Denoyer, n'est-ce pas ?

– Eh bien, si. Elle m'a accompagné l'année dernière quand j'ai fait le reportage et elle l'a rencontré alors. Mais elle ne m'a jamais parlé de lui depuis.

– Vous ne trouvez pas ça bizarre... Je veux dire : la coïncidence. Vous voyez quelque chose que vous n'étiez pas censé voir et puis... (Cyrus passa un doigt en travers de sa gorge.)

– Je ne sais pas. Ce n'est sans doute qu'une coïncidence. »

Cyrus poussa un petit grognement :

« Plus je vieillis, moins je crois aux coïncidences. »

Tout en faisant consciencieusement ses cinquante longueurs dans la piscine de Cooper Cay, Bernard Denoyer était préoccupé. Le coup de fil de Claude appelant du cap Ferrat l'avait réveillé à six heures et ce que Claude lui avait raconté avait mal commencé la journée. Il avait cru tout d'abord – il avait espéré – que sa femme, Catherine, aurait pu lui faire la surprise de changer la décoration de la maison. Mais quand il lui avait posé la question, elle n'était au courant de rien : pas plus qu'elle ne connaissait quiconque du nom de Dundee.

Il arriva au bout de la piscine et fit demi-tour, plongeant la tête dans l'eau fraîche tout en poussant des talons contre le bord, regardant la lente progression de son ombre sur la mosaïque du fond. Si ce projet de

155

Holtz ne marchait pas, il allait avoir des problèmes. Cela avait paru un coup si sûr, une simple substitution du Cézanne qu'on remplaçait par un admirable faux, la vente discrète de l'original, le bénéfice de l'opération dissimulé en Suisse. Pas de droits de succession, d'abondantes liquidités pour venir compenser les regrettables pertes subies à l'occasion du fiasco du Crédit Lyonnais. Et maintenant ce contretemps. Pourquoi le jeune photographe s'intéressait-il tant au tableau et qui diable était ce Dundee ? Il termina ses longueurs, passa un peignoir et gagna son bureau, fermant la porte derrière lui avant de décrocher le téléphone.

Pour une fois, Rudolph Holtz ne parvint pas à le rassurer. Lui aussi, quand il eut terminé sa conversation avec Denoyer et qu'il descendit les marches de son lit, était un homme préoccupé. Il devenait une plaie, ce photographe : plus qu'une plaie. Il devenait dangereux. Holtz se rasa et se doucha puis s'assit à ruminer au-dessus d'une tasse de café dans la cuisine. L'arnaque qu'il avait conçue avait semblé sans faille et d'ailleurs, elle avait fonctionné deux ans sans accroc. Comme les meilleures arnaques, elle était relativement simple. Camilla, grâce à *RD*, pouvait avoir accès aux demeures des riches. Elle pouvait passer des heures, voire des jours, à parcourir des pièces regorgeant d'œuvres d'art, à s'insinuer dans les bonnes grâces des propriétaires et de leurs domestiques, prendre des photos au Polaroïd, noter des détails. Lorsqu'elle en avait terminé, elle disposait de tout le matériel pour rédiger des articles flatteurs comme on en attendait d'elle. Ce n'était là que la façade.

Les recherches avaient un autre objet – dont la revue naturellement ne faisait jamais état –, et c'était d'établir deux choses : d'abord, le rythme des absences des propriétaires, les dates auxquelles ils quittaient régulièrement leur résidence principale pour les délices des Caraïbes ou les pentes neigeuses. Ensuite, l'ampleur et le degré de perfectionnement des systèmes de sécurité souvent démodés ou étonnamment inadaptés.

Armé de ces renseignements, Holtz donnait alors ses instructions aux spécialistes : son faussaire et ses déménageurs. On copiait la toile choisie (et le Hollandais était un génie, aucun doute là-dessus) puis, dès l'instant où l'on savait les propriétaires sur quelque montagne lointaine, les déménageurs – des artistes, eux aussi, dans leur style – venaient discrètement substituer le faux à l'original. Aux yeux de tous à l'exception des plus experts et des plus méfiants, rien n'aurait changé. L'original trouverait une nouvelle demeure dans le coffre d'un amateur qui le dévorerait des yeux ou dans un somptueux appartement de Tokyo. Les comptes suisses de Holtz et de Camilla grossiraient aussi confortablement que discrètement. Personne n'en saurait rien. Et dans ce cas particulier, avec Denoyer comme complice volontaire, il aurait dû n'y avoir aucun risque, rien qui puisse mal tourner. En théorie.

Holtz fut interrompu dans ses réflexions par l'arrivée de Camilla, de retour du gymnase, en collants, lunettes de soleil et long manteau de chinchilla qu'elle avait reçu en prime à la suite de leur dernier gros coup. Elle se pencha pour lui poser un baiser sur le front.

« Pourquoi cet air soucieux, mon chou ? À te voir, on dirait que la femme de chambre est partie avec le Renoir. »

Elle prit une bouteille d'Évian dans le réfrigérateur et en fit son petit déjeuner en ajoutant au verre d'eau une rondelle de citron avant d'ôter son manteau et de venir s'asseoir.

En temps normal, Holtz trouvait que le spectacle de Camilla en collant avait quelque chose de stimulant qui l'avait fréquemment amené à lui imposer une

157

seconde séance de gymnastique, mais ce genre d'idée aujourd'hui était loin de sa pensée et il trouva l'humeur joyeuse qu'elle manifestait extrêmement agaçante.

« Ton fichu photographe, dit-il. Il revient mettre son nez dans nos affaires. »

Camilla ôta ses lunettes de soleil. C'était toujours chez elle un signe certain de préoccupation.

« Rien à voir avec moi, mon chou. Ça fait des semaines que je ne lui ai pas parlé, comme tu me l'avais demandé. Qu'est-ce qu'il a encore fait ?

– Il est allé dans la maison de Denoyer avec un nommé Dundee qui prétend être décorateur. Tu le connais ? »

Camilla resta sans réaction :

« Ce nom-là ne me dit rien. Il ne peut pas être un des quarante grands. Je les connais absolument tous. »

D'un geste de la main, Holtz balaya les quarante plus grands :

« Une bande de vendeurs de tissus. »

Camilla se rebiffa :

« Ils nous rendent bien service, Rudi, et tu le sais. Et puis certains d'entre eux sont des amis très chers. Gianni, par exemple, cet homme adorable qui a un nom si difficile que je n'arrive jamais à m'en souvenir.

– Gianni, qu'il aille se faire baiser ailleurs. (Holtz se pencha en avant et martela la table d'un doigt boudiné.) Il faut que tu fasses quelque chose à propos de ce photographe avant qu'il ne nous ait créé d'autres ennuis. »

Camilla, qui avait en fait couché avec Gianni (c'était très bien d'ailleurs, elle s'en souvenait) après un déjeuner particulièrement agréable, comprit que l'heure n'était pas à la légèreté. Elle jeta un coup d'œil à son chronomètre de gymnastique, celui dont le vendeur de chez Cartier lui avait assuré qu'il était imperméable à la transpiration.

« Mon chou, je vais être en retard. Qu'est-ce que tu veux que je fasse au sujet de Kelly ?

– Retire-moi ce schnock de la circulation. Trouve quelque chose. Si tu n'y arrives pas, je m'en chargerai. Je ne veux pas d'autres surprises. »

Camilla fixa la nuque du chauffeur qui la conduisait au bureau de *RD*. Réfléchis, ma chérie, se dit-elle. Qu'il ait ou non des yeux verts divins, il allait falloir s'occuper d'André.

12

Ils n'avaient plus rien à faire en France. Cyrus changea sa réservation pour qu'André et lui puissent prendre ensemble le vol direct de Nice à New York. Tous deux répugnaient à partir mais ils étaient en même temps impatients de rentrer.

Cyrus avait suggéré d'éviter les efforts des gourmets du ciel et, avant de prendre la route de l'aéroport, ils avaient passé une plaisante demi-heure à errer sur le marché de Nice, pour rassembler les ingrédients d'un pique-nique. Dès qu'ils furent installés dans le confort modeste de la classe affaires, Cyrus appela une hôtesse et lui tendit un sac à provisions contenant du saumon fumé, un assortiment de fromages, une baguette fraîche et une bouteille de bourgogne blanc.

« Le moment venu, lui suggéra-t-il, peut-être auriez-vous la bonté de nous servir ceci. C'est notre déjeuner. »

Le sourire de l'hôtesse pâlit lorsqu'elle prit le sac, mais Cyrus ne lui laissa pas le temps de répondre.

« Vous êtes un ange, ajouta-t-il avec un sourire rayonnant. Nous avons l'estomac assez sensible. Oh... et pourriez-vous vous assurer que le vin ne soit pas trop froid ? Il faut qu'il soit frais, mais pas frappé.

– Pas frappé, répéta-t-elle gravement. Très bien. »

André la regarda s'éloigner avec le sac en se demandant pourquoi il n'avait jamais songé à faire ça. Si élogieuses que fussent les descriptions du menu, les

161

contorsions gastronomiques bien intentionnées que s'imposent les chefs des compagnies aériennes ne donnaient jamais de bons résultats. Agneau, bœuf, fruits de mer, veau, meunières de ceci, fricassées de cela, la cuisine qu'on servait à bord des avions avait invariablement l'aspect et le goût de cuisine servie à bord des avions : des aliments mystérieux, congelés et sans saveur. Quant aux vins, même s'ils avaient été « spécialement sélectionnés par le sommelier du bord », ils tenaient rarement les promesses de leur étiquette.

« Vous faites ça souvent, Cyrus ?

– Toujours. Je suis étonné qu'il n'y ait pas plus de gens à le faire. Les seules choses que j'accepte jamais à bord d'un avion, ce sont le cognac et le champagne. Ils ne peuvent pas leur faire grand-chose. Mais je vois que la bouteille arrive. Une coupe ? »

Le 707 fit comme il se doit rouler ses muscles et gronder ses moteurs tout en piaffant avant de décoller. Leur coupe de champagne à la main, les deux hommes regardaient par le hublot un groupe de gens faisant des signes d'adieu depuis la terrasse de l'aéroport. C'était pour André un changement – un très agréable changement – d'avoir un compagnon de voyage, et cela lui rappela que depuis quelque temps il avait passé le plus clair de son temps tout seul. Par sa faute, il devait en convenir. Il y avait pourtant Lucy, la douce Lucy, sans attaches, et qu'avait-il fait de ce côté-là ? Il l'avait appelée d'un aéroport ou d'un autre, il l'avait abandonnée à la merci d'hommes à bretelles rouges. Il était en train de décider de se donner un peu plus de mal avec elle – de commencer même à le faire sitôt qu'il serait rentré – quand Cyrus se tourna vers lui comme s'il avait lu ses pensées.

« Vous ne vous êtes jamais marié, André ?

– Presque. (Il fut surpris de constater que ce visage de femme n'était plus qu'une image floue dans son souvenir.) Il y a environ cinq ans. Et puis j'ai commencé à faire des reportages qui m'obligeaient à voyager et je crois qu'elle en a eu assez d'attendre que je revienne. Elle a épousé un dentiste et elle est allée vivre à Scarsdale. J'imagine que c'était inévitable. Trop de voyages, voilà l'histoire de ma vie. »

Cyrus soupira :

« Moi, je n'en faisais pas assez. Il paraît qu'il n'y a rien de tel que l'éloignement pour faire durer un mariage. J'ai fait deux tentatives : les deux se sont terminées dans les larmes. »

Avec un haussement de sourcils résigné, il but une gorgée de champagne.

« Mais vous aimez quand même les femmes ?

– Absolument. L'ennui, c'est que dans ce domaine je n'ai jamais su repérer les faux. »

C'était la première fois qu'André voyait Cyrus arborer un air un peu sombre et il décida de remettre à une autre fois une discussion sur les dangers du mariage.

« Parlez-moi un peu de ce faussaire. Vous disiez que vous saviez qui c'est. Vous l'avez rencontré ?

– Seigneur, non. Il garde un profil bas, ce qui est bien compréhensible dans sa spécialité. Vous ne risquez guère de tomber sur lui à un vernissage en train de distribuer des cartes de visite. Je ne sais même pas dans quel pays il vit. »

Cyrus se rembrunit tandis que la vidéo de bord démarrait à plein volume, une voix enjouée suggérant d'utiles conseils en cas d'accident et de mort imminente. Il se pencha vers André pour se faire entendre :

« Il s'appelle Franzen, Nico Franzen, originaire d'Amsterdam. Les Hollandais sont assez forts dans ce domaine. Avez-vous jamais entendu parler du spécialiste des faux Vermeers ? »

André secoua la tête.

« Encore un Hollandais, reprit Cyrus. Il s'appelait Van Meegeren et sa spécialité, c'était de fabriquer de

163

faux Vermeer. Il utilisait des toiles anciennes, des couleurs broyées à la main, le grand jeu. Et ça lui a rapporté un joli magot, à ce qu'on dit. Pendant quelque temps, il les a tous possédés. Au fond, je tire mon chapeau devant les grands faussaires. Ce sont peut-être des canailles, mais de grand talent. Quoi qu'il en soit, notre ami Franzen s'en tient aux impressionnistes et, comme nous l'avons vu, il les imite avec beaucoup de brio. J'ai même entendu dire que certaines de ses œuvres sont accrochées dans des musées et dans des collections privées, et tout le monde est persuadé que ce sont des toiles authentiques. Ça doit fichtrement l'amuser.

– Comment est-ce possible ? Les tableaux ne sont pas examinés par des experts ?

– Bien sûr que si. Mais les toiles célèbres arrivent avec un pedigree, une histoire, un cortège de commentaires érudits et avalisés par les plus grands noms, et tout cela fait un peu jurisprudence. Quand une toile a été reconnue comme authentique depuis un certain nombre d'années, c'est une recommandation de poids. Les experts ne sont que des hommes : ils croient aux experts. Ils ne s'attendent pas à voir un faux – et si le faux est assez bon, il y a de fortes chances qu'ils ne s'en aperçoivent même pas. Dans des circonstances normales, j'aurais dit que le Cézanne de Denoyer était authentique tant il est superbement imité. Mais, grâce à vous, mon cher garçon, j'avais l'œil alerté pour repérer un faux. (Cyrus marqua un temps.) Et c'est bien un faux que j'ai vu. »

André secoua la tête :

« Tout ça me paraît comme les habits neufs de l'empereur. »

Cyrus sourit et tendit sa coupe vide en direction de l'hôtesse.

« Il y a un peu de ça. Les gens voient ce qu'ils sont conditionnés à attendre. Ce qui donne à notre petite enquête son caractère inhabituel, c'est que le propriétaire est dans le coup. Pour des raisons qui lui sont personnelles, Denoyer veut que l'original disparaisse, mais il ne peut pas faire ça lui-même. À part notre ami Franzen et le vieux type qui garde la maison du cap Ferrat, il doit y avoir d'autres gens impliqués. Pas seulement la famille. Des gens de l'extérieur. »

Cyrus s'interrompit pour faire du charme à l'hôtesse tandis qu'elle lui servait encore un peu de champagne et André se rappela ses commentaires précédents à propos des coïncidences.

« Je n'ai jamais pensé à vous le raconter, dit-il, mais quand je suis rentré de ce voyage aux Bahamas, on avait mis mon appartement à sac, on m'avait pris tout mon matériel de photo : appareils, pellicule, toutes les vieilles diapos que j'avais en archives. Mais rien d'autre. »

Les sourcils de Pine exprimèrent la surprise.

« Tiens, tiens. Là-dessus la directrice de votre magazine a cessé de vous prendre au téléphone.

– Camilla ? fit André en riant. Je ne sais pas, mais je ne la vois pas se glissant par l'escalier d'incendie avec un sac plein d'appareils de photo.

– Je ne veux pas dire qu'elle l'a fait. (Cyrus agita d'un air songeur son champagne avec un petit bâtonnet de plastique.) C'est juste la concordance des dates. »

Ils se séparèrent après avoir partagé un taxi depuis l'aéroport. Cyrus devait lancer quelques ballons d'essai parmi les habitants du monde de l'art, pour voir s'il pouvait se faire une idée de l'endroit où se terrait le faussaire. André avait accepté de faire une nouvelle tentative pour reprendre contact avec Camilla et, tandis que le taxi traversait la ville, il envisagea les différentes alternatives. Inutile de l'appeler au bureau et impossible de lui téléphoner chez elle, puisqu'elle considérait son numéro personnel comme un secret d'État. L'embuscade dans le hall de l'immeuble n'avait rien donné. La seule solution, semblait-il, c'était de la surprendre en l'attaquant de front un matin de bonne heure à son bureau, chapeau bas et en prétendant chercher désespérément du travail.

Le voyage avec Cyrus lui avait fait du bien : son intuition ne l'avait pas trompé et, malgré le décalage horaire, il se sentait l'esprit vif, prêt à aller de l'avant et à en découvrir davantage. Il ouvrit la porte de son appartement, déposa ses sacs dans l'entrée et s'en alla écouter les messages sur son répondeur.

« Mon chou, mais où donc es-tu passé ? Je me suis fait un sang d'encre. »

C'était Camilla, avec sa voix la plus enjôleuse, la voix basse, rauque, vibrante d'hypocrisie, celle qu'elle utilisait quand elle voulait quelque chose.

« J'ai appelé aussi à ton bureau cette fille qui a l'air de n'être absolument au courant de rien. Je meurs d'envie de te voir. Ça fait bien trop, bien trop longtemps et j'ai des nouvelles assez excitantes pour toi. Sors de ta tanière et appelle-moi. *Ciao.* »

Et puis :

« Bienvenue à la maison, grand voyageur. Devine un peu : la guerre est finie. Camilla a appelé deux fois et elle était presque polie. Ça a dû avoir du mal à passer. Bref, elle prétend qu'elle a un grand projet pour toi. Oh, au fait... je ne lui ai pas dit où tu étais. Appelle-moi, d'accord ? »

André regarda sa montre, ôta six heures et constata qu'il était juste cinq heures passées. Il appela le bureau.

Une fois terminés les premiers et brefs échanges de nouvelles, André prit une profonde inspiration.

« Lulu, j'ai réfléchi : j'ai décidé que ça faisait trop longtemps que je jouais les admirateurs pleins de réserve, ça va cesser. Non, attends, ce n'est pas tout à

fait ce que je voulais dire. Ce que je veux dire, c'est
que le côté réservé doit cesser. J'espère. J'aimerais
bien. Enfin, c'est-à-dire si tu... oh, et puis merde.
Écoute, je ne peux pas vraiment t'expliquer ça au téléphone. Est-ce que je peux passer te prendre à six
heures pour aller dîner ? »

Il entendit Lucy respirer un bon coup, puis une
autre sonnerie de téléphone en fond sonore.

« André, j'ai un rendez-vous.

– Annule-le.

– Comme ça ?

– Oui. (André hocha la tête d'un air décidé.)
Comme ça. »

Il y eut un silence qui lui parut interminable.

« André ?

– Oui ?

– Ne sois pas en retard, et ne me raconte pas que
tu vas à l'aéroport. »

Une demi-heure plus tard, après s'être douché et
rasé, André remontait West Broadway en sifflotant et
en tenant à la main une unique rose blanche avec une
longue tige. Un des clochards habitués de West Broadway, son radar exercé à repérer tout passant manifestement d'aussi bonne humeur, s'approcha d'un pas
traînant et fut stupéfait de se voir gratifier d'un large
sourire et d'un billet de dix dollars.

Il était six heures passées de quelques minutes
quand André pressa le bouton de sonnette, se planta la
tige de la rose entre les dents et passa la tête par
l'entrebâillement de la porte du bureau.

Stephen, l'associé de Lucy, leva le nez de son
bureau :

« Tiens, André ! Si je m'attendais... Je n'aurais
jamais cru que tu t'intéressais à moi. »

Rougissant, André ôta la rose d'entre ses dents
avant d'entrer :

« Où est Lucy ? »

Stephen eut un grand sourire :

« En train de mettre ses chaussures. Elle n'en a pas pour longtemps. Comment ça va ? »

André entendit la porte s'ouvrir derrière et se retourna pour voir Lucy, en blue-jean et perdue dans un énorme chandail blanc à col roulé qui mettait en valeur la coloration chocolat à la crème de sa peau. Elle regarda la rose qu'André tenait à la main.

« Tiens, fit-il en la lui offrant. Pour aller avec ton chandail. »

Le regard de Stephen allait d'un visage grave à l'autre. Il se tourna vers André.

« Dommage, Lucy, dit-il. Tu as manqué son entrée. (Il se tourna vers André :) C'est ce qu'on fait en France ? On mâche des roses ? »

André prit le manteau de Lucy sur le canapé et l'aida à le passer. Dans le mouvement qu'il fit pour libérer ses cheveux pris sous le col montant, ses doigts lui effleurèrent la nuque. Il avala sa salive.

« Rappelle-moi d'envoyer à ton charmant associé un gros bouquet d'orties. »

Stephen les regarda sortir avec un grand sourire. Il était content de voir que ce qui depuis des mois lui paraissait évident finissait par se concrétiser. Il décrocha le téléphone pour appeler sa petite amie et décida de l'emmener dîner dans un endroit agréable, peut-être de lui apporter des fleurs. C'est contagieux, l'amour.

À peine rentré chez lui, Cyrus Pine s'était mis à consulter sa liste de contacts. Mais il avait beau avoir une histoire plus ou moins respectable à raconter, les respectables marchands de tableaux de sa connaissance lui tenaient tous le même discours. Nous ne nous occupons que d'œuvres authentiques, rétorquaient-ils, et il croyait presque les voir prendre de grands airs. Il savait pertinemment que la plupart d'entre eux s'étaient fait rouler au moins une fois, mais ça ne le mènerait nulle part de le leur rappeler. Il renonça donc et se mit à chercher dans son fichier quelqu'un qui fût plus proche de la réalité. Il avait presque abandonné quand, en arrivant à la lettre V, il vit le nom de Villiers. Il se souvint des rumeurs et de la disgrâce publique qui s'en était suivie. Si quelqu'un pouvait l'aider, c'était Villiers.

Villiers avait été le chouchou des années quatre-vingt, quand l'argent ruisselait dans le monde de l'art à New York comme un torrent apparemment sans fin. Mince, toujours en costume à fines rayures, Anglais et lointainement apparenté à l'aristocratie (une parenté qui devenait miraculeusement plus proche avec chaque année qu'il passait en Amérique), il était doué d'un œil infaillible. Les salles des ventes le consultaient. Les musées l'écoutaient. Les collectionneurs l'invitaient, non parfois sans quelque appréhension, à leur rendre visite. Tout le monde le lui disait : le destin lui réservait une haute position, un siège au conseil d'une fondation ou d'un musée et, au bout du compte, les récompenses promises à qui devient un rouage important de l'*establishment*.

Mais le bout du compte ne suffisait pas. Le bout du compte ne pouvait pas rivaliser avec l'argent comptant et Villiers commença à rendre des services aux propriétaires de tableaux dont la provenance laissait planer quelque doute. Son approbation valait de l'or pour leurs heureux possesseurs qui lui manifestaient leur gratitude d'une manière pratique et vieille comme le monde. Villiers prospérait, puis il devint avide, ce qui n'est assurément pas un péché dans le monde de l'art. Mais, ce qui est plus grave, il devint trop confiant et imprudent. Et, peut-être pire encore, ostentatoire. Son duplex, sa Bentley de collection, sa propriété dans les Hamptons, son écurie de blondes et ses fêtes, tout cela figurait en bonne place dans les chroniques de potins.

On l'appelait le golden boy de l'art, et il buvait cela comme du petit lait.

Sa chute fut rapide et fracassante : on la raconta dans les médias avec cette délectation particulière qu'affichent les journalistes quand ils peuvent prendre la main dans le sac un homme plus fortuné qu'eux. Cela commença quand une toile du dix-septième siècle dont Villiers avait certifié l'authenticité se vendit plusieurs millions de dollars. À la demande de son assureur, le nouveau propriétaire fit expertiser le tableau. On exprima des doutes qui entraînèrent de nouvelles expertises. Celles-ci donnèrent à penser que les clous fixant la toile à son châssis étaient du dix-huitième siècle et que la toile elle-même était encore plus récente. On estima que le tableau était un faux. La nouvelle se répandit et d'autres collectionneurs qui avaient acquis des toiles certifiées authentiques par Villiers se précipitèrent à leur tour dans les laboratoires pour faire procéder à des expertises scientifiques. On découvrit ainsi d'autres contrefaçons. En quelques semaines, le golden boy fut soupçonné d'escroquerie.

Les procès en cascade contraignirent Villiers à liquider ses actifs. Les blondes disparurent, comme elles ont tendance à le faire dans ces circonstances. L'*establishment* lui tourna le dos et Villiers en fut réduit à se contenter d'une maigre pitance en faisant office de consultant pour des gens qui s'intéressaient plus à son coup d'œil qu'à sa douteuse réputation. Le coup de téléphone de Cyrus Pine, arrivant en une période de vaches particulièrement maigres, fut donc le bienvenu. Moins de trente minutes après avoir raccroché, Villiers était assis dans le bureau de Pine, à faire rapidement un sort à une vodka généreusement servie.

« C'est bien aimable à vous de vous être dérangé, monsieur Villiers. Comme je vous l'ai dit, il s'agit d'une affaire que j'aimerais mettre en route sans perdre de temps. (Pine haussa les épaules d'un air d'excuse.) Vous savez comment sont les clients, j'en suis sûr : ils veulent qu'on fasse tout pour hier. »

Villiers était un personnage frêle, un peu miteux, plutôt négligé. Son costume à rayures blanches, s'il était bien coupé, avait besoin d'un coup de fer. Le col de sa chemise commençait à s'effranger et ses cheveux, plats et qui se recourbaient par-dessus son col, témoignaient de l'impérieuse nécessité d'une visite chez le coiffeur. Il fit un sourire à Cyrus, révélant des dents ternes.

« Justement, dit-il, en faisant tourner les cubes de glace dans son verre, je ne suis pas trop occupé pour le moment. Je devrais pouvoir m'arranger.

– Splendide, splendide. (Cyrus reposa son verre et se pencha en avant, l'air grave.) Bien entendu, c'est tout à fait entre nous. (Villiers acquiesça.) Mon client a une collection très convenable : essentiellement des impressionnistes, avec un ou deux peintres plus modernes comme Hockney. Il en a quelques-uns dans son appartement de Genève et le reste dans la maison familiale de Toscane. Très bel endroit aussi, je puis vous le dire. Bref, il commence à être un peu nerveux. Il y a eu voilà peu de temps une épidémie de cambriolages dans la région dont vous n'avez peut-être pas entendu parler. L'affaire a été étouffée par les autorités : c'est mauvais pour le tourisme, mauvais pour les investissements, toutes les excuses habituelles. Quoi qu'il en soit, mon client est un peu inquiet à l'idée de laisser des tableaux de valeur protégés par un système d'alarme et par un gardien qui est lui-même presque une antiquité. Vous me suivez ? »

Villiers en fait le précédait. Il avait entendu tout cela déjà. On commençait toujours par l'histoire inventée avant d'en arriver au fait. Le fait était invariablement douteux. Il vit luire la perspective de quelque argent.

« Ce doit être un grand souci, approuva-t-il. Pensez-vous que je pourrais avoir une autre vodka ?

— Mon cher ami, poursuivit Cyrus tout en versant un autre verre à Villiers, il y a deux toiles en particulier à propos desquelles il s'inquiète : je lui ai donc donné un petit conseil. (Il tendit la vodka à Villiers et se rassit.) " Enfermez les originaux à la banque, lui ai-je dit, et faites faire des copies. " Qu'en pensez-vous ? »

Nous y voilà, se dit Villiers. Il a besoin d'un faussaire.

« Excellent conseil.

— C'est ce qu'il a pensé aussi. Mais il insiste sur des copies d'excellente qualité.

— Bien entendu. Pouvez-vous me dire qui est votre client ?

— Il préférerait conserver l'anonymat. Ils sont tous comme ça, n'est-ce pas ? Mais je puis vous assurer qu'il a des ressources substantielles. (Cyrus dévisagea longuement Villiers avant d'ajouter :) C'est un homme qui ne manque pas de générosité. Je suis sûr qu'il n'y aura pas de problème en ce qui concerne vos honoraires. »

Tout cela se passait conformément au scénario habituel, se dit Villiers. On payait grassement pour pas grand-chose.

« De quels peintres s'agit-il ?

— Il y a un Pissarro et un Cézanne.

— Hmm. (Villiers multiplia par deux le chiffre auquel il avait d'abord songé. Franzen était l'homme de la situation, le seul. Mais il faudrait d'abord s'en assurer.) Je pense pouvoir vous aider, monsieur Pine. Pouvez-vous m'accorder vingt-quatre heures ? »

Dans le taxi qui le ramenait à son appartement, Villiers se demanda quel pourcentage des honoraires d'introduction il devrait céder ou bien s'il ne devrait pas prendre le risque de contacter directement Franzen et de tout garder. Mieux valait ne pas le faire, décida-t-il à regret. La chose ne manquerait pas de se savoir et à ce moment-là plus personne ne le ferait travailler. Ce petit salopard cupide et rancunier. Comme si quelques milliers de dollars allaient lui changer la vie ? Le taxi s'arrêta et Villiers lança un regard écœuré à l'immeuble sinistre où il habitait désormais. Il donna un maigre pourboire au chauffeur et traversa rapidement le trottoir, courbant le dos sous le flot d'insultes qui le suivaient.

Il se prépara une autre vodka pour se porter chance et composa le numéro.

« La résidence de M. Holtz.

– Est-il là, s'il vous plaît ? C'est M. Villiers.

– M. Holtz est en train de dîner, monsieur.

– C'est important. »

Seigneur, quelle plaie que les maîtres d'hôtel quand ce ne sont pas les vôtres.

Une minute s'écoula. Un léger déclic et on transféra l'appel.

« Oui ? »

Villiers se força à prendre un ton vibrant de bonne humeur.

« Désolé de vous déranger, Rudi, il vient de se présenter quelque chose qui pourrait vous intéresser. Un travail pour Franzen, et je sais que vous aimez traiter vous-même avec lui.

– Qui est-ce ?

– Pour Cyrus Pine, représentant un Européen dont il n'a pas voulu me dire le nom. Il lui faut un Pissarro et un Cézanne. »

Holtz regarda par la porte entrebâillée de son bureau. De l'autre côté du couloir, les échos du rire de Camilla lui arrivaient de la salle à manger. Il réfléchit. Il connaissait le nom de Pine et il l'avait souvent vu à des vernissages. L'homme avait une bonne réputation et pourrait être utile pour l'avenir. Dès l'instant où Holtz demeurait en coulisse, ce serait Villiers qui écoperait en cas de désagrément.

« Très bien, répondit Holtz. Je vais appeler Franzen demain. Attendez d'avoir de mes nouvelles avant de donner son numéro à Pine. Encore que... (Holtz émit un son qu'on aurait bien à tort pu prendre pour un rire) je ne pense pas que " donner " soit tout à fait le mot approprié. »

Villiers tressaillit. Le petit crapaud, rien ne lui échappait.

« Ma foi, admit-il, je lui demanderai peut-être une petite commission.

— Naturellement. Mais je ne m'attendrais pas à en avoir ma part. Disons simplement une caisse de Krug pour mes services, voulez-vous ? Je vous parlerai demain. »

Regagnant la salle à manger, Holtz avait toutes les raisons de se sentir d'humeur généreuse. Les 50 % qu'il prélèverait sur les honoraires de Franzen représenteraient plus de cent mille dollars. Chaque goutte compte, se dit-il. Il se rassit en souriant à ses hôtes.

« Pardonnez-moi, s'excusa-t-il. Ma mère dîne de bonne heure en Floride et elle s'imagine que nous en faisons tout autant ici. »

Il prit une bouchée d'agneau de printemps en se demandant si 60 % ne seraient pas plus raisonnables, compte tenu du prix astronomique des communications internationales.

Villiers pendant ce temps examinait le contenu de son réfrigérateur : une bouteille de vodka à moitié vide et une saucisse qui avait connu des jours meilleurs. Il décida de sortir et de s'offrir un dîner à valoir sur sa commission. Il lui resterait largement assez quand il aurait acheté son champagne à ce ladre. Il lui prendrait du non-millésimé.

13

La sonnerie retentit à cinquante centimètres de l'oreille d'André, le tirant brutalement de son sommeil ; la vibration aiguë et déterminée du timbre traversait l'oreiller sous lequel il s'était enfoui la tête. Il sentit un mouvement auprès de lui, puis la tiédeur d'une peau nue et le poids d'un corps sur sa poitrine : c'était Lucy qui glissait par-dessus lui pour décrocher le téléphone.

Il entendit vaguement sa voix, un « Allô » ensommeillé, puis on souleva l'oreiller, Lucy lui mordilla le lobe de l'oreille. Elle lui passa le combiné et posa la tête sur son épaule. André essaya d'étouffer un bâillement.

« Te voilà enfin. Je suis si heureuse de t'avoir saisi au vol. »

La voix de Camilla, sonore et pleine d'entrain, le fit tressaillir : il éloigna le combiné de son oreille.

« Comment ça va, Camilla ?

– Au mieux, mon chou, je meurs simplement d'envie de te voir. Des tas de choses à te raconter. Écoute, on vient de m'annuler un rendez-vous et je pensais que je pourrais emmener déjeuner mon photographe préféré. Rien que nous deux. »

André entendit Lucy lui murmurer dans le cou : « Mon photographe préféré. Seigneur ! »

« André ?

– Oui. Bien sûr. Ce serait parfait.

175

– Merveilleux. Une heure au Royalton ?

– Le Royalton à une heure. »

Incapable de résister, Camilla demanda :

« André, qui vient de répondre au téléphone ?

– Oh, c'était la femme de ménage. (Lucy leva la tête avec un grand sourire avant de mordre André dans le cou, ce qui lui arracha un grognement involontaire.) Elle vient de bonne heure le jeudi.

– On est mercredi, mon chou. À une heure alors. »

André reposa l'appareil et passa une demi-heure à dire bonjour à Lucy avant qu'elle le repousse et saute à bas du lit.

« Il faut que j'y aille. Garde le reste pour plus tard, d'accord ? »

Elle lui remit l'oreiller sur le visage.

Il entendit le tambourinement lointain de la douche et replongea doucement dans le sommeil, alangui et empli d'un sentiment inhabituel de satisfaction, sentant sur les draps le parfum de Lucy et se demandant pourquoi ils avaient mis si longtemps à en arriver là. La main de la jeune femme sur son épaule et l'odeur du café lui firent reprendre conscience.

« André, il est temps que tu cesses de vivre comme un clochard. »

Il se redressa et prit le bol à deux mains, inhalant la vapeur qui montait de la tasse.

« Oui, Lulu.

– Ce frigo ressemble à un laboratoire de biologie : il y a toute une vie là-dedans. Les choses se reproduisent.

– Oui, Lulu. »

Elle se pencha pour l'embrasser :

« Tâche d'éviter les ennuis, tu entends ? »

Il n'avait pas encore entendu la porte de l'appartement se fermer qu'elle commençait à lui manquer.

Quatre heures plus tard, encore agréablement étourdi, André attendait qu'on le conduise à la table de Camilla au Royalton. Il traversa la salle : des visages se tournèrent pour le fixer comme de pâles objectifs d'appareils de photo, brefs coups d'œil interrogateurs afin de voir s'il était assez connu pour mériter un regard appuyé. Les gens ne faisaient aucun effort pour dissimuler leur intérêt; aucun effort non plus pour en cacher l'absence lorsqu'ils détournaient la tête.

André reconnut là un processus de sélection couramment pratiqué dans un certain nombre de restaurants consacrés aux déjeuners survoltés de New York. Le succès de ces établissements se fonde non pas sur la qualité de la cuisine, qui peut souvent être excellente, même si dans l'ensemble on n'y attache guère d'importance, mais sur l'audimat mondain de la clientèle. Et, pour ces créatures de légende – mannequins, acteurs et auteurs en vogue, la crème de la crème des médias –, il est crucial d'être bien placé. L'exil à une table obscure donne au carpaccio de thon un goût de cendres et il semble bien que la loi édictée par Brillat-Savarin soit maintenant tombée en désuétude : « Dis-moi ce que tu manges, disait le grand homme, et je te dirai ce que tu es. » Disparue cette époque de simplicité. « Dis-moi où tu es placé, et je te dirai ce que tu es » est une formule qui convient mieux et il ne faudra peut-être pas bien longtemps pour que le plat du jour ne soit plus un mets mais une célébrité – le *personnage du jour* dont on annonce discrètement la présence dans l'établissement tout en vous tendant la carte.

L'esprit occupé par ces pensées, André fut installé sur une banquette bien en vue et chouchouté avec le cérémonial dû à l'honorable invité d'une des plus fidèles habituées du restaurant. Bien entendu, elle était en retard. Quand elle finit par arriver, en se guidant à travers les tables essentiellement de mémoire (sa vision étant fortement compromise par de grandes lunettes noires), elle déclencha sur son passage un frémissement d'intérêt et une salve de baisers lancés du bout des doigts.

« André ! (On aurait dit que la présence de celui-ci à sa table était une totale surprise, venant illuminer une journée qui sans cela aurait été sinistre.) Comment vas-tu ? Que je te regarde un peu. (Ce qu'elle fit, penchant la tête d'abord d'un côté, puis de l'autre, les lunettes noires glissées au milieu du nez.) Je détecte un pétillement marqué dans l'œil, mon chou. Et qu'est-ce que je vois sur ton cou ? »

André baissa la tête avec un grand sourire :

« Tu as l'œil, Camilla. Ça fait une éternité que je ne t'ai vue. Beaucoup de travail ?

– De la folie, mon chou. Jour et nuit, à mettre au point la petite surprise que je te réserve. Mais d'abord dis-moi tout. Est-ce que je n'ai pas entendu dire quelque part que tu étais allé en Europe ?

– Quelques jours en Angleterre. »

André lui fit un récit expurgé de son voyage, en l'étoffant de descriptions de Lord Haddock et des tapisseries du château de Throttle. Il terminait l'histoire du poulet voyageur lorsqu'il fut interrompu par une sonnerie dans le sac de Camilla. Il commanda pendant qu'elle prenait la communication : le serveur attendit dans les parages jusqu'au moment où le portable eut regagné les profondeurs du sac à main. Camilla précisa sa combinaison préférée de légumes verts puis se tourna vers André avec le soupir désabusé d'une directrice tout à la fois surmenée et indispensable.

« Où en étions-nous, mon chou ?

– Tu allais me parler de ce projet qui t'a tant occupée. »

Se carrant sur son siège, sans savoir à quoi s'attendre, André dut subir alors pendant une demi-heure Camilla dans son grand numéro de persuasion. Les lunettes noires glissèrent, ses yeux se fixèrent sur

178

les siens avec une intensité résolue ; sa main s'agitait par moments, lui serrant doucement le bras pour souligner un propos. Son plat de légumes demeura intact. Un observateur superficiel l'aurait crue complètement insensible à tout sauf au jeune homme assis à côté d'elle. C'était un numéro qu'elle avait mis au point au long des années et, même si André l'avait déjà vu faire à d'autres, il se trouva fasciné par sa performance. Et, force lui était d'en convenir, il était même séduit par l'idée qu'elle se donnait tant de mal pour lui vendre son projet. Elle le connaissait bien et elle avait choisi l'appât avec grand soin.

Il s'agissait d'un livre ; non, c'était plus qu'un livre. C'était l'histoire définitive des résidences les plus extraordinaires du monde, toutes photographiées par lui, tous frais payés par le magazine. Une des filiales de Garabedian serait responsable de l'édition et du lancement.

« Les grandes demeures du monde, mon chou, disait Camilla, sa voix soulignant les mots avec la vibrante sincérité d'un politicien qui fait une promesse électorale. Et ton nom (là, elle s'interrompit pour l'inscrire dans l'air avec les mains en lettres géantes), ton nom *au-dessus du titre*. »

Il y aurait une tournée de promotion, des éditions étrangères – en Allemagne, en Italie, au Japon, dans tout l'univers –, une exposition, un CD-ROM. Cela ferait de lui le premier photographe du monde dans son domaine. Et naturellement, il y aurait de l'argent à profusion : il y aurait les droits étrangers, les droits de presse, les ventes. Un pactole. Après tant d'excitation, Camilla secoua sa crinière et attendit la réaction d'André.

Un moment, il resta sincèrement à court de mots. Camilla l'avait dit : c'était la chance d'une vie, le reportage de rêve qui correspondait exactement à ses ambitions. En temps normal, il aurait commandé du

179

champagne et menacé le calme, voire le maquillage de Camilla, en l'étreignant avec fougue. Mais alors même qu'il cherchait une réponse appropriée, le ver du doute était déjà à l'œuvre dans son esprit. C'était trop simple, trop parfait.

« Ma foi, finit-il par dire, il va falloir me pardonner, mais je suis sonné. Ça va me prendre un moment pour digérer la nouvelle. Dis-moi un peu comment tu vois le calendrier de tout ça : tu comprends, il ne s'agit pas tout à fait de dix jours de prises de vue. »

D'un geste de la main qui fit accourir le serveur, Camilla écarta des considérations aussi triviales :

« Prends tout le temps qu'il te faut, mon chou. (Le garçon lui lança un regard confus, il allait plonger un bras hésitant vers sa salade quand un nouveau geste le congédia.) Ça va être un ouvrage monumental. Je vois Saint-Pétersbourg, Jaipur, les châteaux d'Écosse, Marrakech, Bali, Venise... Mon Dieu, Venise. (Elle secoua de nouveau sa crinière.) Un an, dix-huit mois, ce qu'il faudra. (Elle baissa la voix, son ton se fit plus confidentiel.) D'ailleurs, j'ai fait le plan de la première partie et c'est vrai qu'au tout début il y a un petit peu d'urgence : il s'agit de la plus fantastique maison d'un ancien taipan de Hong-Kong et, avec Hong-Kong, on n'est jamais sûr.

– Vraiment ?

– Les Chinois, mon chou. Ils ont repris Hong-Kong et qui sait combien de temps il leur faudra avant qu'ils transforment toutes ces magnifiques demeures en dortoirs pour les femmes de l'Armée révolutionnaire ? Il faut donc absolument que tu ailles là-bas avant que notre petit ami M. Choy ait la frousse et décide de filer pour venir retrouver son argent à Beverly Hills. (Elle repoussa son assiette et posa les coudes sur la table.) Le plus tôt possible, vraiment. »

Le ver de la méfiance faisait des heures supplémentaires.

« Est-ce que j'ai le temps de prendre un café ? »

Avec un sourire radieux, Camilla tapota la main d'André :

« Je suis si contente que l'idée te plaise, mon chou. C'est absolument toi. »

Elle le quitta devant le restaurant, en lui donnant ses instructions pour faire ses vaccins, obtenir ses visas et appeler Noël pour les billets et les frais. Dans la voiture qui la ramenait au bureau, elle se félicita. Il semblait avoir gobé l'histoire : avec un peu de chance, d'ici une semaine, il serait en route pour Hong-Kong. Rudi serait ravi.

André revint sur ses pas et, du hall de l'hôtel, appela Cyrus Pine. Le marchand de tableaux ne lui laissa pas le temps de parler.

« Bonnes nouvelles, mon cher garçon, bonnes nouvelles : j'ai retrouvé la trace de Franzen et, Dieu soit loué, il habite dans un endroit civilisé. Vous n'avez rien contre un voyage à Paris, j'espère ?

– Cyrus, je viens de déjeuner avec Camilla et l'affaire a l'air de se corser. Quand êtes-vous libre ?

– Voyons... J'ai laissé en bas une chère vieille truite en compagnie de deux assez charmantes aquarelles. Elle a l'air de brûler d'envie de sortir son chéquier. Je ne voudrais pas la décevoir. Que diriez-vous de ce soir ?

– Pouvez-vous descendre au Village ? Il y a quelqu'un que j'aimerais vous faire rencontrer. »

Cyrus gloussa :

« Elle est jolie ?

– Éblouissante. »

Ils convinrent de se retrouver chez Félix. Après avoir appelé Lucy, qui avait une foule de questions à poser mais pas le temps d'entendre de longues réponses, André avait l'après-midi devant lui. Sous le coup d'une brusque impulsion, il décida d'aller à pied à SoHo.

181

Descendre en flânant la Cinquième Avenue par un frais après-midi de printemps est un des plaisirs de Manhattan. Quand le ciel de New York est bleu, il est d'un bleu intense, et lorsque les New-Yorkais ont l'impression que l'hiver est terminé, ils cessent de courber les épaules, lèvent leur visage vers le soleil et vont même parfois jusqu'à sourire à des inconnus. Ce temps convenait à l'humeur d'André et, même s'il estimait qu'il devrait essayer de deviner ce qui se cachait derrière la proposition de Camilla, il constata que ses tentatives pour résoudre l'énigme étaient battues en brèche par des images de Lucy et de Paris qui lui traversaient l'esprit : un mélange qui ne facilitait pas la concentration.

Il franchit le fracas bouillonnant de la Quarante-deuxième Rue, passa devant les lions de la Bibliothèque de New York, massifs et bienveillants sous le soleil, l'air aussi dignes que peuvent l'être des lions avec des guirlandes de pigeons posées sur leurs têtes. Puis les boutiques et les bureaux du bas de la Cinquième Avenue, dont le côté modeste et artisanal contrastait avec leurs somptueux voisins des quartiers résidentiels. À chaque pâté de maisons, il regardait sa montre et comptait les minutes. Il traîna un peu en traversant Washington Square et s'arrêta pour prendre un café, savourant ce qu'il y avait de nouveau pour lui dans son impatience à retrouver quelqu'un. Cela faisait des années qu'il ne s'était pas senti ainsi attiré.

Sa belle résolution – d'arriver au bureau à l'heure de la fermeture – s'effondra lorsqu'il déboucha sur West Broadway peu avant cinq heures : il parcourut presque en courant les cent derniers mètres, dans l'espoir de trouver Lucy seule.

Stephen l'accueillit à la porte de l'agence :

« Tu es en avance, je m'en vais, Lucy est rentrée se changer et si demain elle arrive encore en retard au bureau par ta faute, je te ferai un procès. Bonne soirée.

– Stephen, puisque tu es là... fit André en le repoussant doucement dans la pièce. Je me demandais... enfin, voilà, j'espérais que tu pourrais te passer de Lucy un jour ou deux. Tu sais, le genre long week-end. Peut-être une semaine. »

Stephen haussa les épaules en souriant :

« Est-ce que j'ai le choix ?

– Je ne lui ai pas encore demandé.

– Où vas-tu ?

– À Paris. »

L'air grave, Stephen posa la main sur l'épaule d'André :

« Vas-y : demande-lui. Mais à une condition. »

André acquiesça.

« Si elle refuse, c'est moi qui viens. »

Ils quittèrent le bureau ensemble. André attendit devant l'immeuble, tournant la tête vers chaque taxi qui ralentissait. Les soirées maintenant s'allongeaient peu à peu, elles étaient plus douces. Le crépuscule, mystérieux et flatteur, masquait les imperfections et les angles trop aigus de West Broadway. Les premières lumières se mettaient à scintiller pour accueillir le soir. André sentit son cœur battre plus fort en voyant un taxi s'arrêter, la portière s'ouvrir, et une fine jambe brune en émerger. On peut dire ce qu'on veut des taxis new-yorkais, songea-t-il, mais celui qui les a conçus devait être un amateur de jambes. Il observa d'un regard approbateur l'apparition d'un second mollet, puis il traversa le trottoir pour aider Lucy à descendre.

Elle portait une robe gris foncé, courte et simple, avec un manteau noir jeté sur les épaules, les cheveux tirés en arrière, ses yeux brillant à la lueur des lampadaires. Elle lissa le col de son corsage.

« Tu es en avance, dit-elle.

– Je passais par là, dit-il, en espérant que la chance allait me sourire. »

Bras dessus, bras dessous, ils se dirigèrent à pas lents vers Grand Street.

Elle leva la tête, la lumière faisant étinceler l'argent de ses boucles d'oreilles.

« Laisse-moi deviner. Tu as nettoyé le frigo.

– Encore mieux.

– Tu as fait manger des frites à Camilla au déjeuner. »

Il secoua la tête :

« Tu n'es jamais allée à Paris ? Ça te plairait ?

– Paris ! (C'était presque un cri, assez fort pour faire s'arrêter deux passants : ils attendirent d'en entendre davantage.) Paris ! Tu parles sérieusement ?

– Tout est arrangé. J'ai parlé à Stephen. Tu as une semaine de congé pour bonne conduite. Nous avons maintenant rendez-vous avec Cyrus pour fixer les dates et... »

Elle leva la tête vers lui et West Broadway eut droit au spectacle d'un baiser qui menaçait d'arrêter la circulation. Un des passants donna un coup de coude à l'autre :

« Il va falloir bientôt qu'ils remontent pour respirer. (Son compagnon soupira en secouant la tête.) Tu le ferais ? »

Le temps d'arriver au restaurant, Lucy avait suffisamment maîtrisé son excitation pour s'asseoir au bar, commander un rhum à l'eau et commencer à poser des questions : S'agissait-il d'un reportage ? Quel temps faisait-il à Paris ? Où allaient-ils descendre ? Est-ce qu'elle aurait l'air stupide là-bas avec son béret ? Est-ce que Cyrus venait ? Est-ce qu'elle lui plairait ?... Les questions se pressaient par douzaines en un flot qui ne laissait à André aucune chance de répondre. Il finit par prendre son rhum à l'eau et lui fourra le verre dans la main.

« Un toast, dit-il, avant que tu perdes la voix. À ton premier voyage en France. »

Ils heurtèrent leurs verres et chacun regarda l'autre boire. André se penchait – pour l'embrasser ou pour lui chuchoter quelque chose, il n'avait pas encore décidé – quand il entendit un toussotement diplomatique derrière eux. En se retournant, il surprit Cyrus occupé à examiner Lucy avec une évidente satisfaction : il haussait les sourcils en examinant les courbes de son corps et le peu de longueur de sa robe accentué encore par le fait qu'elle était juchée sur un tabouret de bar.

André posa son verre.

« Lulu, je te présente Cyrus. »

Elle tendit une main que Cyrus recueillit dans les deux siennes.

« Ravi de vous connaître, ma chère. Voilà des années que je ne suis pas venu à SoHo, mais si toutes les jeunes femmes sont aussi jolies que vous, je devrais descendre plus souvent.

– Si vous voulez bien lui rendre sa main, Cyrus, vous vous débrouillerez mieux avec ceci. »

André lui passa un scotch, le félicita pour son nœud papillon rouge à pois blancs et les entraîna vers une table voisine.

Ils s'assirent, Lucy entre les deux hommes.

« Par où allons-nous commencer ? fit André. Cyrus, vous voulez parler en premier ? Lucy est au courant de tout ce qui s'est passé jusque-là. »

Cyrus était un homme qui aimait raconter une histoire dans les formes. Il commença par un récit de l'ascension et de la chute du malheureux Villiers avant d'en arriver à décrire leur première rencontre, les brèves négociations qui s'en étaient suivies. Il passa ensuite au second rendez-vous dans le hall d'une banque de Park Avenue où on devait lui fournir le numéro de téléphone de Franzen moyennant la somme de cinq mille dollars.

Lucy sifflota.

« Est-ce que ce n'est pas beaucoup pour un numéro de téléphone ?

– Dans ce genre de situation, dit Cyrus, chacun prend sa part et elle est de plus en plus grosse à mesure qu'on est plus près du tableau. Je frémis à l'idée de ce que doivent être les prix de Franzen. Bref, j'étais là, à rôder près de la porte avec une enveloppe pleine de billets. Villiers arrive, regarde autour de lui comme s'il avait à ses trousses la moitié de la CIA et s'approche de moi d'un pas furtif. De ma vie je n'ai vu attitude plus suspecte. Je m'attendais sans cesse à voir quelqu'un surgir d'une boiserie en braquant une arme sur moi. Nous avons donc procédé à l'échange d'enveloppes et là-dessus cet insolent petit bougre m'a fait attendre pendant qu'il comptait l'argent. Et puis il est parti. »

Cyrus regarda son verre vide d'un air un peu surpris.

« Laissez-moi vous en commander un autre. »

André s'éloigna vers le bar et Cyrus se tourna vers Lucy :

« Un des grands privilèges de mon âge, c'est que j'ai le sentiment de pouvoir poser des questions impertinentes. (Il eut un bref haussement de sourcils.) Est-ce qu'André et vous êtes... comment dirais-je ? proches ? »

Lucy eut un grand sourire :

« Nous y arrivons. Vous devriez peut-être lui poser la question.

– Inutile, ma chère. C'est parfaitement évident pour moi. Je ne crois pas qu'il m'ait jeté plus d'un regard depuis mon arrivée. Rien ne saurait me faire plus grand plaisir. Je me suis beaucoup attaché à lui : c'est quelqu'un de bien. »

Lucy faisait glisser son verre sur la table :

« Oui, je crois. Cyrus, avant qu'il revienne... ça vous ennuierait si je venais à Paris aussi ? Il me l'a demandé en venant ici, mais je ne voudrais pas... »

D'un geste, Cyrus l'interrompit :

« Pas un mot de plus. Je serais extrêmement déçu si vous ne veniez pas. »

Elle se pencha pour lui poser un baiser sur la joue et André, revenant avec un whisky à la main, aurait juré que Cyrus rougissait. En s'asseyant, il les regarda tour à tour :

« Vous voulez que je vous laisse seuls, tous les deux ? »

Lucy fit un clin d'œil à André. Cyrus s'éclaircit la voix :

« J'attendais que vous reveniez entendre la fin de l'histoire, dit-il. Mais j'ai été attaqué par votre compagne de voyage. Bon, voyons. (Il but une gorgée.) J'ai appelé le numéro que m'avait donné Villiers et j'ai parlé à Franzen qui a paru très intéressé, même si évidemment nous n'avons pas abordé les détails au téléphone. Nous avons rendez-vous avec lui la semaine prochaine sur ce qu'il appelle un terrain neutre. Je dois dire que le gaillard a un sens de l'humour assez coûteux : il veut que nous nous retrouvions chez Lucas-Carton, à cause de l'ambiance artistique. Il a dit que c'était un des restaurants préférés de Toulouse-Lautrec. »

André secoua les doigts comme s'il venait de se brûler et vit l'expression étonnée de Lucy.

« C'est un des meilleurs restaurants de Paris, expliqua-t-il, place de la Madeleine. J'y suis allé une fois, pour mon anniversaire.

– Ça n'est pas bon marché, dit Lucy.

– Pas exactement. »

Cyrus secoua la tête pour écarter ces préoccupations d'ordre financier :

« Mes bien chers, il faut considérer ce voyage comme un investissement. Les possibilités sont considérables. D'ailleurs, ajouta-t-il en regardant André, j'ai eu un excellent après-midi. La vieille bique a acheté les deux aquarelles pour son petit-fils et je me

187

sens plein aux as. Nous ne serons pas à court de fonds. »

André fronça les sourcils :

« Je ne sais pas, Cyrus. Vous avez déjà beaucoup déboursé. »

Cyrus braqua un doigt sur lui :

« Il faut spéculer pour accumuler, André. Qu'ai-je dit que cette toile pouvait valoir ? Trente millions de dollars au bas mot. (Le doigt reprit sa position normale et Cyrus se carra dans son fauteuil comme s'il venait de remporter une discussion.) Maintenant, parlez-moi de votre directrice de magazine. »

André entreprit d'exposer la proposition de Camilla, Lucy marmonnant de temps en temps une remarque, tandis que Cyrus écoutait sans un mot.

À mesure qu'André décrivait les détails du livre et de sa publication, il sentait monter chez ses compagnons un scepticisme grandissant et, quand il en eut terminé, il haussa les épaules en faisant observer que cela lui avait semblé une bonne idée sur le moment. En s'écoutant parler, tout cela lui paraissait bien douteux.

Lucy fut la première à rompre ce bref silence.

« C'est quand même quelqu'un, Camilla. Est-ce qu'elle s'imagine vraiment que tu peux partir pendant dix-huit mois comme ça, presque du jour au lendemain ? Cette femme est folle. (Elle se tourna vers Cyrus.) Comme vous l'avez peut-être remarqué, je ne suis pas une fan.

– Lulu, tout ça est faisable. (André compta sur ses doigts.) Elle a les contacts, elle a l'argent de Garabedian derrière elle, le projet tient debout et elle sait que je n'ai pas beaucoup de travail en ce moment. Cyrus, qu'en pensez-vous ? »

Cyrus secoua la tête :

« C'est louche, mon cher garçon. Lulu a tout à fait raison : cette coïncidence est bizarre. Si j'étais un esprit cynique, je dirais que tout ce bla-bla à propos d'expositions, d'éditions étrangères et de Dieu sait quoi d'autre n'est qu'un écran de fumée. Tout ce beau discours – et je reconnais qu'il est ingénieux – est conçu pour vous faire embarquer à bord d'un avion. Elle veut vous voir loin d'ici, de préférence depuis hier.

– D'accord, mais pourquoi?

– Ah! fit Cyrus. Là, vous me posez une colle. Mais ce n'est pas votre santé qui la préoccupe et je ne pense pas que cela doive nous arrêter dans notre petite expédition. Vous êtes bien d'accord, ma chère? »

Lucy répondit par un immense sourire contagieux qui gagna ses compagnons :

« Je crois que je vais bien aimer Paris.

– Vous m'avez décidé, conclut André. (Il fit signe à un serveur et demanda la carte.) Un peu d'entraînement avant de partir. »

14

Un crissement de roulettes sur le plancher, le cou-
lissement d'une grosse fermeture à glissière qu'on
ouvrait : André se redressa. Groggy et désorienté, il
avait seulement conscience de se trouver dans un lit
inconnu. Un lit plus petit, féminin, résolument plus
coquet que son matelas à ressorts, un lit à demi
recouvert, il le constatait maintenant, de piles de
vêtements. À l'autre bout de la chambre, sous la
douce lumière d'une lampe à abat-jour, il apercevait
Lucy penchée sur une valise ouverte, qui semblait
émergée d'une mer d'autres vêtements encore. En
l'entendant bouger, elle se tourna pour le regarder,
arborant un T-shirt blanc et une expression coupable.

« Lulu ? Qu'est-ce que tu fais ? »

Elle se redressa, ouvrant de grands yeux, et porta
une main à sa bouche. Le T-shirt était juste assez
long pour lui éviter une inculpation d'attentat à la
pudeur.

« André, je suis navrée. Je ne voulais pas te réveiller. Je n'arrivais pas à me rendormir, alors je me suis
dit que j'allais... tu comprends... (d'un geste vague,
elle désigna la valise et haussa les épaules)...
commencer mes bagages. »

Les doigts engourdis par le sommeil d'André
cherchèrent à tâtons sa montre sur la table de nuit.

« Quelle heure est-il ? »

Nouveau haussement d'épaules de Lucy :

191

« Oh ! ma foi, assez tôt. (Des dents très blanches brillèrent dans la pénombre.) Sauf quand on va à Paris. »

Il finit par trouver sa montre et s'efforça de la consulter :

« Lulu, il est quatre heures du matin. Le vol ne part qu'à huit heures ce soir. Combien de temps te faut-il pour faire ta valise ? »

Lucy vint s'asseoir au bord du lit et repoussa la mèche qui pendait sur le front d'André.

« Tu ne comprends pas. J'ai des choses à organiser. Je ne veux pas avoir l'air d'une petite plouc à côté de toutes ces élégantes nanas parisiennes. »

Elle le regarda en souriant : ses cheveux, éclairés par-derrière, formaient une sorte de nuage noir qui encadrait le triangle plus pâle de son visage.

André laissa sa main glisser sur le haut de la cuisse de Lucy : en sentant le muscle allongé jouer sous ses doigts, toute idée de sommeil l'abandonna.

« Tu as raison, admit-il. Et ces nanas parisiennes savent faire la cuisine aussi. »

Elle le repoussa en arrière, lui coinçant les épaules contre le lit, et se pencha sur lui :

« Pas avec les ingrédients que j'utilise, sûrement pas. »

Ils retrouvèrent Cyrus dans la salle d'embarquement du vol Air France après une journée qui bizarrement leur avait paru comme une veille de Noël au début d'avril, les tenant occupés à faire et à refaire des valises, à donner des coups de téléphone d'adieu, à faire des courses de dernière minute, tout cela dans une atmosphère de fête. Ils ne s'étaient interrompus que pour un bref déjeuner de pâtes arrosé d'une bouteille de champagne et, lorsqu'ils arrivèrent à JFK, tous deux étaient agréablement grisés par un mélange de fatigue et d'excitation. Cyrus, qui les regardait par-dessus son

192

New York Times, avait l'air de ne rien avoir fait de plus épuisant dans sa journée que de se rendre à un essayage chez son tailleur.

« Bonsoir, mes enfants. Vous y connaissez-vous en mots croisés ? Il me faut un mot de cinq lettres pour " Ville Lumière ". Croyez-vous que ce puisse être Paris ? " Ville Lumière. " (Il reposa son journal en souriant, se leva et embrassa Lucy sur la joue.) Le béret vous va très bien, remarqua-t-il. Vous allez être la coqueluche de Saint-Germain. André, vous êtes un heureux gaillard. »

Le début d'une aventure partagée avec des amis est un des meilleurs moments de l'existence et un des rares plaisirs du voyage qui subsiste. Une agréable compagnie, venant s'ajouter au sentiment de légèreté que donne l'impatience, vous met quelque peu à l'abri de l'ennui des formalités. Les retards, les caprices du personnel au sol, les contrôles de sécurité et l'impression habituelle de n'être qu'un bagage humain encombrant, tout cela perd de son importance pour se fondre dans l'ambiance générale. Cyrus et André, à tour de rôle, évoquaient pour Lucy leurs endroits préférés de Paris – le bar du Ritz, le marché aux puces, le musée d'Orsay, le Pont-Neuf, les marchands de légumes et de fleurs de la rue de Buci, – et ce fut à peine s'ils remarquèrent la lente progression des passagers entassés en troupeau qui finit par les amener jusqu'à leurs sièges.

Lucy examina le personnel de bord : tous très chics dans leur uniforme bleu marine, les hommes nettement plus petits que leurs homologues des lignes américaines, les femmes sans un cheveu qui dépassait et arborant cette expression de politesse hautaine qui caractérise le fonctionnaire français. Elle donna un coup de coude à André :

« J'avais raison pour les nanas : on dirait qu'elles ont toutes pris une journée de congé chez Dior. »

André lui adressa un clin d'œil :

« C'est juste ce que tu peux voir. Les femmes françaises dépensent plus d'argent pour leurs dessous que n'importe qui d'autre en Europe. Je tiens ce renseignement du correspondant pour la lingerie du *Wall Street Journal*. »

Lucy se pencha pour observer une paire de hanches sévèrement corsetées qui remontait le couloir en se balançant et hocha la tête d'un air songeur. Comme l'avion se dirigeait vers la piste de décollage, elle saisit la main d'André et la pressa :

« Ne va pas te faire des idées, mon vieux. Tu es en mains. »

Elle vint poser la tête contre son épaule et, avec la soudaineté d'une enfant épuisée, elle s'endormit aussitôt.

Cyrus avait moins de chance avec sa voisine immédiate, une accorte Washingtonienne entre deux âges qui semblait avide de conversation et de conseils puisque c'était son premier voyage en France – en solo, comme elle le fit remarquer avec un sourire d'invite. Suivirent d'autres détails personnels et des insinuations encore plus précises mais, au bout d'une demi-heure, Cyrus décida d'avoir la migraine. Il renversa en arrière le dossier de son siège, ferma les yeux et repassa une nouvelle fois dans sa tête les chances qu'il avait de conclure une vente de trente millions de dollars pour un homme qu'il n'avait jamais rencontré.

Elles étaient aussi minces que la dernière fois qu'il y avait songé. Bien des choses dépendraient de Franzen : de ses rapports avec Denoyer, de sa discrétion (ou, avec un peu de chance, de son manque de discrétion), de sa réaction face à eux trois. Les faussaires, c'était bien compréhensible, étaient des gens nerveux de nature, prompts à se méfier et peu enclins à la confidence, qui menaient leur vie professionnelle en jetant sans cesse un coup d'œil par-dessus leur épaule. Qu'est-ce qu'un homme comme Franzen prétendait

194

faire, pour vivre, que racontait-il à ses amis ? Serait-il plus enclin à se fier à quelqu'un qui se recommanderait d'une petite canaille comme Villiers ? D'un autre côté, qui d'autre pourrait bien donner du travail à un faussaire ? Certainement pas un conservateur du Met.

Pour ce qui était de vendre le Cézanne, Cyrus ne voyait pas là de graves problèmes. Le marché officieux de l'art, à sa connaissance, était vaste ; il y avait des amateurs solitaires qui garderaient le tableau dans un coffre, loin des regards du public, pour aller de temps en temps le voir et le savourer en secret ; il y avait les Japonais, qui pouvaient bénéficier d'une obligeante loi de leur pays protégeant la propriété privée de toute révélation inopportune ; il y avait Hong-Kong, où des trésors de toutes sortes pouvaient commodément disparaître. Il était convaincu qu'on pouvait organiser une vente discrète et judicieuse. Il ne manquait jamais de gens riches et avides de thésauriser.

Cyrus jeta un coup d'œil de l'autre côté du couloir à Lucy et à André, affalés l'un contre l'autre dans le sommeil. Il soupesa la perspective d'un dîner qui ne manquerait pas de lui valoir de nouvelles confidences de l'enthousiaste dame de Washington : il décida de maîtriser son appétit jusqu'au moment où il pourrait lui faire honneur à Paris.

Mais ils n'allaient pas atteindre leur destination sans effort. Le vol fut retardé par des encombrements du ciel matinal bleu pâle au-dessus de Roissy. Il y eut d'autres retards provoqués par les gens du personnel au sol qui faisaient une grève du zèle, histoire de s'entraîner pour leurs grèves estivales annuelles. La circulation depuis l'aéroport jusqu'en ville s'écoulait au rythme d'un sirop congelé. Il fallut renoncer à tout projet de petit déjeuner tandis que le taxi avançait sur l'autoroute par une succession de brèves secousses et de brusques arrêts : il était onze heures passées lorsque les trois voyageurs franchirent la Seine pour se joindre au cortège des voitures qui se traînaient dans les rues étroites de la rive gauche.

Ils avaient retenu des chambres au Montalembert, à deux pas du boulevard Saint-Germain. À l'extérieur agréablement frais et contemporain à l'intérieur, un établissement fort en vogue parmi les représentantes vêtues de noir du monde de la mode. André l'avait choisi pas simplement pour son apparence et son emplacement, mais parce que le personnel était charmant, jeune et – se distinguant en cela des habitudes parisiennes – d'une amabilité sincère. Et puis il y avait le bar.

Le bar du Montalembert, juste à gauche du hall, est un endroit où on pourrait sans mal passer une journée entière. On sert là le petit déjeuner, le déjeuner et le dîner. Dès le début de la matinée, l'alcool coule à flots. Le monde va et vient, des affaires se traitent, des histoires d'amour s'amorcent (il est rare, on ne sait pourquoi, qu'on en voie se terminer là : peut-être l'éclairage est-il trop gai pour les larmes et les remords). Il n'y a pas de poste de télévision. C'est l'espèce humaine qui assure le divertissement.

Comme ils attendaient de remplir leurs fiches, Lucy jeta un regard critique à deux femmes minces comme du papier à cigarettes et d'une extrême élégance assises devant une coupe de champagne : elles tiraient sur leurs cigarettes et, après chaque bouffée, reculaient pour éviter la fumée d'une torsion de leur long cou de cygne.

« Regardez-moi ces nanas, fit Lucy. Elles comparent leurs pommettes. »

Cyrus lui tapota l'épaule :

« Deux ménagères de banlieue, ma chère enfant. Sans doute en train de discuter de ce qu'elles vont faire à leurs maris pour dîner. »

Lucy plissa les lèvres, en essayant d'imaginer l'une ou l'autre à proximité d'une cuisine. André revint de la réception en brandissant deux clefs :

« Lulu, cesse de dévisager ces charmantes vieilles dames. »

Il remit une des clefs à Cyrus et entraîna son petit groupe dans une de ces cabines d'ascenseur à la française qui semblent conçues pour que les gens fassent plus ample connaissance. Si les occupants ne se connaissent pas au début du trajet, ce n'est certainement plus le cas à l'arrivée.

Lucy examina leur chambre avec la minutie d'un inspecteur de chez Michelin, passant le bout des doigts sur le bois de rose du mobilier, essayant la souplesse de la literie sous son impeccable couvre-lit à rayures bleues et blanches, admirant l'acier et le carrelage de la salle de bains, ouvrant toutes grandes les fenêtres à deux battants qui donnaient sur un paysage de toits parisiens, des toits comme il n'en existe pas d'autres au monde. André souriait en la voyant papillonner d'une découverte à l'autre.

« Alors ? demanda-t-il. Ça ira ?

– Je n'arrive pas à croire que je suis ici. (Elle lui prit la main et l'entraîna vers la fenêtre.) Regarde ! Paris !

– Mais oui, fit-il. Qu'est-ce que tu veux voir d'abord ?

– Tout. »

Il y a plusieurs milliers de points de départ pour une entreprise aussi ambitieuse à Paris, mais il en est peu de plus plaisants ou de plus fascinants pour le visiteur qui vient pour la première fois que les Deux-Magots, l'irremplaçable café du boulevard Saint-Germain. Ceux qui le critiquent peuvent dire qu'il y a trop de touristes ; que les garçons qui traînent leur air blasé et leurs pieds plats ont élevé à la hauteur d'un art leur obstination à servir d'un air bourru ; que les prix atteignent des sommets décourageants. Une grande partie de tout cela est peut-être vraie, mais il n'existe aucun endroit comme une table en terrasse pour regarder les Parisiens faire ce qu'ils font si bien : flâner, prendre la pose, inspecter mutuellement leurs tenues de printemps, échanger force haussements d'épaules, moues et baisers, voir et être vus.

La matinée tirait à sa fin, le temps devenait doux et ensoleillé avec une légère brise qui soufflait de la Seine, le temps rêvé pour profiter de la rue. Les feuilles des arbres, que les gaz d'échappement n'avaient pas encore ternies, brillaient sur les branches comme si on les avait récemment peintes d'un beau vert robuste. C'était le genre de journée qui avait inspiré la chanson *Avril à Paris*.

Lucy était assise entre les deux hommes, fascinée. On aurait cru qu'elle suivait un match de tennis : sa tête pivotait d'un côté à l'autre, car elle ne voulait rien manquer. Comme tout cela était différent de New York ! Tant de fumeurs, de chiens, de vieux et magnifiques immeubles, une impression d'espace comme on n'en connaît jamais dans une ville de gratte-ciel. Le café était plus fort, l'air avait une autre saveur, même André n'était pas le même. Elle le regarda s'adresser au garçon. Lorsqu'il parlait français, son corps changeait de vitesse, ses gestes devenaient plus fluides, ses mains et ses épaules constamment en mouvement, sa mâchoire et sa lèvre inférieure en avant pour prononcer ces mots qui avaient une sonorité si exotique pour des oreilles habituées à la cadence plus rude du parler anglo-saxon. Si rapide aussi. Tout le monde parlait si vite.

Cyrus proposa un déjeuner léger qui leur permettrait de se ménager en prévision de ce qui ne manquerait pas d'être un dîner long et raffiné : après leur café ils commandèrent des verres de beaujolais et des sandwiches au jambon, des demi-baguettes substantielles, la première fois pour Lucy qu'elle goûtait du vrai pain français et du beurre de Normandie. Elle mordit avec ravissement une première bouchée puis s'arrêta pour regarder André.

198

« Pourquoi est-ce que tout le monde à Paris n'est pas gros ? dit-elle en désignant de la main les gens autour d'eux. Regarde tout ce qu'ils engloutissent, et le vin. Et dire qu'ils vont recommencer au dîner. Comment font-ils ? Ils suivent un régime spécial ?

– Absolument, répondit André. Pas plus de trois plats au déjeuner, pas plus de cinq au dîner et jamais d'alcool avant le petit déjeuner. N'est-ce pas, Cyrus ?

– Quelque chose comme ça, mon cher garçon. N'oubliez pas la bouteille de vin quotidienne et un petit cognac avant de se mettre au lit... Oh ! et beaucoup de beurre dans la cuisine. Très peu d'exercice aussi. C'est important. Et un paquet de cigarettes par jour. »

Lucy secoua la tête :

« D'accord, c'était peut-être une question stupide. Mais jusqu'à maintenant, je n'ai pas vu une seule personne qui soit grosse. Pas une.

– Ça fait partie de ce qu'on appelle le paradoxe français, dit André. Tu te souviens ? On en a fait tout un plat il y a quelques années. Je crois que tout a commencé quand on a lancé une enquête sur les habitudes alimentaires dans une vingtaine de pays. On cherchait le rapport entre l'alimentation et l'incidence des affections cardiaques. »

Cyrus contempla son vin d'un air songeur :

« Je ne suis pas sûr d'avoir envie d'entendre ça. »

André eut un large sourire :

« Vous ne risquerez rien tant que vous resterez ici. Lorsqu'on a publié les résultats, ils montraient que le pays qui avait le régime alimentaire le plus sain était le Japon : ça n'a rien d'étonnant, en fait, quand on pense qu'ils se nourrissent principalement de poisson et de riz. Mais la grande surprise, c'était le deuxième. Sur vingt pays, la France venait en second. Malgré le pain, le fromage, le foie gras, les sauces, les déjeuners qui durent trois heures et l'alcool. Alors évidemment les gens ont voulu savoir pourquoi. Ils croyaient qu'il devait y avoir un secret, un truc dans leur alimentation qui vous permettait de manger ce qu'on voulait sans dommage. Et ce qu'on a trouvé comme explication, c'était le vin rouge. »

Cyrus acquiesça.

« Je me souviens maintenant, dit-il. C'était à la télévision, n'est-ce pas ? La plupart des marchands de vin d'Amérique ont épuisé en quarante-huit heures leurs stocks de cabernet-sauvignon.

— Parfaitement. Et puis quelqu'un s'est mis à raconter que le taux de cirrhose du foie était plus élevé en France qu'aux États-Unis et tout le monde s'est remis aux hamburgers et au coca.

— Quelle place avait l'Amérique sur la liste ? interrogea Lucy.

— Oh ! tout en bas. Quelque chose comme la quatorzième ou la quinzième place, je crois. Ce n'est pas le vin rouge qui va changer ça. À vrai dire, ma théorie est que le vin rouge y est pour bien moins que les gens se l'imaginent. De toute évidence, ce qu'on mange et ce qu'on boit est important, mais aussi *comment* on mange et on boit. Et puis il y a des différences considérables dans les habitudes nationales. Pour la plupart des Américains, la nourriture est un carburant : on mange dans la voiture, dans la rue, on expédie un repas en un quart d'heure. Pour les Français, se nourrir est un plaisir. Ils prennent leur temps. Ils se concentrent. Ils aiment être à table et ne mangent pas entre les repas. Vous ne surprendrez jamais le président de la République à grignoter des chips à son bureau. Ici, on respecte la cuisine : on la considère comme un art. Les grands chefs sont presque comme des vedettes de cinéma. (André s'arrêta et termina son vin.) Pardon. On aurait dit une conférence. Mais c'est vrai. (Il se tourna vers Lucy.) Attends d'avoir vu ce qu'on va te servir ce soir.

— Oh ! fit Cyrus, je ne vous ai pas dit. J'ai appelé Franzen de l'hôtel.

– Tout va bien ? »

Cyrus leva les yeux au ciel :

« Il était enthousiasmé. Il n'arrêtait pas de parler de la carte : le nom de Senderens apparemment sonnait à ses oreilles comme un mot magique et on aurait juré que Franzen avait déjà sa fourchette et son couteau prêts. Nous le retrouvons là-bas à huit heures. Il m'a paru très aimable, je dois dire : il m'a suggéré de l'appeler Nico. J'ai l'impression que nous allons nous entendre. »

Lucy regardait une grande blonde en cuir noir traverser à grands pas le boulevard au milieu de la circulation avec un borzoï en laisse : tous deux, la fille et le chien, avançaient sans se soucier des voitures, avec une grâce hautaine. Cette impression fut quelque peu gâchée par la décision que prit le chien de lever la patte sur la roue arrière d'une motocyclette en stationnement que son propriétaire tentait de faire démarrer. L'homme, qui lui aussi avait levé la jambe par-dessus la selle mais pour d'autres raisons, protesta avec véhémence. La fille l'ignora et poursuivit sa marche.

Lucy secoua la tête :

« À New York, ils en seraient déjà venus aux mains. Ensuite, on ferait un procès au chien. (Secouant toujours la tête, elle se tourna vers Cyrus :) Est-ce qu'on peut parler affaires ?

– Bien sûr.

– Pensez-vous que je devrais porter du noir ce soir ? Non, je plaisante. Qu'est-ce que vous espérez obtenir de Franzen ?

– Eh bien, voyons. (Cyrus rajusta son nœud papillon, son regard balayant le boulevard Saint-Germain jusqu'à la brasserie Lipp.) J'aimerais qu'il se sente à l'aise avec nous, qu'il ait le sentiment de pouvoir nous faire confiance. J'aimerais qu'il nous explique comment il en est venu à travailler pour Denoyer et voir ce qu'il sait de la toile originale : où elle est, où elle va. (Il regarda Lucy en souriant.) J'aimerais qu'il dise toutes les choses dont il ne devrait pas nous parler. »

Lucy fronça les sourcils :

« Vous avez un plan ?

– Certainement, répondit Cyrus. Le faire boire et croiser les doigts. »

Camilla était folle de rage. Elle marchait de long en large devant le bureau de Noël à petits pas nerveux, les coudes au corps, brandissant sa cigarette. C'était vraiment dommage. Elle avait offert à André la chance de sa vie, une occasion pour laquelle n'importe quel photographe serait prêt à tuer, et voilà maintenant qu'il avait disparu. Volatilisé. Elle avait dû appeler chez lui une douzaine de fois au cours des deux derniers jours. On avait pris son billet pour Hong-Kong, réglé tous les détails – des détails compliqués exigeant de la part de Camilla les supplications les plus serviles – et où était-il ? Disparu. Ce que ces créateurs pouvaient être irresponsables ! Arrogants ! Ingrats ! L'envie la prit de le bannir à jamais de son Filofax.

« Essayez encore son bureau, Noël. Parlez à cette petite Walcott. Peut-être qu'elle sait où il est. »

Camilla cessa d'arpenter le bureau pour se planter devant Noël tandis qu'il composait le numéro. Lorsqu'il raccrocha, il secouait la tête :

« Elle n'est pas là. En vacances jusqu'à la semaine prochaine.

– En vacances, ricana Camilla. Un voyage organisé à Jones Beach, j'imagine. Bon, continuez à essayer le domicile d'André. »

Noël la regarda regagner à grands pas son bureau, raide de colère. Il soupira : ç'allait être une de ces journées difficiles.

15

Ils se retrouvèrent dans le hall de l'hôtel peu avant huit heures, Lucy dans son plus beau tailleur noir, André avec cette sensation d'être au bord de la strangulation que lui donnait toujours le port d'une cravate, Cyrus en vrai boulevardier, vêtu d'un costume prince de galles. D'un geste noble, il prit la main de Lucy et s'inclina bien bas :

« Vous êtes ravissante, ma chère. La plus jolie fille de Paris. »

Lucy rougit, puis s'aperçut qu'un des jeunes grooms, planté derrière Cyrus, s'efforçait d'attirer son regard. Elle lui sourit et entendit déferler sur elle un torrent de français : un taxi venait de déposer un client à l'hôtel. Il était vide et disponible. Si mademoiselle le souhaitait, le chasseur se ferait un plaisir de le garder pour elle. À en juger par son air éperdu, il aurait de beaucoup préféré garder mademoiselle. Intriguée, Lucy se tourna vers André qui attendait à côté d'elle, avec un petit sourire.

« Qu'est-ce qu'il a dit ?

— Il dit qu'il a connu bien des femmes mais aucune qu'on puisse comparer à toi. Il veut t'emmener chez lui pour te présenter à sa mère. »

Le taxi leur fit descendre le boulevard Saint-Germain. Quand ils traversèrent le pont de la Concorde, Lucy retint son souffle en voyant la Seine, grand ruban sombre sous l'étincellement des ponts. André observait son visage :

« Je leur ai dit d'éclairer pour toi, Lulu. À droite, ce sont les jardins des Tuileries et juste devant, la place de la Concorde. C'est mieux que West Broadway par un lundi matin de pluie, non ? »

Lucy hocha lentement la tête sans détourner les yeux de l'extraordinaire beauté du décor : bâtiments dessinés par le faisceau des projecteurs, précision délicate du tracé des arbres, ombres épaisses qui venaient sculpter les épais murs de pierre. Elle restait silencieuse, réduite au silence par son premier aperçu de Paris la nuit.

Le chauffeur, lui, n'était manifestement pas d'humeur à s'attarder à faire du tourisme. Il dévala en trombe la rue Royale, déboucha sur la place de la Madeleine, vira sèchement devant un motocycliste stupéfait, sans se soucier des vitupérations qui s'ensuivirent, et s'arrêta au bord du trottoir avec un grognement de triomphe : encore un périlleux voyage accompli sans perte de vie humaine. Après avoir inspecté son pourboire et l'avoir estimé convenable, il marmonna « Bon appétit » avant de s'élancer de nouveau dans le flot de la circulation, les laissant tous les trois devant l'entrée du restaurant. La façade avait un aspect quelque peu théâtral, avec le nom de la vedette – le chef Alain Senderens – figurant en tête d'affiche juste au-dessous de celui du restaurant.

Les origines de Lucas-Carton remontent au dix-huitième siècle, lorsqu'un Anglais audacieux, Robert Lucas, ouvrit sa Taverne anglaise pour fournir aux Parisiens démunis sur le plan gastronomique des viandes froides et du pudding. Cette alliance peu commune obtint vite la faveur des gourmets du cru, à telle enseigne que le nom et la réputation de Lucas se prolongèrent bien après son trépas. Quand l'établissement changea de main, cent trente ans plus tard, le nouveau propriétaire le rebaptisa Taverne Lucas. La belle période se poursuivit ; au début du siècle, on fit subir à la façade un lifting Art nouveau et, en 1925, un nouveau propriétaire reprit l'affaire : Francis Carton.

L'intérieur n'a sans doute guère changé depuis plus de quatre-vingt-dix ans : acajou, sycomore, bronze s'épanouissant en merveilleuses floraisons, miroirs et panneaux décoratifs sculptés, taches colorées des fleurs fraîchement coupées, des voix qui murmurent derrière de grandes cartes couleur crème, bref une ambiance toute de luxe et de volupté.

Cyrus se frotta les mains et prit une grande inspiration comme s'il inhalait une bouffée d'un oxygène particulièrement vivifiant.

« J'ai l'impression que je devrais porter jaquette et haut-de-forme, dit-il en promenant son regard autour de la salle. Apercevez-vous notre homme ? »

La plupart des tables étaient occupées par des groupes d'hommes d'affaires sobrement vêtus, la base sans éclat mais indispensable de tout restaurant cher. On distinguait quelques femmes au milieu de ces bouquets de costumes sombres : les unes arboraient des bijoux voyants avec maquillage assorti, d'autres des uniformes bien ajustés à quoi l'on reconnaît les recrues de l'armée internationale des gestionnaires. Et, dans un coin tout au fond de la salle, la silhouette solitaire d'un homme plongé dans la lecture du menu, sa nuque hirsute se reflétant dans la glace derrière lui.

Le maître d'hôtel les conduisit jusqu'à la table et Franzen les regarda par-dessus le bord de ses lunettes, ses yeux bleus et ronds inspectant André et Cyrus, puis s'agrandissant à la vue de Lucy. Il se leva non sans quelque peine, se penchant par-dessus la table pour leur tendre à tour de rôle une patte charnue. C'était une sorte de gros ours rendu plus corpulent encore par un costume de velours côtelé marron qui semblait assez épais pour résister à des balles. Une cravate de laine jaune donnait un air vaguement formel bien qu'un peu fripé à une chemise à carreaux dont le bouton de col était ouvert.

Sa tête était massive, couronnée d'une auréole ébouriffée de cheveux poivre et sel qui jaillissaient dans toutes les directions au-dessus d'un front haut, d'un long nez droit et d'une moustache taillée avec soin. Quand il parla, ce fut dans cet anglais presque trop parfait que les Hollandais semblent acquérir dès le jardin d'enfants.

« Ai-je l'air surpris ? fit-il. Il faut me pardonner. Je n'attendais que M. Pine. (Il joignit les mains au-dessus de son menu, en adressant aux autres un hochement de tête affable.) Alors, ce soir c'est juste une réunion mondaine, non ?

– Peut-être parviendrons-nous à travailler un petit peu aussi, dit Cyrus. Mlle Walcott et M. Kelly sont mes collègues. Je peux vous assurer qu'ils sont extrêmement discrets. »

Le serveur, occupé à placer comme il convenait le seau à glace au bord de la table, en tira une bouteille ruisselante jusqu'au moment où l'étiquette fut visible. Franzen tourna la tête pour l'inspecter, acquiesça et sourit à Cyrus.

« Champagne maison, dit-il. Je suis sûr que vous approuverez. Il est excellent. »

Dans la pause qui suivit, le bruit du bouchon que l'on retirait, pas plus fort qu'un brusque soupir, fut suivi du chuchotement des bulles qui montaient dans les flûtes.

Cyrus se pencha à travers la table, en baissant le ton :

« J'espère qu'il est bien entendu que c'est moi qui me charge de l'addition ce soir. J'insiste. »

Le Hollandais parut réfléchir au problème tout en tripotant le pied de son verre. Voilà un début prometteur, songea-t-il : pas du tout comme le sale petit pingre de Holtz avec lequel il fallait discuter de chaque centime. Inclinant légèrement la tête, il répondit :

« C'est très généreux de votre part. Je sens que ce sera un plaisir de collaborer avec vous, mon ami. »

Cyrus promena son regard autour de la table et leva sa flûte.

« À l'art, proposa-t-il.

– Aux affaires, lança Franzen. Mais pas sur un estomac vide, hein ? »

Lucy et André, leurs genoux se touchant sous la table, laissèrent leurs deux aînés continuer leur échange de politesses tout en consultant ensemble une carte, André traduisant à voix basse l'énoncé des plats, Lucy, l'image même de l'attention passionnée. Un observateur non prévenu aurait pu croire qu'ils discutaient mariage. André faisait de son mieux pour expliquer le mot « bigorneaux » :

« Ce sont des coquillages, Lulu. Tu sais... des coquillages. Qu'on trouve dans la mer.

– Comme un poisson ? Comme un crabe ?

– Non, pas exactement. Plutôt comme un escargot. »

Elle eut un frisson involontaire.

« Qu'est-ce que c'est que le ris de veau ?

– Délicieux, mais je ne pense pas que tu veuilles en entendre parler.

– C'est si terrible que ça ?

– Oui.

– Bon. Alors, allons-y pour les cuisses de grenouille.

– Merveilleux. Comme le plus tendre des poulets.

– Ça n'est pas du poulet ?

– Non. Ce sont des cuisses de grenouilles.

– Oh ! »

Franzen abaissa sa carte pour regarder Lucy :

« Si je pouvais faire une suggestion... Il y a un plat ici que vous ne trouverez nulle part ailleurs en France, et peut-être dans le monde. Le *canard Apicius*. La recette remonte au temps des Romains, il y a deux mille ans. (Il s'interrompit pour boire une gorgée de champagne.) C'est du canard, mais un canard qui n'a pas son pareil, un canard rôti dans le miel et les épices, un canard en extase. Vous vous en souviendrez jusqu'à la fin de vos jours. (Il porta une main à ses lèvres, rassembla le bout de ses doigts en un bouquet et les embrassa bruyamment.) Vous parlerez de ce canard à vos petits-enfants. »

Lucy regarda avec un grand sourire les trois visages tournés vers elle.

« Vous savez, dit-elle, je crois que je vais me décider pour le canard. »

Lorsque le serveur vint prendre leurs commandes, Franzen avait assumé la responsabilité d'orchestrer le repas de chacun, une tâche qu'il accomplissait avec un immense enthousiasme et un savoir sans faille. Comme le serveur, le sommelier et lui faisaient assaut de recettes et de millésimes, leur table fut bientôt de loin la plus animée du restaurant, ce qu'André fit remarquer à Franzen quand ils eurent fini par passer la commande.

« C'est bien simple, dit le Hollandais. La plupart des gens viennent dans des restaurants comme celui-ci pour de mauvaises raisons. Ils viennent pour impressionner, pour montrer qu'ils peuvent se permettre de dépenser quelques milliers de francs pour un dîner. Et comme l'argent est sacré pour eux, ils se comportent comme s'ils étaient dans une église. (Il joignit les mains et leva les yeux au plafond : on aurait dit un vieux chérubin.) Pas de rires, pas trop de vin, aucun *gusto*. Eh bien, pour les serveurs, pour le sommelier, ça n'est pas drôle. Vous comprenez ? Où est la satisfaction de servir des mets et du vin à des gens qui s'intéressent plus au prix qu'au goût ? Pouah ! (Il vida sa flûte et d'un coup d'œil fit signe au serveur de le resservir.) Mais nous, nous sommes différents. Nous sommes ici pour manger, pour boire, pour nous amuser. Nous sommes enthousiastes. Nous croyons à la joie de manger, nous sommes un véritable public pour le chef. Ceux qui travaillent ici apprécient. Déjà, ils nous trouvent sympathiques. À la fin du dîner, ils nous offriront un alcool. »

L'attitude de Franzen était irrésistiblement contagieuse : soutenus par un flot ininterrompu de bourgogne et de bordeaux pour accompagner une des meilleures cuisines de Paris, ils ne tardèrent pas tous les quatre à communier dans un sentiment de confortable camaraderie. Cyrus attendait le bon moment : il regardait le vin et l'ambiance conviviale faire leur effet sur Franzen, il guettait le moment approprié pour en venir à l'objet de leur rencontre.

Il se présenta alors qu'ils se reposaient après le plat de résistance et ce fut Franzen lui-même qui l'aborda.

« Le canard fait regretter de ne pas pouvoir dîner ici tous les soirs, se désola-t-il en essuyant soigneusement sa moustache avec sa serviette. (Quand il poursuivit, ce fut comme s'il se parlait à lui-même, en rêvant tout haut.) Une table réservée en permanence, la même chaque soir, le vin déjà dans le seau à glace, mes petites préférences connues de tous et, de temps en temps, une visite du chef. Comme ce serait agréable... (Il coinça avec soin sa serviette dans le col de sa chemise, la lissa délicatement et, de l'air d'un homme qui vient de prendre une décision, se pencha vers Cyrus.) Avec ce genre d'ambitions, j'aurais besoin de travailler. Qu'est-ce qui vous amène ? Notre ami commun de New York ne m'a donné aucun détail quand je lui ai parlé. Dites-moi. »

Formé par des années d'expérience à bien connaître les sensibilités délicates des egos envahissants du monde de l'art, Cyrus commença à avancer prudemment, tenant surtout à assurer au Hollandais qu'on respecterait son statut d'artiste. Franzen secoua la tête en souriant et leva une main.

« Mon ami, protesta-t-il, ce n'est pas à Picasso que vous parlez : je suis un homme d'affaires avec un pinceau.

– Ravi de l'entendre, dit Cyrus. Dans ce cas, je vais aller droit au fait. Il me faut un Cézanne. »

Franzen haussa les sourcils :

« Comme c'est extraordinaire. Je n'en avais pas fait depuis 1992. Voilà que cette année, je viens de terminer mon deuxième et que vous en voulez un autre. Le gaillard doit être à la mode. Ça arrive parfois. »

Sans laisser à Cyrus le temps de répliquer, le garçon arriva pour régler le problème du dessert et il eut aussitôt toute l'attention de Franzen.

« Regardez le verso du menu, dit-il. Il y a quelque chose que vous devez absolument essayer. (Comme les autres suivaient ses instructions, Franzen reprit :) Traditionnellement, on prend du vin rouge avec le fromage, mais regardez-moi ceci : du camembert avec du calvados, de l'époisse avec du marc de Bourgogne, du vieux brebis à la manzanilla. Les combinaisons sont superbes. Quelle imagination ! Quelle recherche ! »

Secouant la tête, il contemplait toujours la liste de près de trente fromages différents, chacun accompagné d'un alcool spécialement choisi. Il mit un moment avant d'abandonner la carte pour en revenir au Cézanne.

« J'ai une grande admiration pour lui, expliqua-t-il, et pas seulement pour son œuvre. Puis-je vous demander de me passer la bouteille, et je vais vous raconter mon anecdote préférée sur Cézanne. (Il vida les dernières gouttes de la bouteille de bordeaux, tendit son verre à la lumière, poussa un soupir et but une gorgée.) Comme bien des artistes on l'a souvent sous-estimé de son vivant et il a fréquemment été critiqué par des gens qui n'étaient pas dignes de nettoyer ses pinceaux. Ça se passait à Aix qui, vous le savez certainement, n'était pas à proprement parler la capitale du monde en ce qui concernait la peinture. Quoi qu'il en soit, on organisa une exposition de son œuvre à laquelle assistaient, comme d'habitude, les critiques locaux, et

Cézanne se trouva planté derrière l'un d'eux. L'homme pérorait à propos d'une des toiles, se montrant plus blessant de minute en minute, si bien qu'après un commentaire particulièrement stupide, Cézanne ne put se retenir plus longtemps. Il tapa sur l'épaule du critique. L'homme se retourna. "Monsieur, dit Cézanne, je vous chie dessus. " Il n'y a pas de réponse à ça, non ? J'aurais voulu voir le visage du critique. Ah ! voici le fromage. »

Le repas terminé, Cyrus, usant avec habileté des effets combinés de son tact et d'un généreux cognac, parvint à ramener à leurs affaires le Hollandais d'humeur de plus en plus joyeuse. On convint de se retrouver tous avec la tête claire le lendemain matin à l'atelier de Franzen pour régler les détails. Après cela, décida Franzen, peut-être souhaiteraient-ils fêter leur relation nouvelle devant un déjeuner léger : il connaissait l'endroit parfait pour cela. En attendant, il griffonna son adresse rue des Saints-Pères, en ajoutant le code d'accès qui ouvrirait la porte principale de l'immeuble. En échange, Cyrus lui donna le numéro de téléphone du Montalembert.

Ils furent les derniers à quitter le restaurant, passant devant la haie d'honneur constituée des trois serveurs, du sommelier et du maître d'hôtel venus leur souhaiter bonne nuit. Ç'avait été un dîner formidable et, comme ils aidaient le Hollandais à monter dans un taxi, Cyrus eut le sentiment d'avoir atteint le but qu'il s'était fixé. Cette soirée avait fait d'eux des amis. Demain, avec un peu de chance, elle ferait d'eux des complices.

Ils regagnèrent l'hôtel, réchauffés par le vin et engourdis par le décalage horaire. Lucy aperçut dans une brume les lumières de Saint-Germain de ses yeux à demi fermés, et elle se sentit dodeliner de la tête.

« André, tu sais, cette promenade que nous devions faire ce soir, sur le pont ? Si on remettait ça à demain ? (Pas de réponse.) André ? (Rien.) Cyrus ? »

Elle surprit dans le rétroviseur le regard du chauffeur de taxi.

« Dodo, fit-il. Ils dorment tous. Très mignon. »

Franzen entra dans son appartement, accueilli par les relents familiers d'huile et de térébenthine qui perçaient à travers les vapeurs de l'alcool. Il traversa la pièce principale qui lui servait d'atelier pour gagner la petite cuisine où il entreprit de se préparer du café. Un homme tout à fait charmant, ce Cyrus Pine, songea-t-il, si différent de Rudolph Holtz. Contemplant le percolateur, il sentit toutes ses vieilles rancœurs revenir : Holtz était cupide, tyrannique, mesquin, on ne pouvait pas lui faire confiance ; mais, hélas, il était la principale source de revenus de Franzen et tous deux le savaient. Ce serait agréable, si un nouveau travail, pour un client nouveau et civilisé, débouchait sur d'autres commandes. Peut-être demain montrerait-il à Pine les deux toiles avant qu'on les emballe pour les expédier. Côte à côte, pour que le marchand puisse apprécier le travail.

Avec une tasse de café et le tout dernier cognac de la journée, Franzen s'installa dans un fauteuil de cuir fatigué. Il cherchait dans sa poche un cigare quand la sonnerie du téléphone retentit. Sans s'arrêter. Se disant qu'un jour, peut-être même demain, il allait s'acheter un répondeur, il traversa la pièce d'un pas incertain et décrocha.

« Franzen ? Ici Holtz. J'espère que vous avez eu un agréable dîner avec M. Pine. »

Franzen bâilla. C'était toujours comme ça avec Holtz. Toujours sur votre dos depuis le premier contact jusqu'au moment où la toile était sèche. À vérifier, à harceler, à s'assurer qu'il toucherait sa part.

« Oui, en effet. C'est un homme très sympathique.

– Qu'est-ce qu'il veut ?

– Un Cézanne.

– Je sais qu'il veut un Cézanne, bon sang. Villiers me l'a dit avant de vous appeler. Lequel?

– Je ne sais pas encore. »

Holtz grommela à l'autre bout du fil. Le prix du faux dépendait du tableau. Comment avaient-ils pu passer toute la soirée ensemble sans discuter du travail? Il s'efforça de maîtriser son irritation.

« Quand le saurez-vous?

– Demain. Ils viennent à l'atelier à dix heures et ensuite nous allons...

– Ils? Qui ça, ils? Je croyais que c'était seulement Pine.

– Oh! non. Il est venu avec deux autres personnes : un jeune type et une fille. »

Holtz sentit un frisson d'inquiétude le parcourir, comme si on marchait sur sa tombe.

« Les noms... comment s'appellent-ils?

– L'homme, c'est Kelly. André Kelly. La fille, Lucy. Je ne me rappelle pas son nom de famille. »

Holtz restait silencieux : on n'entendait que son souffle un peu rauque.

« Holtz? Vous êtes là?

– Il faut que vous partiez : prenez les toiles et partez. Ce soir. Tout de suite.

– Pourquoi? Je ne comprends pas. »

Holtz prit une profonde inspiration. Quand il parla, ce fut avec l'impatience à peine contenue de quelqu'un qui s'efforce de raisonner un enfant entêté :

« Prenez les toiles. Partez et prenez une chambre dans un hôtel. Quand vous serez installé, appelez-moi et dites-moi où vous êtes. Je resterai auprès du téléphone. C'est clair? »

Franzen regarda sa montre :

« Vous savez quelle heure il est ici?

– Bonté divine, c'est grave. Faites ce que je vous dis. Tout de suite. »

Franzen contempla le téléphone muet dans sa main et haussa les épaules. Il avait bien envie de ne pas tenir compte de ce coup de fil et d'aller se coucher, mais la prudence du professionnel l'emporta. Holtz avait peut-être bien des défauts, mais il n'était pas homme à s'affoler. Il avait dit que c'était grave. Franzen raccrocha le combiné et s'en alla chercher les deux toiles dans leur cachette.

Holtz était assis dans son bureau, ses petits pieds chaussés d'escarpins de daim noir tambourinant avec énervement le tapis d'Aubusson. Ce foutu photographe. Que diable faisait-il à Paris ? Il aurait dû être à Hong-Kong.

« Mon chou ? (Camilla était plantée dans l'encadrement de la porte, dégoulinant de perles d'argent, spectaculaire avec son maquillage des grands soirs, prête à se donner tout entière à la charité de la soirée.) Mon chou ? Nous allons être en retard.

– Entre et ferme la porte. Nous n'allons nulle part. »

16

Exaspéré et soudain dégrisé, Franzen marchait d'un pas rapide dans le calme de la nuit, se dirigeant vers la ruelle où il louait une remise. D'une main il tenait un petit sac de voyage, de l'autre un grand porte-documents en aluminium. À l'intérieur, emmaillotées dans des couches de mousse de caoutchouc et de plastique, se trouvaient deux toiles : la *Femme aux melons* de Paul Cézanne, et la *Femme aux melons* de Nico Franzen. Valeur totale : soixante millions de dollars et des poussières.

En temps normal, l'idée de déambuler seul dans les petites rues de Paris la nuit avec un bagage aussi précieux aurait provoqué chez le Hollandais une vive appréhension. Mais, comme il s'engageait dans la pénombre de la ruelle, la nervosité qu'il aurait pu ressentir céda la place à une irritation croissante, en partie dirigée contre lui-même. Il n'avait jamais aimé Holtz, jamais il ne lui avait fait confiance. On disait dans le métier que si on serrait la main de Rudolph Holtz, il fallait compter ses doigts ensuite. Voilà pourtant qu'il était en train de faire exactement ce que Holtz lui avait dit : il s'arrachait à un lit douillet et à la perspective d'un travail rémunérateur, comme une marionnette dont un petit homme à la paranoïa galopante tirait les fils. Que pouvait-il y avoir de si grave ? Il s'était renseigné sur Pine. Un authentique marchand de tableaux, bien connu dans le monde de l'art. Et soupçonné par-dessus le marché d'être honnête. Villiers avait insisté là-dessus. Est-ce qu'un homme pareil irait dénoncer quelqu'un à la police ? Bien sûr que non.

Franzen s'arrêta devant la porte du garage et tripota le cadenas, surveillé par un chat aux oreilles en lambeaux et aux grands yeux inquisiteurs. Il siffla pour le chasser. Il se rappelait la fois où le chat de son voisin s'était introduit dans son atelier pour se faire les griffes sur un Seurat parfaitement acceptable alors que la peinture n'était même pas sèche. Il avait horreur des chats. Aucun respect pour l'art.

Il ouvrit toutes grandes les portes et tourna le commutateur, décochant un coup de pied au chat qui s'apprêtait à bondir sur le capot poussiéreux d'une Citroën DS. Alignés contre les murs du garage, des douzaines de vieilles toiles, de vieux châssis classés plus ou moins par époque, fruits d'une centaine de visites aux marchés aux puces et aux ventes par décision de justice : la matière première du diligent faussaire. L'homme se glissa tant bien que mal le long de la voiture, y chargea ses deux bagages, mit le moteur en route et sortit du garage. Le cliquetis du moteur diesel tournant au ralenti résonnait contre le mur de la ruelle lorsqu'il revint sur ses pas pour éteindre la lumière et refermer le cadenas. À distance respectueuse, le chat lui lança un regard de reproche. Franzen partit se mettre en quête d'un lit.

Il était plus d'une heure du matin. Ce n'était pas une heure pour aller frapper à la porte d'un hôtel. Tout en patrouillant les rues sordides derrière la gare de Lyon, Franzen songea avec nostalgie à une suite au Crillon. Les hôtels de gare, supposait-il, étaient habitués aux clients qui avaient de drôles d'heures. Lorsqu'il aperçut l'enseigne clignotante *Hôtel Léon Tout Confort*, avec une place pour se garer juste en face, il était trop épuisé pour éprouver rien d'autre que de la reconnaissance.

Le veilleur de nuit, un Algérien ensommeillé avec un poste à transistor et un exemplaire écorné de *Playboy,* empocha une avance en espèces avant de lui remettre une clef et de lui désigner un escalier mal éclairé aux marches de ciment recouvertes d'un tapis orange élimé. Franzen s'engagea dans un couloir étroit et qui sentait l'aigre et ouvrit la porte de son havre pour la nuit : un lit métallique, avec une couverture généreusement parsemée de taches de bougie et deux minces oreillers qui en avaient vu de dures. On n'avait pas tout à fait réussi à transformer un placard en cabinet de toilette. Le plateau de la commode et celui de la table de chevet étaient marqués de vieilles brûlures de cigarette et, au-dessus du lit, était punaisée une affiche fanée représentant la tour Eiffel, en travers de laquelle un hôte précédent avait écrit MERDE en grosses lettres capitales furieuses. On était loin de l'élégant confort du dîner chez Lucas-Carton.

Franzen glissa le porte-documents sous le lit et chercha dans son sac de voyage le cahier sur lequel il inscrivait adresses et numéros de téléphone. Il tendait machinalement la main vers la table de nuit quand il comprit que le confort de l'hôtel n'allait pas jusqu'au téléphone dans les chambres.

Si le lit avait paru un tant soit peu accueillant voire salubre, il aurait peut-être remis au matin cet appel. Mais, serrant son cahier sous son bras, il redescendit l'escalier pour affronter le concierge : levant à peine les yeux de ses photos de pin-up, celui-ci poussa le téléphone vers Franzen et pressa un bouton pour déclencher le petit appareil sur son bureau qui enregistrait l'heure et le coût de la communication.

Holtz décrocha à la première sonnerie.

« Où êtes-vous ? Donnez-moi le numéro.

– Ce n'est pas la peine. Je ne suis dans cet hôtel pouilleux que pour la nuit. Maintenant, quel est le problème ?

– C'est Kelly, l'homme que vous avez rencontré avec Pine. Il a vu le tableau quand on l'emportait de chez Denoyer.

– Et alors ?

– Il est méfiant. Pourquoi croyez-vous qu'il soit avec Pine ? Pourquoi croyez-vous qu'il soit à Paris ? Il pourrait tout fiche en l'air. »

Le concierge fit pivoter son magazine pour avoir un nouveau point de vue sur la jeune personne généreusement dotée par la nature qui lui souriait sur papier glacé, puis il alluma une cigarette. Franzen ferma à demi les yeux pour se protéger de la fumée.

« Je ne comprends pas. Pine, ce n'est pas Interpol : c'est un marchand et, si je fais un travail pour lui, il sera impliqué. Il ne va pas...

– Vous n'avez pas à comprendre. Vous êtes payé pour peindre, pas pour penser. Maintenant, écoutez. Je ne veux pas que vous approchiez même des parages de votre atelier. Disparaissez et faites-moi savoir où vous êtes. Pas question de travailler pour Pine. »

Franzen mâchonna sa moustache en essayant de maîtriser sa fureur.

« Vous me demandez de laisser tomber pas mal d'argent.

– Je vous le dis : travaillez pour Pine et vous êtes fini.

– Je n'aime pas les menaces, Holtz. Ou bien s'agit-il d'une promesse ? »

Holtz écouta les parasites qui crépitaient sur la ligne et fit un effort pour prendre un ton plus doux :

« Nico, Nico, pourquoi discutez-vous comme ça ? (Cette soudaine bonne humeur, due au fait que les toiles étaient pour un temps entre les mains du Hollandais, se poursuivit tandis que Holtz tentait de regagner les bonnes grâces de son interlocuteur.) Pensez à tous les coups que nous avons faits ensemble – à tous ceux que nous allons encore faire ensemble. Soyons raisonnables, hein ? Je viens à Paris demain. Nous réglerons tout ça. Laissez votre numéro au Ritz. »

Franzen contempla le misérable petit bureau de la réception, la plante en plastique graisseux posée sur le comptoir, le concierge qui s'humectait un doigt pour tourner les pages de son magazine.

« Au Ritz, répéta-t-il.

– Je vous verrai demain soir, mon ami. N'oubliez pas d'apporter les toiles. »

Franzen régla la communication et regagna sa chambre. Il vida sur la table de nuit le contenu de ses poches, s'arrêtant pour jeter un coup d'œil à la carte de Cyrus Pine, avec le numéro de son hôtel griffonné au verso, souvenir d'une commande qui n'arriverait jamais. Franzen jeta un regard dégoûté au lit qui semblait avoir été récemment occupé par une succession de clients affligés de pellicules. N'osant pas prendre le risque de se plonger sous les draps, il s'allongea tout habillé et resta là à fixer le plafond en pensant à Holtz. Quelle petite merde !

« Ce plouc de Hollandais ! » vociféra Holtz.

Il lança un regard noir à Camilla, assise les jambes repliées sous elle dans un fauteuil. Une Camilla calmée, qui se remettait encore des remontrances qu'elle venait d'essuyer. Elle le regardait, avec ses doigts blancs et soignés qui pianotaient sur le plateau du bureau, la tête enfoncée dans les épaules, le visage crispé de colère : on aurait dit un gnome furieux en smoking.

Lorsqu'elle rompit le silence, ce fut d'une voix hésitante :

« Je peux faire quelque chose ? »

Holtz se leva, les mains à plat sur le bureau comme s'il s'adressait à une assemblée :

« Prends-nous des places sur le Concorde de demain pour Paris. Appelle le Ritz et réserve une chambre.

« – Tu veux que je vienne ?

– Tu pourrais être utile. Ça changerait. »

Camilla regarda l'expression qu'il avait et décida que tout commentaire de sa part serait malvenu. Ce n'est pas le moment, se dit-elle. D'ailleurs, vois plutôt le bon côté des choses, chérie. *Avril à Paris.* Elle s'en alla passer des coups de fil et faire ses bagages. C'était si difficile le printemps, songea-t-elle. On ne savait jamais ce que le temps vous réservait.

Holtz se rassit et pensa à sa conversation avec Franzen. Ce crétin n'avait pas l'air de se rendre compte de la gravité de la situation. C'était l'ennui avec les ouvriers, si habiles qu'ils puissent être : ils ne pensaient pas. Ou plutôt, ils ne pensaient qu'à leurs mesquines préoccupations personnelles, ils n'avaient jamais une vue d'ensemble, ils ne voyaient jamais l'avenir. Pas de vision. Si on laissait ce gâchis se développer, si Denoyer découvrait jamais qu'on avait fait un second faux, si Pine et ce photographe parlaient, ce pourrait devenir catastrophique.

Holtz envisagea les alternatives. D'un côté, la poursuite de son existence luxueuse et privilégiée, protégée par les millions qui tombaient chaque année. De l'autre, des complications, Dieu sait quels désagréments avec Denoyer, la publicité, sa réputation ruinée, des années de travail anéanties. On n'avait qu'à regarder Villiers pour voir à quel point le monde de l'art pouvait être impitoyable quand un de ses membres glissait de son piédestal. Le péché, bien sûr, ce n'était pas d'être coupable : être découvert, voilà ce qui pouvait causer la ruine d'un homme.

Holtz en fait était encore loin de se trouver réduit à de telles extrémités, mais il n'avait aucune intention d'en courir le risque. À problèmes extrêmes, solutions extrêmes. Il consulta sa montre et tendit la main vers le téléphone. Que devrait-il proposer ? Soixante-quinze ? Cent ? Tout en attendant la communication, il secoua la tête en songeant aux frais insensés qu'on avait dans les affaires. Des frais qui n'étaient même pas déductibles.

Les coups de téléphone à des heures bizarres faisaient partie pour Bruno Paradou des risques du métier. Dans le sien – sa carte de visite le décrivait comme directeur de sécurité –, la panique était normale. Les clients étaient toujours impatients, parfois désespérés. Malgré cela, il n'était guère au mieux de sa forme à trois heures du matin et le grognement avec lequel il répondit au téléphone aurait découragé l'interlocuteur le plus déterminé.

« Paradou ? C'est Holtz. J'ai quelque chose pour vous.

– Attendez. (Paradou laissa dans le lit sa femme qui ronflait doucement et alla prendre la communication dans le salon. Il regarda l'heure, prit des cigarettes et un bloc, s'apprêtant – comme toujours quand il avait affaire à Holtz – à une séance de marchandage.) Je vous écoute. »

Holtz décrivit le travail à faire, en insistant sur son caractère urgent. Paradou dans son esprit augmenta ses tarifs tout en l'écoutant préciser les détails et en se préparant à une inévitable discussion sur le prix.

« Ça vaut trente mille, dit Holtz.

– Par tête ?

– Vous êtes fou ? Pour eux tous.

– Impossible. Vous ne me donnez que quelques heures pour tout organiser : il faut que j'entre dans la place, que je regarde, que j'installe le matériel. Se précipiter, c'est un gros risque, donc un gros prix. C'est normal. »

Holtz soupira. Il n'avait pas le choix et il le savait.

« Votre idée d'un gros prix... ça serait dans les combien ?

– Cent mille. »

Il y eut un gémissement, un bruit de bête blessée avant que Holtz ait suffisamment récupéré pour murmurer :

« Cinquante.

– Soixante-quinze.

– Vous êtes dur. Je serai à Paris demain soir, au Ritz... Appelez-moi là-bas. »

Paradou s'habilla et se mit à trier l'équipement dont il pensait avoir besoin. C'était un homme solide et trapu, aux cheveux noirs coupés en brosse, comme ils l'avaient toujours été durant son temps dans la Légion. Il avait attiré pour la première fois l'attention de Holtz quelques années auparavant, à ses débuts dans le civil, quand il travaillait comme garde du corps pour des célébrités. C'était à une soirée suivant une vente aux enchères d'objets d'art, et la cliente de Paradou ce soir-là, une actrice de cinéma aux nombreux divorces, avait protesté contre les attentions insistantes d'un chroniqueur. Holtz avait été vivement impressionné par la discrète efficacité dont Paradou avait fait preuve en cassant le nez du journaliste et en organisant son départ en ambulance. Depuis lors, Holtz l'avait employé à plusieurs reprises, chaque fois que ses affaires avaient exigé les talents particuliers de Paradou.

Le travail de ce soir, c'était autre chose : il ne s'agissait pas d'une intimidation de routine, ni de briser un bras par-ci, une jambe par-là, et Paradou se prit à fredonner gaiement en faisant coulisser la fermeture à glissière de son sac. La simple violence, même si elle l'amusait toujours, ne lui suffisait plus. Il lui fallait un défi, quelque chose qui lui permettrait d'utiliser toutes les ressources que la Légion avait eu la bonté de lui enseigner. Et cette fois, c'était sa chance, une authentique épreuve réclamant des préparatifs et du talent, sans parler des honoraires. Pas de doute : il allait monter d'un échelon dans la profession qu'il avait choisie.

Pour aller de son appartement de Montparnasse à la rue des Saints-Pères, par les rues désertes et tranquilles, il ne lui fallut pas plus de dix minutes. Paradou conduisait prudemment, respectant les feux au cas où quelque petit flic zélé rôderait dans les parages, et il trouva une place à cinquante mètres de l'immeuble de Franzen. Il regarda sa montre : quatre heures du matin. Il aurait aimé avoir plus de temps. Enfilant une paire de gants de caoutchouc, il vérifia le contenu de son sac, puis ferma la voiture à clef et s'éloigna à pas silencieux.

L'immeuble était typique du quartier : trois bâtiments disposés autour d'une cour séparée de la rue par un haut mur et de lourdes doubles portes. Un clavier électronique était fixé dans le mur, son code d'accès changé chaque mois pour assurer la sécurité des résidants. Paradou sourit dans l'obscurité. Si seulement ils savaient, les pauvres pigeons. Les propriétaires à Paris étaient tous les mêmes : trop lents et trop pingres pour se tenir au courant de la technologie moderne. Il sortit de son sac une boîte mince qu'il posa sur le clavier, et il mit le contact et lut les six chiffres qui s'affichaient sur le minuscule écran. Ôtant alors le boîtier, il tapa le code d'accès et la lourde porte s'ouvrit quand il la poussa.

Restant un moment dans l'ombre, avec la plaisante décharge d'adrénaline qui lui envahissait l'organisme, Paradou inspecta la cour. Pas d'éclairage sauf une lampe au-dessus de la porte d'entrée, les formes trapues de quelques bacs à fleurs découpant leurs silhouettes plus sombres sur les pavés, les fenêtres des étages noires derrière leurs volets clos. Pour l'instant, tout allait bien.

Il lui fallut dix secondes pour traverser la cour jusqu'à la porte de l'immeuble et une vieille serrure n'offrit aucune résistance à son crochet. Grâce à la lumière qui pénétrait dans le hall d'entrée par l'imposte, Paradou distingua une bicyclette appuyée contre le mur du fond et la courbe gracieuse d'un escalier de pierre. Il monta les volées de marches jusqu'au dernier étage, arriva devant la porte sur le côté droit du palier et se trouva devant une autre serrure rudimentaire qu'un enfant de huit ans aurait pu crocheter. Paradou secoua la tête. C'était extraordinaire la confiance qu'avaient les gens dans cette camelote.

Fermant la porte derrière lui, il déposa avec précaution son sac sur le sol. Jusqu'à présent, ça n'avait été qu'une promenade de santé. Il arrivait maintenant à la partie intéressante. Paradou alluma sa torche. Le faisceau lumineux lui révéla une vaste pièce, d'une douzaine de mètres de long sur presque autant de large. Sous une verrière aménagée dans le toit en pente se trouvaient un chevalet et une grande table de travail, sa surface jonchée de pots, de pinceaux, de palettes, de tubes de peinture, de rouleaux de toile pas encore tendue sur châssis, avec un vieux cache-clous en fer forgé contenant des pointes et des punaises de diverses tailles et un cendrier en cuivre cabossé débordant de mégots de cigare. Pendu en haut du chevalet comme le pantalon froissé d'un suicidé, un jean d'un bleu délavé et taché de peinture.

Par-delà la zone de travail, un divan et des fauteuils étaient groupés autour d'une table basse où s'entassaient des piles de livres et de journaux, une tasse de café intacte et un verre à cognac. Paradou poursuivit son exploration, passant devant une petite table de salle à manger, et pénétra dans l'étroite cuisine séparée du reste de la pièce par un comptoir avec un plateau de marbre. Il acquiesça d'un air approbateur en inspectant la cuisinière. Il aimait bien le gaz. Ça offrait plein de possibilités.

La chambre et la salle de bains qui donnaient sur un petit couloir ne l'inspirèrent pas. Il prit le verre de cognac, le renifla, but une gorgée. Très doux, juste la chaleur qui se répandait lentement d'un très bon, très vieux cognac.

Par une fente du volet, il inspecta la cour en bas : une chute de deux étages. Si jamais on pouvait s'arranger pour que trois personnes se donnent la main et plongent, le tour serait joué. L'affaire se solderait par trois cous brisés. On pouvait toujours rêver. Il but encore une gorgée de cognac et se mit à mesurer la distance qui séparait la cuisine du milieu de la pièce. Où s'arrêteraient-ils, tous ensemble ? Son regard fut attiré par une vieille toile craquelée appuyée contre un pied de la table de travail. Il la ramassa, la posa sur le chevalet vide en la recouvrant presque entièrement du bleu de travail, si bien que seul un coin du tableau était encore visible. Qui pourrait résister à l'envie de le découvrir ?

Il lui fallut une heure pour installer son matériel dans l'atelier : il maudit le manque de temps. En disposant de vingt-quatre heures de plus pour se procurer les bons détonateurs, il aurait pu piéger tout l'appartement et être confortablement au lit quand le feu d'artifice se déclencherait. Mais l'aube n'était pas loin et l'immeuble allait bientôt commencer à s'éveiller. Il devrait se contenter de cette installation de fortune. Il vérifia encore une fois le plastic. Une charge attachée au chevalet, une autre au côté de la cuisinière, le fil reliant les deux collé à la plinthe juste au-dessus du plancher ou bien enfoncé dans les fissures entre les lames de parquet. Il revint dans la cuisine, ouvrit un peu le gaz et régla le loquet de la porte d'entrée de façon qu'on puisse l'ouvrir en tournant à peine la poignée. Un dernier coup d'œil, puis il referma doucement la porte et descendit l'escalier.

Ils devaient arriver à dix heures, avait dit Holtz. Il avait un peu plus de quatre heures à tuer, largement le temps de trouver une place pour se garer plus près de l'immeuble. Mais d'abord, un café. Il remonta vers le boulevard Saint-Germain tandis que le ciel nocturne commençait à céder la place à la première grisaille de l'aube.

Franzen s'était assis au bord de son lit. Il avait passé une nuit inconfortable, épuisante : dormant par à-coups, son sommeil interrompu par l'image obsédante de Holtz au Ritz, accroupi comme une gargouille au-dessus de sa valise bourrée de billets, et lui faisant signe du doigt. Le petit salaud ne méritait pas le genre de travail que Franzen faisait pour lui. Le Hollandais s'étira en bâillant, sentant son dos noué. Puis, frictionnant la barbe naissante sur son menton, il sourit : il était tout d'un coup de la meilleure humeur du monde. La seule immense consolation dans ce matin sordide et déprimant se trouvait sous le lit : il avait les toiles.

Quand il descendit rendre sa clef, il sifflotait. Le concierge, ayant épuisé les délices de son magazine, contemplait la rue d'un œil rouge d'insomnie, l'air ennuyé.

« Ça a été une nuit que je n'oublierai jamais, dit Franzen. L'accueil, la chambre, le service... tout était exquis. »

Le concierge alluma une cigarette, visiblement insensible à ce flot de compliments.

« Vous avez pris une douche ?

– Il n'y avait pas de serviette.

– J'en ai. C'est vingt francs.

– Si j'avais su... » dit Franzen.

Tenant d'une main son sac de voyage et de l'autre soixante millions de dollars, il tourna le coin pour gagner la gare de Lyon, prendre un petit déjeuner et songer à son avenir immédiat.

17

Assis à une table de café dans le grand hall de la gare de Lyon, Franzen contemplait son croissant, doré au milieu et d'un brun plus soutenu à chaque pointe, comme il les aimait. Il en trempa une extrémité dans son café, mordit une bouchée et la mastiqua d'un air songeur. Étonnamment bon pour un croissant de gare : il avait encore sa fraîcheur matinale, le café était brûlant, fort et reconstituant. Intérieurement, Franzen commençait à se sentir un peu plus humain. Extérieurement, en inspectant sa chemise froissée et les traces de sauce sur sa cravate, il remarqua qu'il avait besoin de quelques soins. Rasage, douche, chemise propre, et il serait prêt à attaquer la journée. Dès qu'il aurait terminé son petit déjeuner, il allait trouver un hôtel convenable.

Cette idée d'hôtel le fit penser au Ritz et, inévitablement, à la perspective de revoir Rudolph Holtz. Il ne l'avait jamais envisagée avec plaisir et, maintenant qu'il avait été chassé de son appartement, le Hollandais sentait la rancœur le dévorer comme une brûlure d'estomac. Quand ils s'étaient parlé au téléphone, Holtz l'avait traité comme s'il n'était qu'un laquais : leurs rapports, à vrai dire, s'il y réfléchissait, n'avaient jamais été autre chose. C'était Holtz qui procurait les commandes, Holtz qui avait l'argent, Holtz qui prenait plaisir à mener les gens à la baguette. C'était son caractère.

Franzen essuya soigneusement les miettes accrochées à sa moustache et se prit à sourire. Cette fois-ci, les choses pourraient être différentes. Il jeta un coup d'œil au porte-documents coincé sous la table. Il avait les toiles et, aussi longtemps qu'il détenait ça, il avait l'avantage. Malgré son activité douteuse, c'était un homme d'une certaine intégrité et jamais il n'envisagerait d'extorquer plus que les honoraires convenus. Mais il fallait que chacun y mette du sien. Il n'était pas la propriété exclusive de Holtz. En toute justice, il devrait être libre de gagner honnêtement sa vie, de peindre des faux pour d'autres quand l'occasion s'en présentait. Et c'était justement le cas, cela le serait d'ici quelques heures, quand Pine et ses amis arriveraient à l'appartement.

Franzen fouilla dans ses poches et y prit la carte de Pine. Il consulta sa montre : encore trop tôt pour qu'un homme civilisé fût réveillé. Il avait largement le temps de trouver un hôtel et d'appeler de là-bas. Ragaillardi par cette décision, il rassembla ses bagages et sortit de la gare dans le pâle soleil d'une journée nouvelle et, il en était convaincu, meilleure.

Assis dans sa voiture, Bruno Paradou regardait la rue des Saints-Pères s'animer. Une porte s'ouvrit et un homme entre deux âges, au nez chaussé de lunettes, apparut : un pessimiste, revêtu d'un imperméable et portant un parapluie malgré le bleu sans nuages du ciel matinal. L'homme leva la tête, jeta un coup d'œil à sa montre et se dirigea d'un pas déterminé vers le boulevard : un homme qui prenait le métro, Paradou n'en avait rien à faire.

Il attendit une demi-heure avant de voir ce qu'il attendait. Une femme traversa la petite rue pour ouvrir la portière d'une voiture presque en face de l'immeuble de Franzen. Paradou se déboîta et avança un peu, pour bloquer l'accès à la place qu'il convoitait.

La femme s'installa au volant et entreprit un examen minutieux de son maquillage dans le rétroviseur avant de sortir une brosse de son sac à main pour arranger ses cheveux déjà soigneusement coiffés. Derrière Paradou, un conducteur qui attendait donna un coup de klaxon. Paradou sortit son bras par la vitre et lui fit un superbe bras d'honneur, puis actionna à son tour son klaxon. La femme se tourna pour le regarder, son visage exprimant le mépris le plus profond. Avec une lenteur délibérée, elle prit dans son étui une paire de lunettes noires, les chaussa et enfin s'éloigna du trottoir.

Bon. Paradou se gara, arrêta le moteur et déploya sur le volant un exemplaire de *Soldier of Fortune*, le magazine du mercenaire cultivé. Ne possédant que quelques mots d'anglais et encore pour la plupart ramassés dans les bars, il ne put savourer pleinement les subtilités de son contenu éditorial. Mais il adorait les photos et la publicité. Comme un enquêteur diligent pourrait se pencher sur le *Wall Street Journal*, il se plongea dans la lecture des placards publicitaires vantant les derniers perfectionnements des instruments de destruction : fascinante lecture, même si une partie échappait à sa compréhension. Son regard aujourd'hui fut tout d'abord attiré par le nouveau Glock 26, photographié blotti au creux de la paume d'une main virile. Calibre 9 mm, chargeur à dix cartouches, poids 560 grammes, le genre d'arme qu'on pouvait glisser dans sa chaussette à double maille de l'armée suisse. En tournant les pages, il s'arrêta devant d'autres placards. Un couteau capable de trancher un cordage de 7 cm de diamètre, une séduisante proposition d'abonnement à *La Gazette de la mitrailleuse*, des gants de daim avec jointures renforcées de plomb, matériel de vision nocturne de toutes tailles, un cours d'entraînement pour tireurs d'élite, des gilets pare-balles. Quel merveilleux pays que l'Amérique, songea-t-il, en examinant la photo d'une blonde n'ayant pour tout vêtement qu'une cartouchière et une arme automatique. De temps en temps, il levait le nez pour inspecter la rue mais, pour le moment, il n'y avait rien d'autre à faire que de réfléchir aux façons dont il pourrait dépenser ses honoraires. On pouvait aller loin avec soixante-quinze mille dollars, même au prix scandaleux qu'atteignaient aujourd'hui les Uzis.

Comme c'est souvent le cas, le décalage horaire se révéla être un stimulant plus fiable que n'importe quel réveil. Comme il s'ajoutait à cela l'excitation de Lucy à l'idée de visiter Paris, André et elle se retrouvèrent à prendre leur petit déjeuner au Montalembert juste après sept heures. Ils y trouvèrent Cyrus déjà installé, la joue rose, exhalant un léger parfum de lotion après-rasage et plongé dans la lecture du *Herald Tribune*.

« Bonjour, mes chers enfants, dit-il. Je ne m'attendais pas à vous voir de si bon matin. Qu'est-il donc advenu du traditionnel petit déjeuner au lit ? Un romantique œuf à la coque avec vue sur les toits de Paris, un soupçon de champagne dans le jus d'orange... »

Lucy se pencha pour l'embrasser sur la joue :

« Je pense qu'il est temps que nous vous trouvions une petite amie.

– Oui, s'il vous plaît. (Cyrus ôta ses lunettes de lecture pour inspecter la salle.) Vous ne voyez rien ici qui pourrait faire l'affaire ? Une riche veuve au caractère angélique, avec une poitrine ferme et opulente et un appartement dans l'île Saint-Louis... De préférence sachant faire la cuisine, mais ce n'est pas indispensable. Sens de l'humour exigé.

– Avez-vous essayé le service d'étage ? » demanda André.

Les pots de café arrivèrent, la salle commença à se remplir et ils abordèrent ce qui est assurément un des

230

plus plaisants dilemmes au monde : que faire par une belle journée à Paris ? Il y avait évidemment le rendez-vous de dix heures et la possibilité d'un déjeuner avec Franzen si tout allait bien. Mais ils avaient l'après-midi à eux et Lucy croulait sous les conseils bien intentionnés mais infiniment confus dont la bombardaient Cyrus et André : il fallait voir le musée d'Orsay, la vue du haut de l'arc de triomphe, le Sacré-Cœur, un bateau-mouche, le café de la Palette où André avait passé le plus clair de sa carrière universitaire, la pyramide du Louvre, la tombe d'Oscar Wilde, le bar à vin de Willi, etc. Ils finirent par s'arrêter, pour laisser à Lucy la possibilité de s'exprimer.

Ce qu'elle aimerait, leur déclara-t-elle – ce qu'elle aimerait vraiment, même si ça pouvait sembler tarte –, c'était juste pour une journée jouer à la touriste typique. Les Champs-Élysées, la tour Eiffel, la Seine. Et ce qui ferait d'elle la touriste la plus heureuse de Paris, ce serait qu'André prenne des photos d'elle pour envoyer à grand-mère Walcott qui n'avait jamais quitté La Barbade que pour aller à Port of Spain quand son neveu avait épousé une fille de La Trinité vingt ans auparavant. Est-ce que ça n'était pas trop demander ? interrogea-t-elle en lançant aux deux hommes un regard anxieux.

« Mais je brûle d'envie de revoir la tour Eiffel, répondit Cyrus. Pas vous, mon cher garçon ? »

Sans rien dire, André scrutait le visage de Lucy. Elle se demandait si Cyrus parlait sérieusement ou s'il se moquait d'elle, et elle avait une expression d'une charmante gravité.

« Vous ne plaisantez pas ? fit-elle.

– Je ne plaisante jamais d'aussi bonne heure le matin. Voyons, par quoi allons-nous commencer avant d'aller voir Franzen ? Par la Seine ou par la Tour ? »

Ce fut le fleuve qui l'emporta. Ils quittèrent l'hôtel peu après huit heures – quelques minutes à peine malheureusement avant qu'arrive un coup de téléphone pour M. Pine, suggérant quelques changements pour le rendez-vous de la matinée. Le chasseur se précipita jusqu'au boulevard Saint-Germain dans l'espoir de transmettre le message, mais il arriva trop tard. Pas trace de Pine au milieu de la foule se hâtant de se rendre au travail.

En fait, ils avaient pris la direction opposée, s'engageant dans les petites rues pour gagner un des coins de Paris préférés d'André : la rue de Buci, où chaque jour on dirait que c'est jour de marché.

On se croirait là plutôt dans un bourg provincial animé que dans une capitale. Les éventaires débordent sur la chaussée ; les chiens se disputent les restes sous les tréteaux ; entre les marchands et leurs clients habituels on échange des salutations, des insultes, on s'enquiert avec sollicitude de la santé de l'autre en général et de l'état de son foie en particulier. Tout dans l'air vous aiguise l'appétit, avec cette abondance spectaculaire de fromages, de pains et de saucisses. Et de légumes de toutes formes et de toutes couleurs, depuis les patates trapues qu'on appelle des *rattes* jusqu'aux haricots jaunes fins comme des allumettes et si frais qu'ils craquent sous la dent. Derrière les étals, il y a des boutiques : de nombreux traiteurs avec leurs galantines, leurs terrines, leurs tartes et leurs délicieuses petites volailles arrangées et présentés dans les vitrines comme les œuvres d'art qu'elles sont. Dans un coin, quand c'est la saison, il y a des panières d'huîtres et un homme aux mains gantées de cuir qui les écaille avant de les disposer sur des lits de glace pilée. Et toujours des fleurs, une profusion de fleurs, offrant au nez du passant toute une gamme de plaisirs : l'arôme entêtant des freesias, la moiteur des pétales, la verte odeur des fougères.

Lucy s'arrêta à l'un des éventaires et fit son premier achat parisien : deux petites roses du rouge le plus sombre, des boutonnières qu'elle accrocha au revers des vestes des hommes. « Voilà, fit-elle. Maintenant, on peut vous prendre en photo. » Ils descendirent la rue Dauphine pour gagner la Seine et le plus vieux pont de Paris baptisé, bien évidemment, Pont-Neuf.

Une heure s'écoula, une heure un peu folle à poser pour grand-mère Walcott dans une sélection de décors choisis par Lucy et photographiés tour à tour par Cyrus et par André. Quand il ne se trouvait pas derrière l'objectif, chaque homme tenait le rôle de figurant ou d'accessoire humain – André un genou en terre devant Lucy, Cyrus la lorgnant de derrière un lampadaire –, jusqu'au moment où André finit par persuader un sergent de ville de les photographier tous les trois sur le pont, se tenant par le bras, avec l'île de la Cité en arrière-plan. Et, quand le sergent eut accepté de se faire prendre en photo avec elle, Lucy eut la certitude qu'on ne parlerait que de ça à La Barbade.

« C'est drôle, dit-elle, comme ils revenaient sur leurs pas pour leur rendez-vous rue des Saints-Pères. On entend toujours dire combien les Parisiens sont impossibles. Vous savez ? Difficiles, grossiers, arrogants. Mais vous imaginez un peu trouver un flic à New York pour vous prendre en photo ?

– Ce que tu ne dois pas oublier, dit André, c'est qu'ils sont Français d'abord et flics ensuite. Et un vrai Français sera toujours prêt à faire un effort pour un joli minois.

– C'est tout à fait vrai. (Cyrus regarda sa montre et hâta le pas.) C'est encore loin ? Je ne voudrais pas être en retard. »

Au moment où ils quittaient le quai pour remonter la rue des Saints-Pères, Paradou secoua par la fenêtre la cendre du dernier mégot des cigarettes qu'il fumait à la chaîne, rangea son magazine – dont il avait corné plusieurs pages pour y revenir plus tard – et concentra son attention sur la rue, cherchant des silhouettes correspondant au signalement que lui avait fourni Holtz : un homme de haute taille, aux cheveux argentés, bien habillé ; un homme plus jeune, brun, avec peut-être un appareil de photo ; une jolie Noire plutôt mince. Ça n'était pas un trio bien difficile à repérer. Paradou sortit le détonateur du sac posé auprès de lui à la place du passager. Dix heures moins cinq. D'une minute à l'autre maintenant.

Il les vit qui arrivaient à grands pas du boulevard Saint-Germain, l'air animé et joyeux, la jeune femme presque obligée de courir pour suivre le pas de ses deux compagnons. Il les observait sans passion : il voyait en eux non pas des gens, mais soixante-quinze mille dollars qui allaient tomber dans sa poche et il ne se préoccupait que de la synchronisation. Il fallait compter cinq minutes après le moment où ils auraient franchi la porte de la cour, peut-être un peu plus si le vieux montait lentement l'escalier. Et puis, paf !

Ils s'arrêtèrent devant la porte : Cyrus tira de sa poche un bout de papier pour vérifier le code que Franzen lui avait donné avant de le pianoter sur le clavier. Il s'écarta pour laisser passer les deux autres, ajustant son nœud papillon, un sourire sur le visage. Paradou regarda la porte se refermer derrière eux et consulta sa montre. Il avait décidé de leur accorder sept minutes.

Ils traversèrent la cour et cherchaient le bouton de sonnette auprès de la porte de l'immeuble quand elle s'ouvrit pour livrer passage à un homme poussant une bicyclette, un téléphone mobile à l'oreille. Il passa devant eux sans même leur accorder un coup d'œil puis s'engouffra dans l'entrée. Cyrus consulta de nouveau son bout de papier : dernier étage, porte à droite. Ils commencèrent à gravir l'escalier de pierre. Dans la rue, Paradou gardait les yeux fixés sur le cadran de sa montre, ses doigts impatients tambourinant sur le volant.

« Ma foi, dit Cyrus, un peu essoufflé en arrivant en haut des marches, ça doit vous maintenir en forme d'habiter là-haut. »

André frappa à deux reprises. Le bruit sourd du vieux heurtoir de cuivre se répercuta contre les murs. La porte céda quand il posa la main sur la poignée et resta entrebâillée. Ils attendirent, hésitants.

« Il a dû la laisser ouverte pour nous, trancha André. Venez. (Il ouvrit toute grande la porte.) Nico ! Bonjour. Nous voilà. »

Ils s'étaient arrêtés sur le seuil, fronçant le nez à cause d'une envahissante odeur de gaz, et avec un peu l'impression de commettre une violation de domicile, quand ils entendirent derrière eux dans le couloir le pas traînant de pieds chaussés de savates.

« Il est parti. » La voix, grêle et méfiante, était celle d'une vieille femme qui était sortie de l'appartement voisin. Elle s'essuya les mains sur un tablier fané, ses yeux au regard vif passant de Cyrus à Lucy puis à André.

« Parti, répéta-t-elle, toujours en français.

– Mais il nous attendait », s'étonna André.

La vieille femme haussa les épaules. C'était bien possible, reprit-elle, mais les artistes étaient des gens fantaisistes, sur lesquels on ne pouvait pas compter. La nuit dernière, il y avait eu des allées et venues. Elle, qui avait le sommeil léger, vous comprenez, ça n'était pas par vulgaire curiosité, même si on avait des devoirs envers son voisin, elle avait entendu des bruits. Manifestement les bruits d'un départ. Et, ajouta-t-elle en humant l'air, il était clair que quelqu'un avait laissé le gaz ouvert. Elle secoua la tête devant une telle insouciance :

« Ils sont comme ça, les artistes. Un peu dingues. »

Paradou vit la grande aiguille de sa montre marquer le terme de sept minutes : il pressa le bouton.

La double explosion se propagea dans tout l'appartement comme un coup de tonnerre, anéantissant la cuisine, une extrémité de l'atelier, la verrière, les vitres, et une bonne partie de la toiture. La violence de la déflagration, amplifiée par le gaz, arracha de ses gonds la porte du palier, frappa de plein fouet le petit groupe qui se trouvait là et les projeta tous les quatre contre la cloison. Puis ce fut le silence, sauf le bruit sourd d'un fragment de maçonnerie qui tombait et les débris qui pleuvaient de tous côtés.

Là-dessus, la vieille femme déversa un torrent d'injures tout en se démenant pour repousser Cyrus abasourdi qui se retrouvait affalé sur son ample poitrine. André secoua la tête pour dissiper le douloureux sifflement qui lui vibrait dans les oreilles, puis il sentit la main de Lucy sur son épaule. Ils parlèrent tous les deux en même temps : « Ça va ? » Deux hochements de tête soulagés.

« Et vous, Cyrus ?

— Ça va. Je crois. (Il déplaça tant bien que mal un bras, provoquant un autre glapissement de la vieille.) Je suis désolé, madame. Je vous demande bien pardon. André, dites-lui bien qu'il n'y avait de ma part aucune intention malhonnête. »

Lentement, ils se désenchevêtrèrent. André aida la vieille femme à se remettre debout.

« Il faut appeler les pompiers, lui dit-il. Est-ce que je peux utiliser votre téléphone ? »

La vieille femme acquiesça de la tête, ses mains lissant machinalement le devant de son tablier.

« Essuyez vos pieds avant d'entrer. »

Même atténué par la distance et assourdi par les murs, le vacarme de l'explosion avait paru d'un fracas rassurant.

Paradou se demanda dans combien de temps la police et les pompiers arriveraient. Ainsi qu'une ambulance. Il avait besoin de voir les corps. Déjà, trois ou quatre passants s'étaient arrêtés devant l'immeuble, contemplant les doubles portes fermées de la cour en se disant qu'il avait dû se passer quelque chose de très grave. D'ici peu de temps, on allait barrer la rue, il serait impossible de sortir. Paradou décida de risquer une contravention, de laisser sa voiture boulevard Saint-Germain et de revenir à pied, comme un autre amateur de faits divers attiré par une catastrophe survenue à quelqu'un d'autre.

Précédée du bêlement métallique des klaxons, une voiture de pompiers déboucha dans la rue et vint s'arrêter devant l'immeuble, suivie d'une première voiture de police, puis d'une seconde. En quelques minutes, des personnages en uniforme avaient pris le contrôle du secteur, ouvrant toutes grandes les doubles portes, repoussant la foule de plus en plus nombreuse des spectateurs, détournant la circulation, criant des instructions par-dessus le brouhaha crépitant de leurs talkies-walkies. Paradou mit des lunettes noires et vint rejoindre un petit groupe sur le trottoir en face de l'immeuble.

Les uniformes se séparèrent en haut de l'escalier : une escouade de pompiers s'avança prudemment parmi les ruines de l'appartement de Franzen, deux officiers de police s'adressèrent à la porte voisine pour interroger les quatre survivants. La vieille était maintenant suffisamment remise du choc pour être indignée : elle s'était lancée à l'intention du plus gradé des policiers – un homme à l'air las dont le menton bleu par la barbe annonçait qu'il terminait sa permanence – dans une violente diatribe sur la scandaleuse irresponsabilité de son voisin. Même maintenant, ça sentait encore le gaz. Ils auraient pu tous être tués, écrasés et elle, une femme qui souffrait déjà des nerfs, se retrouver seule dans cette épreuve avec son chat.

L'inspecteur de police soupira et hocha la tête avec toute la compassion qu'il pouvait rassembler. Un pompier passa la tête par la porte pour signaler l'absence de tout cadavre dans les décombres. Commença alors le long processus de noter les noms, les adresses et de prendre les dépositions.

Paradou attendit vainement l'ambulance espérée. Les minutes passaient sans nouvelle explosion, effusion de sang ni cadavre pour les divertir : les spectateurs se dispersaient peu à peu, ce qui rendait plus difficiles ses efforts pour passer inaperçu. Il inspecta la rue de haut en bas pour y trouver un refuge avant de s'engouffrer chez un antiquaire spécialisé dans les livres anciens. Là, il se posta près de la vitre, en faisant semblant de feuilleter un volume de Racine relié en cuir.

L'inspecteur de police revint aux pages de son calepin et leva la tête en se frottant les yeux.

« Je ne crois pas utile de vous retenir plus longtemps, dit-il à André. Un de mes hommes va tous vous raccompagner à votre hôtel. Je regrette que vous ayez eu une expérience aussi regrettable à Paris. (Il se tourna vers la vieille femme.) Madame, merci de votre coopération.

– Vous voudrez que je passe au commissariat, j'imagine. (En bonne citoyenne, elle eut un gros soupir.) Pour d'autres questions.

– Non, madame. Ce ne sera pas nécessaire.

– Oh ! »

Plantée sur le pas de sa porte, elle les regarda s'en aller, un rien de déception se peignant sur son visage.

Paradou vit les trois cibles humaines, un peu poussiéreuses mais à cela près indemnes, sortir de l'immeuble et monter à l'arrière d'une voiture de police tandis qu'un pompier se précipitait pour déplacer le camion qui leur barrait le passage.

« Merde ! » Jetant le livre sur une table, il se précipita sur la porte et courut jusqu'à sa voiture. Le

238

libraire le regarda s'en aller en haussant les sourcils. Il le savait, Racine n'était pas du goût de tout le monde, mais c'était rare de voir une réaction aussi véhémente devant l'œuvre du grand homme.

La voiture de police fonçait sur le boulevard Saint-Germain, Paradou avait quelque peine à la suivre et ne cessait de jurer. Putains de flics, ils conduisaient comme des malades. Il secoua la tête et chercha dans sa poche une cigarette. Comment avaient-ils pu se tirer d'une explosion comme celle-là ? Il les apercevait maintenant, tous les trois sur la banquette arrière, le plus âgé des deux hommes tournant la tête pour s'adresser à la fille assise à côté de lui. Dire qu'à moins de dix mètres de là, il y avait soixante-quinze mille dollars assis dans cette voiture. Et voilà que, comme s'il n'avait pas assez de problèmes comme ça, il ressentait une pression persistante sur sa vessie. Où diable allaient-ils ?

Dans un crissement de pneus, la voiture de police s'engouffra dans la rue du Bac et prit la rue latérale pour s'arrêter devant le Montalembert, laissant Paradou, de plus en plus incommodé, trouver une place, n'importe où, pour garer sa voiture.

« Je ne sais pas ce que vous en pensez tous les deux, dit Cyrus, mais je prendrais bien un verre. »

Comme ils se dirigeaient vers le bar, la fille de la réception traversa le hall en courant.

« Monsieur Pine ? C'est arrivé juste après votre départ. Nous avons essayé de vous rattraper (elle eut un charmant haussement d'épaules), mais vous avez été trop rapide pour nous. »

Cyrus la remercia et lut tout haut le bout de papier : « *Regrette changement de plans. Prière m'appeler au Relais Christine, 43.26.71.80. Franzen.* »

« C'est maintenant qu'il nous prévient, commenta André. Vous pensez qu'il était au courant ?

– Nous n'allons pas tarder à le savoir. Commandez-moi la plus grande vodka qu'ils aient, voulez-vous ? Je reviens tout de suite. »

André et Lucy s'installèrent au bar, sans remarquer l'homme corpulent aux lunettes noires juste devant eux, un homme un peu agité qui dans le même souffle commanda un Ricard et demanda où se trouvaient les toilettes. Ils s'assirent et André essuya une tache de suie sur la joue de Lucy.

« Je suis désolé pour tout ça, Lulu. Tu es sûre que ça va ? »

Elle acquiesça.

« On a de la chance, non ? Si cette vieille dame n'était pas sortie... »

André prit dans les siennes sa main, une main glacée et encore tremblante :

« Un rhum ? »

Elle eut un grand sourire :

« Double. Sans glace. »

Paradou regagna le bar et s'installa aussi loin que possible d'André et de Lucy. Caché derrière un journal, il ruminait sa déception. Le seul point positif dans le travail de cette matinée consternante, c'était qu'il savait où ils étaient descendus. Mais pour combien de temps ? Tant qu'ils restaient à l'intérieur de l'hôtel, aucune chance pour lui d'organiser un accident. Holtz avait dit qu'il serait à Paris ce soir. Peut-être pourrait-il suggérer quelque chose. En attendant, il n'y avait rien d'autre à faire que de rester sur leurs talons. Il commanda un autre Ricard tout en regardant par-dessus son journal l'homme plus âgé rejoindre les deux autres.

Cyrus prit une grande gorgée de sa vodka et se pencha en avant, l'air grave, la voix basse.

« J'ai grand-peur que tout cela ne nous ait pas menés bien loin, dit-il. Franzen était horrifié quand je lui ai parlé de l'explosion – il a paru très secoué, il a demandé si vous étiez tous les deux indemnes – et il veut toujours nous rencontrer. Mais pas à Paris.

– Pourquoi pas ?

– Il dit que c'est trop dangereux. Il a eu vent de quelque chose – ou de quelqu'un. Mais il n'a pas voulu me dire de quoi ni de qui il s'agissait. Simplement que Paris était malsain pour nous tous. »

André sentit la main de Lucy se glisser dans les siennes.

« Ma foi, pour aujourd'hui, il a eu raison. Où veut-il que nous le retrouvions ? »

Cyrus contempla son verre en secouant la tête :

« Il m'a dit qu'il nous contacterait, mais il quitte Paris tout de suite. Nous n'avons qu'à attendre qu'il nous appelle... Oh ! autre chose encore : il a dit que nous pourrions être suivis. »

Instinctivement, ils inspectèrent la salle : tout leur parut normal. Des couples et des groupes occupaient plusieurs tables : souriant, bavardant, commandant à déjeuner. Une jeune fille pâle et décharnée, seule à une table pour deux, regardait furtivement sa montre entre deux coups d'œil en direction du hall. Tout au fond, un homme lisait un journal. L'idée d'être en danger dans un cadre aussi agréable, parmi des gens détendus et ordinaires, était ridicule.

« Dites-moi, Cyrus, reprit André, vous l'avez cru ? Pourquoi voudrait-on nous suivre ?

– Voici mon impression. (Cyrus termina sa vodka.) Tout d'abord, comme je l'ai dit, il avait l'air tout à fait sincère. Et parfaitement affolé. Ensuite, pas besoin d'être un génie pour deviner que tout cela a quelque chose à voir avec le tableau. Et enfin (il se tourna vers Lucy) je crois qu'il vaudrait mieux que vous rentriez à New York. Vous aussi, André. C'est moi qui veux conclure cette affaire. Vous n'avez pas besoin de vous impliquer là-dedans. »

Ils échangèrent un regard sans parler, le murmure des conversations autour d'eux soudain plus fort et plus distinct. « ... Alors je lui ai dit, fit une voix américaine, si le divorce n'est pas réglé le mois prochain, je fous le camp d'ici, promesses ou pas promesses, et merde pour le nid d'amour. Seigneur, ces Français. Qu'est-ce que vous en pensez ? Le saumon n'a pas l'air mal. »

Lucy se mit à rire :

« Allons, Cyrus, détendez-vous. C'était un accident. Vous avez bien senti le gaz. Ou c'était peut-être quelqu'un qui en voulait à Franzen. En tout cas, je reste. (Elle regarda André.) On reste, hein ? »

André sourit en la voyant serrer les dents d'un air décidé, presque pugnace.

« Je crois que Lulu a raison. Vous ne vous débarrasserez pas de nous comme ça, Cyrus.

– Rien ne pouvait me faire plus plaisir, admit Cyrus. (Et en effet, ils voyaient son air ravi, son œil se remettre à pétiller tandis qu'il prenait une profonde inspiration.) Je crois me rappeler qu'il y a un très charmant petit restaurant par ici qui s'appelle le Cherche-Midi. Rien de tel qu'une bonne explosion pour ouvrir l'appétit. On y va ? »

Paradou leur laissa le temps de traverser le hall et de franchir la porte avant de leur emboîter le pas. Le pastis lui avait donné faim et quand, dix minutes plus tard, il les vit s'engouffrer dans le petit restaurant, il se sentit encore plus affamé. Après avoir attendu un moment pour être sûr qu'ils aient trouvé une table, il partit en quête d'un sandwich.

18

Franzen se mêla au flot de la circulation sur le périphérique : il était soulagé de s'éloigner de Paris, de Holtz et de ces psychopathes meurtriers aux poches pleines de bombes. Il soupçonnait Holtz d'être derrière cette explosion – il en était pratiquement persuadé. L'autre ne l'avait mis en garde que pour protéger les tableaux. Bénis soient ces tableaux, se dit Franzen : c'était une police d'assurance sur la vie. Ce qu'il lui fallait maintenant, c'était un abri sûr, du temps pour réfléchir et pour prendre une décision. Car, il le savait, il avait une décision fondamentale à prendre : Holtz ou Pine. Ce devrait être l'un ou l'autre.

Sans vraiment réfléchir, il se trouva suivre les panneaux en direction du Sud sur l'A6 à travers la Bourgogne, vers Lyon. Le Sud lui rappelait de bons souvenirs et l'un d'eux en particulier pourrait bien – avec le bon dosage d'excuses, de flatterie, d'invention, de désespoir manifeste et de charme irrésistible – lui fournir la solution de son problème. Ses pensées revinrent aux Crottins, le petit village perdu dans la campagne entre Aix et les collines, avec la maison en ruine d'où l'on avait une vue superbe sur la montagne Sainte-Victoire. Et à Anouk.

Anouk et lui avaient été ensemble pendant six ans : enfin, par intervalles, il fallait le dire, en raison du caractère extrêmement versatile d'Anouk. C'était à tous égards une femme imposante : sa voix, sa taille,

243

ses opinions, son abondante crinière, sa présence, ses formes généreuses. D'aucuns auraient pu lui reprocher d'être trop rembourrée : pas Rubens, ni Franzen. Tout bien pesé, si l'on peut dire, ces années ensemble avaient été de bonnes années qui semblaient encore meilleures avec cette coloration attrayante que le temps confère à ce genre de souvenirs.

La rupture s'était produite dix-huit mois plus tôt, à propos de ce que Franzen considérait comme un insignifiant malentendu artistique. Un après-midi, Anouk était rentrée à la maison à l'improviste pour trouver Franzen en train de mettre en place les fines attaches d'une fille du village qui avait accepté de poser pour lui. Tout cela n'aurait pas été bien méchant si la fille avait eu des vêtements plus substantiels qu'une guirlande de fleurs sur les cheveux (c'était pour une toile d'inspiration romantique), si elle avait été allongée dans une posture plus convenable et si en outre Franzen avait gardé son pantalon. Bref, Anouk en était arrivée à des conclusions prématurées et les avait tous les deux jetés dehors. Sa tentative pour dissiper ce malentendu avait échoué et Franzen avait dû battre en retraite à Paris, la queue entre les jambes.

Le temps guérit toutes les plaies, se dit-il tandis que l'agglomération parisienne cédait la place à la pleine campagne : malgré son tempérament explosif, c'était une femme de cœur. Il allait lui téléphoner ce soir, implorer sa merci comme un homme aux abois. La réconciliation déjà faite dans son esprit, ses pensées prirent une tournure plus terre à terre, poussées en cela par un ample estomac à qui l'on n'avait rien donné en pâture depuis le petit matin et qui s'en plaignait vertement.

Après l'horreur de la nuit précédente et la tragédie d'un déjeuner manqué, Franzen estima qu'il méritait la consolation d'un excellent dîner et d'un lit propre. Un panneau indiquant Mâcon et Lyon éveilla ses souvenirs. Quelque part entre les deux, vers l'ouest, se trouvait la ville de Roanne. Anouk et lui, au temps de leurs amours, s'étaient un jour arrêtés là pour un déjeuner chez Troisgros qui lui revenait maintenant en mémoire : un déjeuner arrosé de nombreux pichets de fleurie maison bien frais et sept plats exquis, un déjeuner qui les avait laissés dans un tel état que c'était à peine s'ils avaient pu traverser la rue jusqu'au petit hôtel en face du restaurant. Que pouvait demander de plus un fugitif ? Et pour confirmer la sagesse de cette décision, le pied de Franzen appuya plus fort sur l'accélérateur.

L'après-midi de Paradou n'était pas fait pour améliorer son humeur. Il avait pris le risque d'aller rechercher sa voiture et était resté assis dedans deux heures durant devant le Cherche-Midi. Quand André et les autres avaient fini par quitter le restaurant, il avait suivi leur taxi jusqu'à la tour Eiffel où il avait encore subi une attente interminable. Ils étaient maintenant en haut de l'arc de triomphe et Paradou n'avait plus de cigarettes. Il utilisa son téléphone portable pour appeler sa femme et voir s'il n'y avait pas de messages. Elle lui demanda s'il rentrerait pour dîner. Comment au nom du ciel pourrait-il le savoir ? Le pire, c'était qu'il n'avait aucune chance de pouvoir leur faire leur affaire dans des endroits aussi publics, mais du moins pourrait-il dire à Holtz où ils étaient allés. Presque cinq heures. Combien de temps encore allaient-ils vouloir contempler ces putains de Champs-Élysées ?

« Il y a encore une chose que vous devriez voir aujourd'hui, dit Cyrus à Lucy. (Ils étaient au pied de l'arc de triomphe, les grandes avenues partant autour d'eux comme les rayons d'une roue.) Pour son premier voyage à Paris, une femme devrait prendre un verre au Ritz, je peux vous montrer le *cinq à sept*. »

André sourit.

« Cyrus, vous êtes un débauché.

– Je suis prête pour un spectacle de débauche au Ritz, dit Lucy. Mais de quoi s'agit-il ?

– C'est une vieille tradition, dit Cyrus en tirant sur son nœud papillon. Les deux heures entre cinq et sept sont le moment où les *gentlemen* parisiens voient leurs maîtresses avant de rentrer chez eux retrouver leurs épouses. Très discret, très romanesque.

– Romanesque ? (Lucy se crispa. Si elle n'avait pas eu autant d'affection pour Cyrus, elle se serait sans doute hérissée.) Mais c'est épouvantable. C'est le pire exemple de chauvinisme masculin que j'aie entendu. »

Cyrus tourna vers elle un regard rayonnant.

« Absolument, répliqua-t-il en haussant les sourcils. N'oubliez pas que Chauvin était Français, même s'il est plus connu pour son patriotisme que pour son machisme. »

Lucy secoua la tête :

« Vous êtes vraiment quelqu'un, Cyrus. Est-ce que j'ai quelque chose de spécial à faire ?

– Je pense bien, ma chère. Soyez belle, croisez les jambes et buvez du champagne. »

Lucy réfléchit un moment, puis elle inclina la tête :

« Ça me plaît. »

André avait d'autres plans.

« Une petite course à faire, annonça-t-il, et je n'ai pas la tenue qu'il faut pour le Ritz. Lulu, si tu remontes cette jupe de quatre ou cinq centimètres, tu auras droit à un supplément de cacahuètes. »

Elle lui tira la langue et prit Cyrus par le bras :

« Je ne veux même pas te demander où tu vas.

– C'est une surprise. On se retrouve à l'hôtel. »

Paradou fronça les sourcils en voyant le petit groupe se scinder en deux : le plus âgé des deux hommes et la fille partant à la recherche d'un taxi, le plus jeune se dirigeant vers la station de métro de l'avenue Kléber. Cela le décida : il ne pouvait pas laisser la voiture sur place et il ne pouvait pas l'emporter dans le métro. Il allait surveiller les deux autres.

Lucy et Cyrus étaient encore sur les Champs-Élysées en pleine heure de pointe lorsque André déboucha du métro Saint-Germain et se dirigea vers un magasin d'antiquités de la rue Jacob. Comme bien des magasins similaires du quartier, tout était disposé de façon à attirer le touriste qui passait dans la rue : un entassement d'objets dans un désordre apparent mais savamment calculé, la plupart poussiéreux, tous sans étiquette. Des coupes en porcelaine, des brassées d'argenterie attachée avec de la ficelle, des porte-chapeaux en cuivre, des miroirs veloutés par les ans, des tasses pour moustachus, des tire-boutons en argent à manche d'ébène, des tire-bouchons d'époque avec une brosse sur la poignée, des timbales et des verres à liqueur, des tabourets, des tabatières, des boîtes à pilules, des encriers de cristal. Tout cela rassemblé dans un fouillis artistement composé. On pouvait pardonner à des passants innocents qui faisaient du lèche-vitrines l'illusion de croire qu'ils étaient tombés sur le dernier avant-poste de cette rareté d'aujourd'hui : la bonne affaire. André, qui depuis ses années d'étudiant était un ami du propriétaire, savait à quoi s'en tenir : les prix étaient exorbitants et les plus belles pièces étaient toujours dans l'arrière-boutique.

Il poussa la porte et enjamba le corps allongé du chat empaillé qui ne manquait jamais de surprendre le visiteur sans méfiance :

« Hubert ! Debout ! C'est ton premier client de la journée. »

Un grognement émergea de derrière un paravent de laque, puis apparut le propriétaire : un homme de grande taille – exceptionnellement grand pour un Français – aux cheveux bruns et bouclés, les yeux à demi clos pour se protéger de la fumée du cigare qu'il avait aux lèvres. Il portait une chemise blanche sans col avec un très vieux pantalon à rayures maintenu en guise de ceinture par une cravate en soie tout aussi vétuste qui l'identifiait comme membre du Marylebone Cricket Club.

Il ôta son cigare et, émergeant de la pénombre, s'avança, la tête penchée en avant vers le devant de la boutique :

« Est-ce bien qui je crois ? Le nouveau Lartigue ? Le Cartier-Bresson de demain ? Ou bien toi, André, espèce de salaud ? Qu'est-ce que tu fiches ici ? »

André eut droit à une étreinte parfumée au havane avant que le grand gaillard le tienne à bout de bras pour l'examiner.

« Tu es trop maigre. J'oubliais... tu habites New York où un homme civilisé n'a rien à se mettre sous la dent. Comment vas-tu ?

– Je vais bien, Hubert. Et toi ?

– Oh ! j'arrache ma pitance à une terre ingrate. Je bricole, comme toujours.

– Tu as toujours ton cheval de course ? »

Hubert lui fit un clin d'œil :

« J'en ai trois, mais ne le dis pas à Karine. »

Les deux hommes firent le point, avec cette aisance qui existe toujours entre vieux amis : plaisanteries usées, insultes affectueuses, échange de potins concernant des amis communs, conjectures sur la femme de leur vie. Il leur fallut une demi-heure pour en arriver au but de la visite d'André.

Hubert écouta avec attention André lui expliquer ce qu'il cherchait. Puis il hocha la tête :

« Tu as frappé à la bonne porte, mon ami. (Il entraîna André jusqu'à un vieux bureau double.) Tiens... regarde ça. (Il ouvrit tout grand le large tiroir du milieu et prit un grand plateau tapissé de velours mangé par les mites. Du geste fluide d'un prestidigitateur

248

exhibant un spécimen particulièrement réussi de lapin blanc, il retira le couvercle.) Voilà. La plus belle sélection de Paris, même si c'est moi qui le dis. »

André regarda à travers la brume de la fumée de cigare et émit un sifflement :

« Où as-tu volé tout ça ? »

Hubert haussa les épaules :

« Tu vois là quelque chose qui te plaît ? »

André examina plus attentivement les rangées de petits cadres en argent, tous dans le style Art nouveau, avec leurs courbes gracieuses et magnifiquement travaillées, brillant doucement dans la lumière tamisée. Dans chacun, Hubert avait mis des photographies sépia – Dietrich, Garbo, Piaf, Jeanne Moreau, Bardot – et à la place d'honneur, au milieu du plateau, il y avait exactement ce qu'il voulait. Plus grande que le reste, c'était une parfaite reproduction des ferronneries qu'on trouvait au-dessus de chaque station de métro. Un seul mot s'y inscrivait en simples lettres capitales : PARIS. Et, souriant dans le cadre, sa boucle plaquée comme un croissant noir sur son front, Joséphine Baker. André prit le cadre, palpant l'épaisseur de l'argent et le tissu soyeux de l'entoilage :

« J'aime bien celui-ci », dit-il.

Aussitôt, Hubert l'ami céda la place à Hubert l'antiquaire de profession, préparant son client au choc du prix :

« Évidemment. Quel œil tu as, André. On a fait très peu de ceux-là : en cinq ans, je n'en ai vu que deux et on les trouve rarement en aussi bon état. C'est une pièce originale, y compris le verre. (Il hocha la tête, passant un bras autour des épaules d'André dans un geste affectueux.) Pour toi, je te laisse la photo en plus. »

Le prix – qu'Hubert mentionna d'un ton navré, comme si une autorité supérieure le lui avait imposé contre son gré – était ce à quoi André s'attendait et représentait tout l'argent qu'il avait sur lui. On fit un paquet cadeau du cadre avec une page arrachée à l'édition du jour du *Monde* et, marché conclu, André emprunta cent francs à son ami et s'en alla fêter son acquisition en s'offrant un verre de vin au Flore.

Sentant dans la poche de sa veste le poids du cadre, il resta là à regarder sur le boulevard le défilé du soir, impatient de voir le visage de Lulu quand il le lui offrirait. Il sourit à cette pensée, une vague de bonheur déferlant sur lui. C'était merveilleux de la voir tomber amoureuse de Paris.

« La circulation est toujours comme ça ? »

Lucy et Cyrus progressaient tout doucement en taxi dans la rue Saint-Honoré, tandis que le chauffeur d'un ton exaspéré débitait un commentaire ininterrompu sur la stupidité des autres conducteurs, sur les agents qui ne faisaient qu'aggraver les embouteillages, sur l'impossibilité de gagner sa vie dans des conditions pareilles. Ils n'avaient pas besoin de connaître les mots : c'était la lamentation du chauffeur de taxi, un hymne international au malheur, le même dans toutes les grandes villes du monde.

Cyrus régla la course au coin de la rue Royale, le laissant là comme un bouchon dans une bouteille, et ils terminèrent le trajet à pied. À cent mètres derrière eux, Paradou descendit de sa voiture et les vit tourner à gauche vers la place Vendôme. Ne pouvant ni bouger ni s'en aller, il remonta dans sa voiture et se mit à klaxonner pour se calmer les nerfs.

« Voyons, ma chère, dit Cyrus comme ils traversaient la place, je ne vais pas vous emmener dans les parages de chez Armani, et c'est pour votre bien. Vous voyez cette boutique là-bas ? Bien des comptes en banque y sont vidés. Je suis toujours étonné de...

– Cyrus, attendez. »

Lucy lui prit le bras et l'entraîna sous une porte cochère. De la tête elle lui désigna l'entrée principale du Ritz où une Mercedes noire venait de s'arrêter au bas des marches. Un homme et une femme portant des lunettes noires étaient plantés auprès du coffre ouvert pour surveiller le déchargement de leurs bagages. La femme avait une tête de plus que son compagnon.

« Je la connais, reprit Lucy. C'est la femme qui dirige le magazine, Camilla. »

Cyrus observa attentivement le couple :

« Ça, par exemple ! Je connais l'homme qui est avec elle. C'est Rudolph Holtz. (Se frottant le menton et plissant le front, il les regarda monter le perron et pénétrer dans l'hôtel.) Seriez-vous très déçue si nous renoncions au Ritz ? Je crois que nous ferions mieux de retourner à l'hôtel et de trouver André. Venez... en chemin je vais vous parler de Holtz. »

Paradou fit deux fois le tour de la place Vendôme, finit par se garer et refit un tour à pied avant d'admettre qu'il les avait perdus. Il s'arrêta devant le Ritz et jeta un coup d'œil à sa montre. Si Holtz n'avait pas été retardé, il devrait être là maintenant. Lui et ses soixante-quinze mille dollars. Merde, quelle journée ! Redressant les épaules et maudissant les exigences de sa vessie, il gravit à son tour les marches et s'engouffra dans l'hôtel.

Camilla était en train de passer les deux coups de fil qu'elle donnait par habitude dès qu'elle arrivait dans un hôtel : au service d'étage pour qu'on monte du champagne et à la lingerie pour qu'une chère petite personne vienne prendre toutes ses toilettes habillées pour un rapide coup de fer. Elle se sentait plus elle-même maintenant, après un voyage au cours duquel l'humeur de Holtz n'avait cessé de s'améliorer, comme c'était toujours le cas quand les choses s'arrangeaient pour lui. Même s'il n'avait donné aucun détail, manifestement il s'attendait à de bonnes nouvelles. Cela se sentait aux pourboires qu'il avait distribués au personnel de l'hôtel au lieu de faire semblant de ne pas voir tous ces gens. Maintenant, il était au téléphone, il conversait dans son admirable français tandis que le champagne arrivait. Posant une flûte devant lui sur la table, Camilla regarda par la fenêtre un de ses points de vue favoris : la boutique Armani. Elle y ferait un saut demain matin pendant que Rudi se ferait masser.

Il termina sa communication et il tendait la main pour prendre sa coupe quand le téléphone sonna.

« Oui, dit-il. Faites-le monter.

– Voyons, mon chou, dit Camilla, où aimerais-tu dîner ce soir ? »

Holtz prit sa flûte et la porta à ses narines :

« Oh ! quelque chose de simple. Taillevent ou le Grand Véfour. Je te laisse choisir. Le concierge nous trouvera une table. »

La première gorgée de champagne lui picotait la langue quand on frappa à la porte de la suite.

Camilla alla ouvrir et Paradou entra comme un crabe penaud, la saluant de la tête avant de demander s'il pouvait utiliser la salle de bains.

Camilla attendit qu'il eut refermé la porte derrière lui.

« Qu'est-ce que c'est que ce type ? Il marche toujours comme ça ?

– Il a fait un petit travail pour moi. (Holtz ne voyait aucune raison de mettre Camilla au courant : moins il y avait de gens à savoir, mieux cela valait. Il eut un sourire d'excuse.) Je crois malheureusement qu'il ne parle pas anglais, ma chère, alors tu vas trouver notre conversation bien assommante.

– Pas besoin de me mettre les points sur les *i*. Je vais descendre voir le concierge pour notre réservation. »

Elle lança un regard méfiant à Paradou qui sortait de la salle de bains en refermant sa braguette, le gratifia d'un sourire poli et sortit en fermant sans bruit la porte derrière elle.

« Alors, Paradou, fit Holtz en s'installant dans son fauteuil. Servez-vous un verre et annoncez-moi les bonnes nouvelles. »

Paradou vida toute une coupe de champagne avant de prononcer un mot. Quand il parla, ce fut dans le style bref et impassible qui était de mise dans la Légion, qu'il s'agisse d'annoncer une victoire ou une défaite. Les heures, les détails, les circonstances, tout cela dans l'ordre chronologique. Aucune opinion personnelle, des faits en abondance. À mesure qu'il parlait, il vit l'expression de Holtz passer d'une bienveillante impatience à un mécontentement glacial. Quand il eut terminé, il y eut un long silence pesant.

« Donc, finit par dire Holtz, nous savons où ils sont descendus. Est-ce qu'on peut arranger quelque chose là-bas ? »

Paradou secoua la tête.

« Impossible.

– Impossible, répéta Holtz. (Il soupira.) Est-ce que cent mille dollars viendraient à bout des difficultés ?

– Monsieur Holtz, on peut toujours tuer des gens si on est disposé à se faire prendre. Les fanatiques font ça tout le temps. Oui... bien sûr, je pourrais les abattre au moment où ils sortiraient de l'hôtel. C'est facile de tuer. Ce qui est une autre affaire, c'est de s'enfuir. Avec les Algériens déchaînés, Paris grouille de policiers. »

Il croisa les mains sur son ventre. Il n'avait rien d'autre à dire.

Holtz se leva et se mit à arpenter la pièce. C'était là un contretemps, un sérieux contretemps, mais rien d'irréparable. L'explosion n'était qu'un accident, comme il en arrive des centaines à Paris tous les jours. Aucun lien avec Rudolph Holtz. Il devrait inventer une histoire plausible pour Franzen quand celui-ci viendrait le voir : ce ne serait pas compliqué. Mais pour ce qui était de Pine et de ses amis... ils étaient vraiment trop près. D'une façon ou d'une autre, il allait falloir qu'ils disparaissent. En attendant, il faudrait les surveiller.

Holtz se planta près de la fenêtre, les bras croisés, regardant les lumières de la place Vendôme.

« Je veux que vous ne les quittiez pas d'une semelle. Tôt ou tard, vous aurez votre chance. Mais n'oubliez pas : il faut les liquider tous. Nous ne voulons pas de survivant qui se balade en racontant des histoires. (Il se tourna vers Paradou.) C'est bien compris ?

– Vingt-quatre heures sur vingt-quatre ? (Paradou se déplaça dans son fauteuil, pour soulager son dos endolori.) Il va falloir que je trouve quelqu'un pour travailler avec moi. Mais le nouveau prix convenu couvrira ça. »

Holtz tressaillit comme si on l'avait giflé. Puis, avec une répugnance manifeste, il hocha la tête.

« Tous », répéta-t-il.

Paradou sourit :

« Cent mille, d'accord ? (Il s'apprêta à partir, avec l'impression qu'il n'avait pas complètement perdu sa journée.) Je vous contacterai. »

André entra dans le hall du Montalembert en sifflotant et se dirigea vers le bar. Il fut surpris d'y trouver déjà Lucy et Cyrus, penchés l'un vers l'autre.

« Qu'est-ce qui vous est arrivé à tous les deux ? (Il embrassa Lucy avant de s'asseoir.) Ils étaient à court de champagne ?

– Des développements, mon cher garçon. De très curieux développements. (Cyrus attendit qu'André eût passé sa commande.) Votre amie Camilla vient d'arriver au Ritz et elle était avec une petite vermine du nom de Holtz. Un marchand. Je l'ai rencontré un jour. (Il eut un petit reniflement.) Ce qui m'a largement suffi. »

André se pencha en avant :

« Est-ce qu'ils vous ont vus ? »

Cyrus secoua la tête :

« Par chance, Lucy les a aperçus la première. Il faut que je vous dise que Holtz a la réputation dans le métier de conclure de grosses affaires, parmi les plus grosses. Par exemple, il s'est occupé d'un Picasso de quarante millions de dollars. Mais ce n'est pas tout. C'est une rumeur, on n'a aucune preuve... mais on dit qu'il fait des extra comme receleur. (Cyrus s'interrompit pendant qu'on servait André.) Je vous l'ai dit, jamais rien d'avéré, mais je l'en crois tout à fait capable. C'est une petite canaille sans scrupules : pas mal de gens dans le métier se sont fait échauder.

– Que fait-il avec Camilla ? »

André n'avait jamais eu de relations mondaines avec la directrice du magazine et ne connaissait rien de sa vie privée. Personne d'ailleurs à *RD* n'était au courant de rien, pas même Noël. Au journal, on hasardait bien des hypothèses, dont certaines tout à fait désobligeantes. On avait évoqué comme admirateurs possibles son coiffeur chez Bergdorf's, son professeur de gymnastique, le plus jeune des Garabedian, toute une collection de décorateurs. Jamais personne du nom de Holtz.

« La grande question, répondit Cyrus, c'est : Que viennent-ils faire à Paris ? Peut-être que je deviens soupçonneux sur mes vieux jours, mais j'ai le sentiment qu'il pourrait y avoir un rapport avec notre affaire. Ça ne peut pas être une coïncidence. »

André ne put s'empêcher de sourire. Cyrus avait l'air d'un chien de chasse sur la piste, en alerte, les sourcils frémissants, les doigts pianotant sur la table, impatient de plonger dans le terrier le plus proche.

« Supposons que vous ayez raison, approuva André. Celui qui peut probablement nous le dire avec certitude, c'est Franzen. A-t-il laissé un message ? »

Les doigts cessèrent de pianoter.

« Non, pas encore. Mais je compte bien là-dessus. Qu'il soit impliqué avec Holtz ou non, les faussaires n'aiment jamais refuser une commande et il est persuadé que nous en avons une pour lui. Il appellera. (Cyrus hocha la tête pour se rassurer.) Je sais qu'il appellera. (Il regarda la flûte vide posée devant lui de son air habituel de légère surprise, puis jeta un coup d'œil à sa montre.) Nous ne pouvons rien faire d'autre que d'attendre. Que diriez-vous d'une douche et d'un petit dîner sans prétention ? »

Lucy sortit de la salle de bains enveloppée dans un peignoir blanc de trois tailles trop grand pour elle en s'essuyant la tête avec une serviette.

« Tu sais, je crois que tout ça amuse énormément Cyrus. Il est tout excité. »

André ôta sa veste et chercha dans sa poche le cadre :

« Et toi ? »

Lucy secoua ses cheveux et s'approcha de lui : un sourire ambulant.

« Ça ne se voit pas ? (Elle enroula la serviette autour de son cou et inspecta le paquet qu'André lui tendait.) Qu'est-ce que c'est ?

– Un souvenir, Lulu. Un endroit où mettre cette photo de toi et de ton petit ami le sergent de ville. »

Elle le prit dans ses mains, palpant la forme sous le papier, l'air soudain grave.

« Désolé pour l'emballage. Vas-y : ouvre-le. »

Elle déchira le papier et resta pétrifiée, à regarder le cadre, à le caresser :

« Oh ! mon Dieu, que c'est beau, André. Merci. »

Elle leva vers lui un regard humide.

« Tu n'es pas obligée d'y mettre une photo du sergent de ville. Tu sais, grand-mère Walcott, Cyrus se balançant à un réverbère... »

Il ne termina jamais sa phrase, interrompu par des lèvres tièdes, humides et parfumées.

Plus tard, sous la douche, tandis que l'eau lui ruisselait sur la nuque, il entendit Lucy crier :

« Où allons-nous ce soir ? J'essaie de voir ce que je
vais mettre.

– Quelque chose de moulant, ce serait bien,
Lulu. »

Dans la chambre, elle était plantée devant le
miroir, tenant devant elle trois cents grammes d'une
robe de chez Tocca qu'elle avait achetée quelques
mois plus tôt, au cas où l'occasion se présenterait. Elle
lança :

« Dangereusement moulant ? »

Franzen s'installa à sa table où l'on n'avait dressé
qu'un couvert, glissa sa serviette dans son col de chemise et se dit qu'après tout le monde n'était pas si
mauvais que ça. Comme on pouvait s'y attendre,
Anouk avait été surprise par son coup de téléphone,
mais n'avait manifesté aucune hostilité. Un esprit opti-
miste – et Franzen assurément l'était aussi bien par
nature que par la force des choses – aurait pu décrire
sa réaction comme chaleureuse : réservée, mais chaleureuse. En tout cas pas glaciale. Il allait lui apporter de
chez Troisgros quelque chose en gelée de délicieux, et
des fleurs. Tout irait bien. Il se laissa aller à penser au
long été provençal qui commençait tout juste, à tous
ces mois de soleil et de vin rosé, d'aïolis, de succulentes
pêches fraîches, de lumière. Accueillant le serveur
avec un sourire de suprême satisfaction, il se plongea
dans la lecture de la carte. Demain matin, il s'occupe-
rait des affaires. Demain matin, il appellerait Cyrus
Pine.

19

Paradou était arrivé devant le Montalembert peu après sept heures pour relever Charnier : celui-ci, sur le trottoir auprès de la voiture, s'étirait avec reconnaissance tout en passant les consignes à son patron entre deux bâillements.

Il n'y avait pas grand-chose à raconter. Charnier les avait vus rentrer à l'hôtel vers minuit, et puis tout avait été très calme : pas un bruit jusqu'à la livraison juste avant six heures du pain frais et de la pâtisserie. Deux clients qui avaient des avions à prendre de bonne heure étaient partis une demi-heure plus tard. À part ça, rien. Une planque sans histoire, pas besoin de bouger, de l'argent facilement gagné. Si ça pouvait toujours être comme ça...

Charnier s'éloigna en remontant le col de son manteau pour se protéger de la fraîcheur du matin :

« Ils sont à vous, chef. Je viendrai cet après-midi. »

Paradou monta dans la voiture et ouvrit la vitre pour évacuer les relents de tabac froid et d'ail. Un brave type, ce Charnier, sérieux, mais il avait l'habitude d'apporter cette fichue andouillette pour la manger dans la voiture, et il laissait toujours l'emballage graisseux et malodorant sous la banquette. Paradou jeta le papier dans le caniveau et arrangea ses affaires autour de lui : paquet de cigarettes et téléphone portable sur le tableau de bord, sac en nylon avec tout son arsenal à la place du passager et sur le plancher un jerrican en plastique de cinq litres avec un bouchon à vis. Après les deux crises d'hier, il n'avait aucune envie de se trouver de nouveau à court d'essence. Et c'était un des pires risques du métier pour la planque à long terme dans la rue. Ça et l'ennui. Mais après une bonne nuit de sommeil et la perspective d'un salaire à six chiffres quand le travail serait terminé, il pouvait supporter de s'ennuyer un peu.

La chaussée était encore humide après le passage des camions de nettoiement, l'air était pur, le soleil faisait de son mieux pour percer de minces couches de nuages gris. Un des chasseurs de l'hôtel balayait le trottoir devant l'entrée, un autre taillait les arbustes qui bordaient la terrasse. De là, le regard de Paradou se posa sur l'immeuble voisin. Manifestement inoccupé : fenêtres aveugles et sales, une lourde chaîne barrant l'entrée, son triste état souligné par l'aspect immaculé de son voisin. Ce serait sans doute possible, songea Paradou, de s'introduire dans l'immeuble abandonné, puis de percer la cloison pour pénétrer dans l'hôtel... et puis quoi ? Non. Trop bruyant, trop compliqué. Il fallait les liquider tous, mais pas dans la rue, loin de la foule, dans un endroit comme le Bois de Boulogne. Pourquoi n'allaient-ils donc pas faire du jogging là-bas ? Comme tous les Américains.

Cyrus était en train de se raser, négociant habilement les méplats délicats et les crevasses juste sous son nez, quand le téléphone sonna.

« Bonjour, mon ami. C'est Nico Franzen. J'espère que vous allez bien. »

Il paraissait joyeux et plein d'assurance, très différent du Franzen soucieux qui lui avait parlé la dernière fois.

« Ravi de vous entendre, Nico. Où êtes-vous ?

— Bien loin de Saint-Germain, Dieu merci. Maintenant écoutez. Je vais aller m'installer chez une amie près d'Aix. Pourrions-nous nous retrouver là-bas ? De Paris, c'est facile. Le TGV vous amènera à Avignon en quatre heures et vous pourrez louer une voiture à la gare. »

Cyrus essuya la crème à raser qui maculait le téléphone, prit un bloc et un crayon.

« Nous y serons. Où voulez-vous que nous nous rencontrions ?

– Je vous donnerai le numéro où je me trouverai. Appelez-moi quand vous serez à Aix. Nous avons beaucoup de choses à discuter. (Un bref silence, puis :) Cyrus, vous n'avez rien remarqué hier ? On ne vous a pas suivis ? »

Cyrus réfléchit un moment. S'il avouait avoir vu Holtz, il risquait d'affoler le Hollandais. Cela pouvait attendre le moment où ils se rencontreraient.

« Non, mon vieux. Rien.

– Bon, bon. Vous avez un crayon ? (Franzen dicta le numéro d'Anouk et écouta Cyrus le répéter.) Dites-moi une chose. (On percevait dans sa voix un accent inquiet qui fit froncer les sourcils à Cyrus.) Où avez-vous dîné hier soir ?

– Chez Lipp.

– Choucroute ?

– Bien sûr.

– Excellent. Alors à bientôt. »

Cyrus appela André et Lucy, termina de se raser, boucla sa valise et en moins d'une demi-heure il était en bas à prendre son café. Ils le rejoignirent quelques minutes plus tard, les joues rouges et un peu échevelés, avides de nouvelles.

« Je vous avais bien dit qu'il appellerait, triompha Cyrus, l'excitation accentuant encore le rose de son teint matinal. Maintenant, nous progressons. Je regrette seulement qu'il nous faille arracher la jeune Lucy à Paris. (Il haussa les sourcils d'un air d'excuse.) Mais il paraît que la Provence, ça n'est pas si mal. Pour ma part, je ne suis jamais allé à Aix. Et vous, André ?

– On y trouve les plus jolies filles du monde. Des étudiantes. Peut-être même une ou deux riches veuves. Ça te plaira, Lulu. C'est une ville magnifique. »

Lucy arbora la moue à laquelle elle s'exerçait après avoir observé les Parisiennes : la lèvre inférieure en avant, la lèvre supérieure froncée, l'équivalent pour la bouche d'un haussement d'épaules.

« De belles filles ? dit-elle. Ça m'a l'air d'un cauchemar. On ne pourrait pas le retrouver ailleurs ? Il n'y a pas une maison de retraite dans la région ? Là, je me sentirais à l'aise. »

Le temps qu'ils aient terminé leur petit déjeuner et réglé la note d'hôtel, Paradou en était à sa cinquième cigarette et regrettait de ne pas avoir apporté son magazine. Quand il les vit franchir la porte avec leurs bagages, son cœur se serra. Ils allaient à l'aéroport. Ils rentraient chez eux. Avec ses cent mille dollars. Merde. Un taxi s'arrêta devant l'hôtel. Paradou mit le moteur en marche, vérifiant machinalement le niveau d'essence.

Le taxi traversa la Seine mais, au lieu de continuer en direction de Roissy, tourna à droite. Très soulagé, Paradou mit son clignotant : ils devaient se rendre à une des gares, Austerlitz ou Lyon. Cinq minutes encore et il était clair que c'était la gare de Lyon qui les intéressait. Ce qui voulait dire qu'il devrait abandonner sa voiture dans une zone à stationnement interdit. Bah : qu'est-ce que c'était qu'une contravention auprès de cent briques ? De sa main libre, il prit le téléphone sur le tableau de bord et le fourra dans sa poche tout en s'engouffrant à la suite du taxi par l'entrée réservée aux passagers du TGV. S'ils avaient déjà leurs billets, ça allait être du sport de ne pas se faire semer. Laissant la voiture avec deux roues sur le trottoir, il prit son sac et se précipita dans le grand hall.

Il s'arrêta net, bousculant presque la fille arrêtée à regarder les magazines au kiosque à journaux. Il aperçut alors les deux autres. Ils avaient pris place dans une des files d'attente – une longue file qui, pour la plus grande satisfaction de Paradou, avançait lentement – afin d'acheter des billets. Il prit un journal et, détournant la tête, s'installa dans la file voisine.

Il arriva à son guichet juste avant qu'ils parviennent au leur. L'employé le dévisagea, revêche et impatient : « Alors, monsieur ? »

Lyon ? Genève ? Marseille ? Marmonnant des excuses, Paradou s'écarta en faisant semblant de chercher quelque chose dans son sac, tournant le dos à la file voisine, l'oreille aux aguets.

Il faillit rater son coup. Il s'attendait à entendre un accent américain et non pas le français parisien d'André qui demandait trois places pour Avignon. Mais il ajouta en anglais : « Cyrus ? Le prochain part dans dix minutes. » C'était donc Avignon. Paradou reprit sa place dans la file, foudroyant du regard une femme qui protestait et son roquet jappant, et il glissa de l'argent par le guichet. Il avait quelques minutes avant le départ du train. Inutile d'appeler déjà Holtz. Il attendrait d'être certain qu'ils étaient tous les trois à bord.

Camilla faisait de son mieux pour être gaie et enjouée, mais elle avait un mal fou. La bonne humeur que Rudi affichait la veille avait disparu : gâchée, elle en était certaine, par cet horrible rustre qui avait laissé le couvercle des toilettes levé, un des sujets d'irritation favori de Camilla. Le dîner chez Taillevent, malgré la cuisine divine, avait été plutôt sinistre. Et toute la matinée, Rudi n'avait fait que grommeler : c'était à peine s'il avait touché à son petit déjeuner, il n'avait pas voulu se faire masser et il s'était montré vraiment très grossier quand elle avait proposé de déjeuner avec Jean-Paul et Philippe, un couple si amusant. Bref, elle commençait à regretter d'être venue. Regardez-le donc, assis auprès de son téléphone comme un homme en transe. Mais le moment était venu de faire un effort, même si l'on préférait s'entendre épargner les détails sordides.

« Est-ce que ça t'aiderait d'en parler, mon chou ? »

Holtz garda les yeux fixés sur le téléphone :

« J'en doute. »

Camilla alluma une cigarette, renversant la tête en arrière et soufflant vers lui un nuage de fumée. :

« Rudi, il y a des moments où je ne trouve vraiment rien d'irrésistible à ton charme juvénile. Je cherche seulement à t'aider. De quoi s'agit-il ? C'est ce Hollandais ? »

Bien sûr que c'était le Hollandais, qui déambulait dans Paris avec un Cézanne de trente millions de dollars. Ce même Hollandais qui était censé l'appeler pour dire où il était. Tant qu'il n'avait pas téléphoné, tant que Paradou n'avait pas appelé, Holtz ne pouvait rien faire, que rester assis devant le téléphone, prisonnier au Ritz. Il leva les yeux vers Camilla :

« Tu n'as pas vraiment envie de le savoir, n'est-ce pas ? »

Camilla pencha la tête de côté, incapable de s'empêcher d'admirer le contraste de ses escarpins Chanel deux tons avec les roses et les verts sourds du tapis d'Aubusson.

« Franchement non, mon chou, dit-elle. Non, je ne pense pas. Je crois que je vais aller faire un petit tour. »

Holtz poussa un grognement.

Le train sortit lentement de la gare au moment où les derniers passagers débarqués traversaient les wagons pour trouver leurs places. Des cadres jeunes et dynamiques ôtaient leurs vestes ou ouvraient déjà leurs ordinateurs, des mères encombrées de jeunes enfants cherchaient dans leurs bagages jouets et distractions, des vacanciers ouvraient magazines et guides sans même s'apercevoir que le train prenait de la vitesse : une accélération douce et progressive qui les emporterait vers le Sud à quelque deux cents kilomètres à l'heure.

Paradou avait acheté un billet de seconde et se dirigeait de la queue du train vers les voitures de première classe, ses yeux derrière des verres foncés se tournant d'un côté à l'autre pour rechercher la crinière reconnaissable de Lucy. L'inquiétude qu'il avait ressentie à la gare s'était dissipée. Il les avait vus monter dans le train et il savait où ils allaient. Avant de faire son rapport à Holtz, il n'avait plus qu'à s'assurer qu'ils ne retrouvaient personne dans le train. Ensuite, il pourrait se la couler douce quelques heures.

Paradou les aperçut au milieu de la voiture de tête, assis dans une section à quatre places groupées autour d'une table. La quatrième place était vide. Prenant dans sa poche son téléphone portable, il s'engouffra par la porte marquée « toilettes » au bout de la voiture, s'installa aussi confortablement que le lui permettait le siège et pianota le numéro du Ritz.

Ce fut une longue conversation, en partie parce que Holtz en profita pour aborder un sujet qui n'avait cessé de le tracasser toute la matinée. Et si Franzen faisait le mariole ? Il aurait dû maintenant avoir appelé le Ritz : il ne l'avait pas fait. Pourquoi ? Soit parce qu'il espérait obtenir de Holtz davantage d'argent, soit parce qu'il avait décidé d'oublier les mises en garde, le bon sens et ses considérables obligations morales envers Holtz pour travailler avec Cyrus Pine. Holtz se mit à lui décrire le Hollandais.

Paradou l'arrêta tout de suite :

« Monsieur Holtz, il se peut très bien que ce Hollandais stupide et ingrat soit une vraie pute ou tout ce que vous voudrez – mais ce n'est pas ça qui m'aide à l'identifier. De quoi a-t-il l'air et que voulez-vous que je fasse si je le retrouve ? »

265

Holtz se maîtrisa et borna ses remarques à l'apparence physique de Franzen, puis il fit répéter le signalement à Paradou. Il se montra moins précis en ce qui concernait d'autres instructions, ne serait-ce que parce qu'il ne savait pas quoi suggérer. Éliminer Franzen – la première solution proposée par Paradou, qui voyait déjà grimper le montant de ses honoraires – était hors de question... du moins tant qu'on n'avait pas récupéré les toiles.

« Prévenez-moi seulement dès que vous le verrez, dit Holtz, et je déciderai alors. Et donnez-moi le numéro de votre portable. »

Lucy revint du bar avec trois tasses de café, l'air surpris :

« Décidément, j'aurai tout entendu. Est-ce que les types ici vont aux toilettes par deux ? C'est une habitude française ? »

André leva les yeux en souriant :

« Non, Lulu, ça ne l'a jamais été. Pourquoi ?

– Eh bien, juste en revenant j'ai entendu quelqu'un qui parlait là-dedans. (En s'asseyant, elle désigna de la tête la direction des toilettes.) Une vraie conversation, tu sais. »

Elle secoua la tête. La France, c'était vraiment un pays différent.

Le train continuait vers le Sud, au rythme régulier de ses roues, doux et soporifique. Ils passèrent Lyon et le paysage évolua, des courbes verdoyantes de la Bourgogne aux paysages plus âpres du Midi avec des vignobles cramponnés à des flancs de coteaux abrupts et un ciel d'un bleu nettement plus soutenu. Tandis que Cyrus ronflait discrètement, André raconta à Lucy ce qu'il savait de la Provence : une région différente, avec sa langue et la façon impénétrable qu'on y avait de parler le français. Le caractère des gens, chaud, emporté, méditerranéen. La notion du temps, marqué par les saisons plutôt que par les horloges, la ponctualité considérée là-bas comme une étrange obsession des gens du Nord. La beauté désertique de l'arrière-pays, l'ambiance bon enfant des marchés. Les flamants et les cow-boys de Camargue. Et la cuisine : la tapenade et l'estouffade, les truffes et les figues, les fromages de chèvre, l'huile d'olive, l'agneau de Sisteron aux herbes, les calissons d'Aix en forme de losange.

Lucy posa un doigt sur la bouche d'André :

« On croirait entendre un office de tourisme à toi tout seul. Et tu me donnes faim. »

En français et en anglais, le haut-parleur annonça aux voyageurs qu'Avignon était le prochain arrêt et qu'ils auraient précisément deux minutes pour débarquer. Cyrus ouvrit les yeux et secoua la tête.

« Je me suis presque assoupi, dit-il. Nous sommes arrivés ? »

La gare d'Avignon n'est pas l'endroit qu'on choisirait comme introduction à la Provence. Elle vit dans l'attente permanente d'un ravalement et d'une réorganisation, avec des escaliers roulants capricieux et de longues volées de marches qui rendent aussi pénible que possible le transport de lourds bagages. S'ajoute à cela un espace devant la gare qui semble avoir été conçu par un urbaniste particulièrement malveillant et qui aurait la haine des voitures. Le chaos règne partout. Le ton monte fréquemment et l'on voit de temps en temps des conducteurs bloqués et exaspérés brandir mains et bras dans des gestes aussi emphatiques que grossiers.

Paradou les regarda tous les trois pénétrer dans le bureau d'une agence de location de voitures. Il monta alors à l'arrière d'un taxi. Le chauffeur se retourna vers lui, haussant un sourcil interrogateur.

« Attendez un instant, fit Paradou. Je veux que vous suiviez une voiture. »

De la main, le chauffeur désigna le parking :

« Ça n'est pas le choix qui manque, monsieur. Vous avez une couleur préférée ? »

Un comédien. Paradou ne quittait pas des yeux la porte de l'agence de location :

« Je vous dirai quand je l'aurai vue. »

Le chauffeur haussa les épaules :

« C'est vous qui payez. »

Il mit en marche son compteur et se replongea dans son journal.

Dix minutes plus tard, une Renault bleue avec André au volant sortit prudemment du parking des voitures de location.

« Celle-là ! s'écria Paradou. Allez. Ne la perdez pas. »

Les deux voitures s'engagèrent sur le pont de chemin de fer et dans le flot de la circulation, suivant les panneaux indiquant la direction de l'autoroute A7. André conduisait prudemment pour s'habituer peu à peu aux techniques de pilotage locales. Comme toujours, quand il reprenait le volant en France après une absence, il avait douloureusement conscience de la vitesse, des brusques changements de file et de l'inévitable voiture qui semblait fixée à son tuyau d'échappement dans l'attente du moment le plus dangereusement opportun pour le doubler. Ce ne fut qu'après être sorti de l'aéroport d'Avignon et avoir atteint la chaussée plus large de l'autoroute qu'il sentit ses épaules se détendre.

Lucy et Cyrus étaient restés silencieux, tressaillant à chaque menace d'accrochage et aux coups de klaxon indignés.

« Je ne comprends pas ces types, s'étonna Lucy. Pourquoi se précipiter comme ça ? Tu m'avais dit que par ici tout était doux, calme et endormi. »

André freina brutalement pour éviter une petite Citroën qui lui coupait sèchement la voie.

« C'est dans les gènes, Lulu. Tous les Français sont nés avec un pied droit lourd. Profite du paysage. Essaie de ne pas regarder les voitures. »

268

Ils roulaient toujours vers le sud, le taxi de Paradou à bonne distance derrière eux, le soleil de l'après-midi s'apprêtant doucement à faire son plongeon spectaculaire dans la Méditerranée. Même dans le cocon de la voiture, ils sentaient la chaleur extérieure, ils voyaient les collines de calcaire cuites au soleil, qui se découpaient sur le bleu intense du ciel. Puis, en approchant d'Aix, ils aperçurent la masse déchiquetée de la Sainte-Victoire, la montagne qui exerçait sur Cézanne une telle fascination.

Comme ils se glissaient dans la circulation d'Aix, André ouvrit sa vitre et ils sentirent dans l'air un soupçon de fraîcheur, une brise légère apportant les embruns de la somptueuse fontaine au pied du cours Mirabeau.

« Nous voilà, mesdames et messieurs, déclama-t-il, dans la plus belle rue de France. (Ils pénétrèrent sous un long tunnel vert, frais et ombragé, formé par les branches des platanes qui bordaient chaque côté du cours). Voyons, il y a longtemps de ça, je crois me souvenir d'un hôtel... oui, c'est là. Le Nègre-Coste. Qu'est-ce que vous en dites ? »

Paradou les regarda confier les clefs de la voiture au portier de l'hôtel et emporter leurs sacs à l'intérieur. Leur laissant cinq minutes pour s'assurer qu'ils avaient des chambres, il régla le chauffeur de taxi et trouva un banc presque en face de l'hôtel. Il se demandait où il pourrait louer une voiture lorsqu'une sonnerie retentit dans sa poche.

« Paradou ? Où êtes-vous ? fit la voix de Holtz qui semblait faible et lointaine.

– À Aix. Ils viennent de s'installer dans un hôtel il y a cinq minutes.

– Ont-ils retrouvé quelqu'un ? »

Paradou secoua la tête d'un air exaspéré :

« Je ne peux pas voir à travers des murs de pierre. Attendez, ils viennent de ressortir. Rien qu'eux trois.

(Silence tandis qu'il les regardait remonter la rue.) Bon. Ils entrent dans un café. Je vous rappellerai plus tard. »

Paradou constata qu'il y avait beaucoup de monde dans le café. Le service serait lent. Il s'humecta les lèvres en voyant passer un serveur avec un plateau de bières fraîches et dorées et descendit la rue en quête d'une voiture à louer.

Tandis que Cyrus entrait à l'intérieur pour appeler Franzen, Lucy et André examinaient les autres consommateurs à la terrasse des Deux-Garçons : touristes, hommes d'affaires locaux qui soufflaient un peu après une rude journée de travail, étudiants qui soufflaient un peu après n'avoir pratiquement rien fait de la journée. Lucy était fascinée par les étudiantes dont certaines, comme l'avait précisé André, étaient remarquablement jolies. Elles flirtaient, riaient, jouaient de leurs lunettes de soleil et de leurs cigarettes, se levaient sans arrêt pour des embrassades rituelles.

« Ce ne sont pas des étudiantes, remarqua Lucy. Ce sont des embrasseuses en série. Regarde-les.

– Ça fait partie du programme, Lulu. Elles préparent un diplôme d'embrassades. Qu'est-ce que tu veux prendre ? »

Ils commandèrent et observèrent le long et lent cortège toujours changeant qui allait et venait sur le trottoir, les regards des passants croisant nonchalamment ceux des consommateurs installés aux tables du café. André sourit en voyant Lucy : ne voulant rien manquer, elle tournait son visage attentif d'un côté à l'autre comme l'antenne d'un radar. Il lui prit le menton à deux mains et rapprocha du sien le visage de la jeune femme.

« Tu te souviens de moi ? protesta-t-il. Celui avec qui tu es venue ?

– Bonté divine ! s'exclama Cyrus en se plantant devant eux au moment où le serveur arrivait. Ce doit être contagieux. Il y avait dans la cabine téléphonique voisine un couple de jeunes gens absolument collés l'un à l'autre. Ils sont toujours là. Ah! jeunesse. (Il s'assit et prit son verre.) Bon, tout est réglé. Nous retrouvons Nico dans un restaurant qui s'appelle le Fiacre, dans la campagne, à environ une demi-heure d'ici. Il amène quelqu'un qu'il appelle se petite amie. (Il prit une grande gorgée de bière et eut un claquement de lèvres satisfait.) Ça devrait être une soirée intéressante. »

Lucy leva les yeux au ciel :

« Encore une nana. Ça en grouille ici.

– Je pense, ajouta Cyrus, que nous devrions improviser au fur et à mesure. Vous ne trouvez pas? Mais je serais enclin à tout lui raconter. Je crois que maintenant il le faut. »

Ils envisagèrent les différentes possibilités : Franzen avait-il en fait peint le faux Cézanne ? (C'était plus que probable); Holtz et lui étaient-ils de solides associés? (Cyrus en doutait); Franzen connaissait-il Denoyer? Savait-il où s'en était allée la toile originale? Bien des questions et pas de réponses. Au bout du compte, ils convinrent qu'il était temps, comme l'avait dit Cyrus, de dire toute la vérité.

Les premières lueurs violacées du crépuscule transformaient le cours Mirabeau en une caverne lumineuse. Les étudiantes commençaient à quitter le café afin de s'adonner aux occasions de s'instruire qu'offrait la soirée. Des couples déambulaient, bras dessus, bras dessous, s'arrêtant pour regarder les menus affichés à la porte des restaurants. Paradou se leva, frictionna ses fesses endolories et abandonna son banc pour suivre les trois silhouettes qui regagnaient leur hôtel.

« Vous pouvez voir pourquoi le vieux maître l'a peinte si souvent, n'est-ce pas? fit Cyrus. Regardez-moi ça. C'est magique. »

Ils roulaient sur la D17 en direction de l'est, avec la Sainte-Victoire sur leur gauche, son sommet baignant dans les ultimes rayons du couchant, le bas de ses pentes déjà plongé dans l'ombre. Et puis, brusquement, ce fut l'obscurité. Ils n'étaient qu'à quelques kilomètres d'Aix, mais il y avait bien peu de traces d'habitations à part les points lumineux des fermes dans le lointain. Peu de circulation : de temps en temps un tracteur sans éclairage qui rentrait à la ferme en haletant, une voiture qui les croisait à toute vitesse, et deux phares, loin derrière eux, maintenant une distance inhabituelle pour un conducteur français, et qu'on apercevait à peine dans le rétroviseur.

Paradou se renversa sur son siège, les bras appuyés contre le volant. Voilà qui était nettement mieux. Ici, en pleine cambrousse, il aurait sûrement sa chance. Il était tenté de foncer sur eux, de leur faire quitter la route et de terminer le travail avec l'arme qui lui brûlait l'aisselle depuis son départ de Paris : mais la prudence professionnelle l'emportait. Patience, Bruno, patience. Ils n'allaient pas loin, sinon ils auraient emporté leurs bagages. Quand ils s'arrêteraient, ce serait le moment.

« Vous êtes sûr que c'est bien ici, Cyrus ? Ça ne m'a pas l'air d'être un paradis gastronomique, et je sais que Nico aime la bonne cuisine. »

André ralentit pour prendre un virage assez sec.

« Il a dit que c'était indiqué sur le bas-côté de la D17. Regardez : qu'est-ce qu'il y a là-haut ? »

C'était un poteau soutenant un panneau aux lettres rouges, blanches et bleues annonçant : « *LE FIACRE. Le patron mange ici.* » Une flèche désignait sur le côté une petite route à peine plus large qu'un chemin de terre. Cyrus poussa un soupir de soulagement.

André suivit les méandres de la route pendant près d'un kilomètre et ils tombèrent sur une de ces merveilleuses surprises que les Français trouvent toutes naturelles : au milieu de nulle part, un petit restaurant charmant et – à en juger par le parking – populaire. Sur le plan architectural, l'établissement était modeste : un simple bâtiment à deux étages recouvert de ce crépi rose qui souvent dissimule ou maintient ensemble les pierres de la construction originale. Modeste peut-être, mais bien tenu, avec une vigne qui courait sur toute la longueur de la façade, une large terrasse avec des tables et des chaises dominant un jardin éclairé par des projecteurs, planté de cyprès, de lauriers-roses, et un vieil olivier rabougri.

« Pardonnez-moi, Cyrus. (André se gara sur l'une des rares places libres.) Je retire tout ce que j'ai dit. Ça m'a l'air sérieux. »

Quelques têtes se tournèrent en les voyant se diriger vers la terrasse et ils aperçurent Franzen, en grande conversation avec une femme sculpturale vêtue d'une robe grise qui mettait en valeur ses cheveux poivre et sel.

« Nous y voici, dit Cyrus. Croisons les doigts. »

Paradou remonta à pied la route sombre, son sac à la main, ayant abandonné sa voiture sur la D17. Planté dans l'obscurité au bord du jardin, dissimulé derrière un cyprès, il fut déçu par ce qu'il voyait. Trop de gens, trop de lumière. Mais il y avait toujours la voiture. Il s'avança à pas comptés sur le gravier du parking jusqu'au moment où il arriva devant la Renault bleue.

20

Une petite femme ronde et souriante en jean et chemise blanche les accueillit au bord de la terrasse, agitant un menu roulé en cylindre pour les protéger de l'exubérant accueil du chien du restaurant, un terrier aux pattes montées sur ressorts.

« Messieurs-dames, bonsoir, bonsoir. Vous êtes les amis d'Anouk ? (Elle réussit à frapper le chien au vol.) Hercule ! Ça suffit ! Je vous en prie... suivez-moi. »

Elle les guida parmi les tables d'un pas qui la faisait tanguer comme un navire, le terrier bondissant auprès d'elle. Dès que Franzen les aperçut, il se leva, souriant et hochant la tête tout en les présentant à sa compagne.

La beauté d'Anouk n'avait rien de conventionnel, mais c'était assurément une belle femme. Son profil, sous son épaisse chevelure, aurait paru tout à fait à sa place sur une médaille et elle présentait cette peau olivâtre des Méditerranéennes qui semble retenir l'éclat du soleil. Elle avait des yeux sombres, des mains fortes et qu'on devinait compétentes. Ce n'était pas une femme avec qui il s'agissait de plaisanter. L'œil de Cyrus s'alluma en la voyant et machinalement il rajusta son nœud papillon. Maniant avec dextérité une bouteille de rosé, Franzen tout en parlant emplit les verres de chacun :

« Tout est bon ici, mais la pissaladière est exceptionnelle et vous ne trouverez pas de meilleur agneau dans toute la Provence. N'est-ce pas que j'ai raison, chérie ? »

Il s'adressait à elle du ton plein de sollicitude d'un homme encore sur un terrain un peu incertain et qui avançait avec prudence.

« Pas souvent, rétorqua Anouk. Mais dans ce cas, oui. »

Elle parlait anglais avec un fort accent mais beaucoup d'assurance, et son sourire ôtait tout mordant à ses paroles. Elle observait Franzen avec une tendresse soupçonneuse, comme une mère surveillant un enfant encombrant qui n'en fait qu'à sa tête.

On laissa passer sans hâte le prélude au dîner – cette période la plus alléchante de plaisante indécision et d'hésitation où on étudie les menus et où on discute des plats. Il fallut un moment, le temps de vider la première bouteille et de faire venir des renforts, pour que Cyrus estimât qu'on pouvait décemment aborder le sujet qui les occupait.

« Nico, commença-t-il, nous vous devons une explication. »

André commença, conscient de l'attention soutenue que lui accordait Anouk. L'air impassible, elle ne le quittait pas des yeux. Franzen, en revanche, réagissait de façon visible à chaque péripétie : visite d'André à Denoyer, le vol de son matériel, il accueillit tout cela avec un haussement de sourcils très marqué. Là-dessus, Cyrus n'avait pas eu le temps de prendre le relais que les premiers plats arrivèrent : tartes aux olives, aux oignons et aux anchois ; soupière emplie d'un potage aux légumes aux haricots et aux pâtes embaumant le basilic et l'ail ; tapenade, brandade de morue, onctueuse ratatouille : la première salve d'un repas provençal, un des plus délicieux moyens connus de l'homme d'interrompre une conversation.

Entre deux bouchées, Cyrus jetait de temps en temps un coup d'œil à Franzen, en essayant de mesurer

276

l'effet sur lui de ce qu'il avait appris jusque-là. Mais le Hollandais n'avait d'yeux que pour le contenu de son assiette et pour Anouk, passant d'une cuillerée de potage à une bouchée de brandade, comme s'il ne s'agissait que d'une réunion d'amis normale et conviviale. Cyrus espérait que sa bonne humeur survivrait à la série suivante de révélations.

De l'autre côté de la table, André murmurait à l'oreille de Lucy des conseils dont elle n'avait cure sur l'importance de ralentir son rythme et de se réserver pour la suite en pensant aux quatre plats qui allaient arriver. Mais c'était difficile : elle avait un robuste appétit, elle n'avait pas déjeuné, et ces saveurs piquantes et truculentes ne ressemblaient à rien de ce qu'elle avait connu jusque-là. Elle dévorait avec la voracité d'un camionneur le dimanche : c'était une joie de la voir.

Quand on eut débarrassé assiettes et plats dûment saucés, Cyrus inspira profondément et reprit l'histoire là où André l'avait laissée. Quand il en vint à l'arrivée de Holtz à Paris, il y eut une réaction perceptible, non pas de Franzen qui, bien sûr, le savait déjà et se contenta de hocher la tête, mais d'Anouk. Son expression se durcit, elle eut un ricanement méprisant : elle prit son verre et but une longue gorgée comme si le vin pouvait dissiper un goût déplaisant qu'elle avait dans la bouche. Cela encouragea Cyrus à abattre sa dernière carte. Il voulait s'occuper de la vente de la *Femme aux melons*. En version originale.

L'arrivée de l'agneau, bien rose et entouré d'effluves aromatiques, avec des tranches bien craquantes de pommes de terre sautées, octroya à Franzen quelques instants pour ruminer ce qu'il avait entendu. Mais quelques instants seulement. Anouk braqua sur lui un index sévère :

« Alors, Nico. Tu as entendu leur récit. Il serait temps qu'ils entendent le tien. »

La version de Franzen promettait de prendre quelque temps : il s'interrompait régulièrement pour attaquer son agneau. Oui, reconnut-il, c'était lui qui avait peint le faux, même s'il n'avait jamais rencontré Denoyer : Holtz n'avait pas jugé cela nécessaire. Une nouvelle fois, à la mention de ce nom, une grimace écœurée crispa le visage d'Anouk : Cyrus nota en elle une alliée potentielle. Là-dessus, poursuivit Franzen, il s'était passé quelque chose de très curieux : Holtz avait commandé une seconde copie de la même toile, ce que le Hollandais, qui avait pourtant travaillé pendant des années avec des crapules, n'avait encore jamais vu.

Cyrus, tout rayonnant d'innocence, avait l'air de penser tout haut :

« Extraordinaire. Je me demande pour qui ça aurait pu être ? »

Franzen haussa les épaules :

« Dans ma partie, on ne pose pas de questions. Tout ce qu'on m'a dit, c'est que c'était urgent.

– Denoyer ne serait pas ravi s'il savait qu'il y a une autre copie en circulation pendant que Holtz essaie de vendre l'original. (Cyrus eut un claquement de langue désapprobateur.) C'est tout à fait déconcertant... encore qu'il soit bien possible que Holtz compte vendre les deux comme des originaux. (Il remarqua les regards étonnés autour de la table.) Il lui faudrait un couple d'amateurs – deux clients très discrets ne voulant aucune publicité –, mais il n'en manque pas. Pour ma part, j'en connais quelques-uns.

– Vous voulez dire que chacun d'eux s'imaginerait avoir acheté l'original ? (André secoua la tête.) Allons, Cyrus. Ça ne pourrait pas se faire.

– N'en jurez pas, mon cher garçon. Certaines gens – la plupart sans doute – aiment bien faire étalage de ce qu'ils possèdent : mais pour d'autres, cela leur suffit d'avoir en leur possession de superbes toiles, même si elles restent toujours cachées dans un coffre. On dit

278

même que cela ajoute bel et bien à leur plaisir. (Cyrus but une gorgée de vin en regardant Franzen d'un air songeur.) Vous ne sauriez pas par hasard où se trouve l'original, Nico ? »

Franzen regarda Anouk. S'il espérait une indication, il en fut pour ses frais. Elle gardait un visage sans expression et Cyrus savait déjà à quoi s'en tenir quand le Hollandais annonça :

« Je l'ai. Je les ai tous les deux. »

Il hocha la tête et tendit la main vers son verre. Anouk se permit l'esquisse d'un sourire.

Cyrus se carra sur son siège, sans rien dire, tandis qu'on apportait avec la salade un grand plateau de fromages et encore du vin. Il observa le Hollandais occupé maintenant à guider Lucy à travers les mystères des fromages français : chèvre, vache, mouton et le cachat à l'odeur puissante, parfumé au cognac et à l'ail. Cyrus prenait-il ses désirs pour des réalités ou bien Franzen avait-il bien l'air soulagé, comme un homme qui venait de prendre une décision ? Cyrus rassembla ses pensées et se pencha en avant.

« À mon avis, dit-il, il y a deux possibilités. Nous pouvons unir nos forces, aller au cap Ferrat et discuter avec Denoyer : lui parler de la seconde copie, lui rendre l'original et espérer que nous pouvons prendre avec lui un arrangement qui serait profitable pour nous tous. D'après ce que m'a dit André, il me semble être un homme convenable. Il a l'air décidé à vendre son tableau : de cela, je peux m'en charger. La commission sera substantielle, et nous pouvons la partager. (Cyrus eut un grand sourire.) Enfin, si tout se passe conformément au plan, bien sûr. Mais je ne vois aucune raison pour qu'il en soit autrement. »

Franzen s'essuya la bouche et but une gorgée de vin.

« Et la seconde possibilité ?

– Ah ! ça, fit Cyrus. Ce ne sera pas aussi amusant, j'en ai peur. Nous pouvons vous remercier d'un merveilleux dîner, rentrer à New York et vous laisser, M. Holtz et vous, couler des jours heureux et avoir beaucoup d'enfants. »

Il y eut un silence songeur durant lequel une oreille extrêmement fine aurait pu entendre la sonnerie d'un téléphone venant de l'ombre du jardin par-delà la terrasse.

Paradou battit précipitamment en retraite de son poste d'observation derrière le cyprès jusqu'au moment où il s'estima assez loin pour parler.

« Ils sont dans un restaurant à côté d'Aix. Avec le Hollandais. »

Holtz marmonna quelques mots qui lui parurent extrêmement violents dans une langue que Paradou ne comprenait pas. Puis, se maîtrisant, Holtz reprit :

« J'arrive. Où est l'aéroport le plus proche ?

– Marseille. Le temps que vous soyez là, j'aurai peut-être de bonnes nouvelles. J'ai bricolé un peu leur voiture.

– Je ne veux pas qu'il arrive quoi que ce soit au Hollandais. Je vous rappellerai de Marseille. »

On raccrocha. Avec un dernier regard nostalgique aux lumières du restaurant – il avait l'impression de ne pas avoir fait un bon repas depuis des jours –, Paradou redescendit le sentier pour aller attendre dans sa voiture.

Autour de la table, on ne discutait plus, on fêtait l'événement. Franzen, encouragé par quelques hochements de tête et quelques bourrades d'Anouk, avait pris la décision de se ranger dans le camp de Cyrus. Demain matin, ils allaient se retrouver à la maison d'Anouk pour se rendre ensemble au cap Ferrat. Là, Denoyer, impressionné par leur honnêteté, reconnaissant de leur aide, conquis par leur charme, horrifié par le comportement sournois de Holtz, chargerait Cyrus de négocier la vente. Leur bonne humeur, leur optimisme n'étaient pas entièrement le fruit d'une pensée lucide ni d'une analyse raisonnée. Avec le café, Franzen avait insisté pour commander des verres – de petits gobelets, car on était généreux dans ce restaurant – de la réserve personnelle de marc du chef. Pour faciliter la digestion, la distillation très poussée des peaux de raisin pressées apportait certains bienfaits que même de doctes membres du corps médical français avaient dû reconnaître. Mais venant couronner une longue soirée à boire du vin, il n'en fallait pas plus pour amollir les têtes les plus dures.

Ils se séparèrent sur le parking : Anouk et Franzen regagnèrent leur village à moins de deux kilomètres de là, les autres partant dans ce qu'ils espéraient être la direction générale d'Aix.

André roulait doucement, conduisant avec la prudence exagérée d'un homme encore juste assez sobre pour savoir qu'il a les réflexes complètement émoussés par l'alcool. Lucy et Cyrus, après quelques efforts sporadiques pour entretenir la conversation, avaient sombré dans la torpeur. La vitre ouverte et se penchant pour recevoir en plein visage le plus d'air possible, André conduisait toujours, sans prêter attention aux feux de croisement de la voiture loin derrière lui tandis que son regard s'efforçait de percer les ténèbres.

Roulant dans l'obscurité sur des routes inconnues, sans un panneau indicateur et pleines de brusques embranchements et de virages, André sentait grandir dans sa tête embrumée la conviction qu'il s'était perdu. Là-dessus, la vue bénie d'un panneau bleu et blanc annonçant l'A7 vint le sauver. Une fois sur l'autoroute, il n'était qu'à quelques minutes d'Aix.

Il s'engagea sur la bretelle d'accès, remontant sa vitre en accélérant pour suivre la circulation clairsemée : essentiellement des camions roulant de nuit vers Paris avec leur cargaison de produits arrachés à la tiède terre du Midi. Impatient d'être de retour à l'hôtel, luttant contre la lourdeur de ses paupières, il cligna avec force une douzaine de fois pour mieux accommoder, puis il déboîta pour doubler un camion frigorifique espagnol avec sa remorque. Il était tard, le chauffeur du camion était négligent : il aurait dû jeter un coup d'œil dans son rétroviseur avant de changer de file. Avec l'horrible lucidité qui précède toujours un accident, André vit le nom inscrit à l'arrière du camion, l'alignement des feux de position, les pare-boue poussiéreux, l'autocollant *Viva Real Madrid*, les sillons des pneus : il vit tout, tout cela dans la fraction de seconde qu'il lui fallut pour freiner à mort. Et il vit tout cela en gros plan quand la pédale soudain ne lui offrit aucune résistance : le câble avait cédé.

Il donna un coup de volant sur la gauche, entraînant la voiture sur la bande de gazon et à travers la haie de lauriers-roses qui divisait en deux la chaussée de l'autoroute, il traversa les trois voies, enfonça la barrière du côté opposé et dévala la pente juste derrière, fonçant à travers buissons, rochers et branchages jusqu'au moment où dans un dernier hurlement de métal torturé et dans un fracas de verre brisé, la voiture vint s'arrêter contre un pin. Par on ne sait quel miracle, le moteur tournait toujours. André tendit le bras et tourna la clef d'une main qui tremblait contre la colonne de direction.

Ça se présentait bien, se dit Paradou. Ça se présentait très bien. Ç'aurait été parfait s'ils avaient heurté un camion roulant en sens inverse quand ils avaient traversé la route, mais ça ferait l'affaire. Il s'en allait maintenant faire le compte des victimes. Il guetta la prochaine sortie de façon à pouvoir revenir jusqu'à la voiture accidentée.

Il n'y a rien de tel que d'avoir frôlé la mort pour dissiper les fumées de l'alcool et ce furent trois personnages brusquement dégrisés qui gravirent le talus pour revenir sur le bas-côté.

« Vous pouvez traverser pour passer de l'autre côté ? On fera du stop jusqu'à Aix. »

Une pause dans la circulation, une décharge d'adrénaline, un sprint sur ce qui leur parut un demi-kilomètre de chaussée et ils se retrouvèrent du côté opposé, en proie à la nausée et aux frissons de la réaction. Planté au bord de la voie d'urgence, André levait un pouce tremblant mais plein d'espoir vers un camion qui approchait. Le véhicule passa sans ralentir. Il en alla de même du suivant et de la demi-douzaine qui suivirent.

« Ça ne va pas marcher, dit Lucy. Vous deux, mettez-vous là-bas, hors de vue. Montrez-vous quand je sifflerai. »

Pendant que les deux hommes attendaient dans l'obscurité au pied du talus, elle défit les premiers boutons de son corsage, releva une jupe déjà courte et fit face aux phares qui approchaient avec un sourire et une main levée. Presque aussitôt, la galanterie française arriva à la rescousse dans un grand sifflement de freins hydrauliques.

Le chauffeur du camion ouvrit la portière du côté passager et toisa Lucy avec une lueur d'admiration dans le regard. Avec un clin d'œil, elle rajusta la bretelle de son soutien-gorge.

« Aix ?

– Paris, si vous voulez, chérie.

– Sensas. »

Son coup de sifflet et l'apparition instantanée de Cyrus et d'André ne laissèrent pas le temps au routier de refermer la portière. Quelques billets de cent francs fourrés dans sa main l'aidèrent à surmonter sa déception, le récit que fit André de la défaillance des freins et de l'accident qui s'en était suivi éveillèrent même chez lui une vague compassion – suffisante en tout cas pour lui faire quitter l'autoroute afin de les déposer près du centre de la ville. Ils étaient de retour à leur hôtel quand Paradou, pistolet à la main, battait encore les buissons autour du lieu de l'accident.

Holtz et Camilla étaient murés chacun dans un silence hostile. La discussion avait commencé au Ritz, elle s'était poursuivie dans la voiture et elle couvait maintenant à l'arrière de l'avion qui, par le dernier vol de la journée, les emmenait vers Marseille. Elle était folle de rage qu'il l'ait traînée de Paris simplement – comme elle le savait pertinemment et comme il ne se donnait même pas la peine de le nier – pour lui servir éventuellement de chauffeur et de bonne à tout faire. C'était vraiment désagréable et, à n'en pas douter, cela ne ferait qu'empirer quand ils auraient passé la nuit dans un abominable petit hôtel d'aéroport sans aucun confort, avec Rudi d'une humeur exécrable et elle qui n'aurait absolument rien à se mettre demain tant ils étaient partis précipitamment.

L'hôtel était aussi épouvantable qu'elle l'avait prévu et l'humeur de Camilla ne s'arrangea pas devant l'air entendu et sournois de l'employé de la réception quand il les vit arriver sans bagages. Il leur lança un regard paillard. Littéralement paillard. Comme si un couple sain d'esprit allait choisir l'aéroport de Marseille pour un rendez-vous d'amour. Tout cela était d'un sordide qui dépassait les mots.

Holtz s'était dirigé droit vers le téléphone de leur chambre et il était lancé dans une longue conversation qui de toute évidence ne lui apportait aucune satisfaction. Devant son visage maussade, Camilla alla s'enfermer dans la salle de bains et se fit couler un bain en espérant que quand elle en aurait terminé il dormirait.

L'humeur le lendemain matin n'était toujours pas à la fête. Ils étaient partis de bonne heure : un taxi les avait conduits à Aix pour retrouver Paradou et ils étaient maintenant tous les trois dans sa voiture sur le cours Mirabeau, juste en face de l'entrée de l'hôtel Nègre-Coste.

« Vous êtes sûr qu'ils sont toujours là ? »

Paradou tourna un œil congestionné vers Holtz assis à l'arrière avec Camilla :

« J'ai vérifié à la réception hier soir. Ils sont revenus, Dieu sait comment. Je n'ai pas bougé d'ici depuis. »

Le silence retomba dans la voiture. La beauté de la rue verdoyante et ombragée sous le soleil matinal, les taches de lumière sur les tentes des cafés, les charmants spectacles et les rumeurs d'une ville en train de s'éveiller : rien de tout cela ne parvenait à apaiser la mauvaise humeur de Camilla, l'anxiété nerveuse de Holtz ni la déception qui commençait à ronger Paradou. Ce qu'il voulait, c'étaient quelques minutes de franche violence qui mettraient un terme à toute cette histoire. Il palpait sous son bras les croisillons de la crosse de son pistolet. La troisième tentative serait la bonne et cette fois il tirerait à bout portant de façon à les voir s'écrouler. Il bâilla et alluma une cigarette.

À cinquante mètres de là, dans un calme qui ne lui était pas coutumier, un trio prenait le café à l'hôtel. La combinaison du choc et de l'alcool leur avait fait passer à tous trois une nuit d'un sommeil profond presque comme s'ils avaient pris un somnifère, mais maintenant qu'ils reprenaient conscience, il leur fallait bien envisager la possibilité que ce n'était peut-être pas par accident qu'ils avaient embouti un arbre. Une fois de plus Cyrus avait proposé de continuer seul, et une nouvelle fois André et Lucy n'avaient rien voulu savoir. Tout ce qu'ils avaient à faire, après tout, c'était d'aller au cap Ferrat – mais pas dans une autre voiture de location. Ils décidèrent de prendre un taxi jusqu'à la maison des Crottins et de continuer ensemble avec Franzen.

C'est ainsi que, le soleil maintenant haut dans le ciel, ils quittèrent Aix, leur moral commençant à remonter dans le paysage paisible et serein de la petite route qui court parallèlement à la Sainte-Victoire. Baignée par la lumière du matin, la montagne n'avait plus rien de mystérieux ni de sinistre. Des camionnettes et des tracteurs s'affairaient sur les chemins de terre entre les vignobles, des pies sautillaient et se chamaillaient sur le bord, quelques nuages très haut passaient dans la grande étendue bleue du ciel : encore une journée magnifique, comme d'habitude.

Le taxi arriva à un embranchement et s'engagea dans le raidillon qui conduisait aux Crottins, le chauffeur maudissant les deux chiens du village qui montaient la garde et se précipitaient pour chercher à mordre ses pneus.

« C'est la maison avec les volets bleus, dit André. Là-bas, tout au bout, avec la Citroën devant. »

Le chauffeur eut un nouveau grognement en constatant que la voiture de Franzen ne lui permettait pas de faire demi-tour et qu'il devrait redescendre la rue en marche arrière. Ces villages étaient bâtis pour des ânes. Quelque peu apaisé par le pourboire, il daigna marmonner un adieu quand ses passagers débarquèrent, et mit le taxi en marche arrière.

Sans leur laisser le temps de frapper, Franzen vint leur ouvrir la porte :

« Salut, mes amis. Entrez, entrez. »

Il échangea des poignées de main avec les hommes, embrassa Lucy sur les deux joues en la balayant de ses moustaches, puis les fit entrer dans une pièce basse de plafond qui s'étendait sur toute la largeur de la maison, en expliquant qu'Anouk, qui n'était pas matinale, leur souhaitait bon voyage et espérait les revoir bientôt.

« Mais avant de partir, ajouta-t-il, j'ai pensé que ça pourrait vous amuser de voir ceci. (D'un geste nonchalant, il désigna la cheminée.) La lumière n'est pas très

286

bonne, j'en conviens, mais il faudrait avoir une rude-
ment bonne vue pour repérer la différence, même côte
à côte. Hein, Cyrus ? »

Sur le dessus de la cheminée, dominant l'âtre, la
Femme aux melons de Cézanne et sa sœur jumelle les
contemplaient, placides, belles et apparemment iden-
tiques. Cyrus s'approcha en secouant la tête :

« Vraiment, Nico, je vous félicite. C'est tout à fait,
tout à fait extraordinaire. Dites-moi un secret :
combien ça vous prend de temps de...

– Cyrus ! »

Ayant entendu le bruit d'un moteur, André avait
jeté un coup d'œil par la fenêtre : il apercevait un
homme trapu, aux cheveux coupés en brosse et avec
des lunettes noires qui sortait d'une Renault blanche,
sa main plongeant dans son veston tandis qu'il traversait la rue.

« Quelqu'un vient, expliqua-t-il. (Et, un instant plus
tard :) Seigneur ! Il est armé. »

Ils restèrent pétrifiés comme quatre statues
jusqu'au moment où des coups réguliers et insistants
frappés à la porte les tirèrent de leur torpeur.

« Par la cuisine, chuchota Franzen. Il y a une porte
de service. (Il prit les toiles sur la cheminée, les fit sortir de la maison et traverser un petit jardin entouré de
hauts murs dont la grille donnait sur une ruelle.) Ma
voiture est juste au coin.

– En effet, dit Cyrus. Tout comme notre ami avec
son pistolet.

– Un instant. (André désigna les toiles sous le bras
de Franzen.) C'est ça qui l'intéresse. Forcément. Nico,
donnez-m'en une ; l'autre à Cyrus. Prenez vos clefs de
voiture à la main. Lulu, viens derrière moi. Nico, derrière Cyrus. Restez groupés et tout ira bien. Personne
n'a envie d'un Cézanne lacéré par des balles. »

Paradou s'était écarté de la porte pour regarder par
la fenêtre : ce fut seulement en entendant Holtz crier

du fond de la voiture qu'il se retourna pour voir deux tableaux qui tournaient le coin de la maison, chacun équipé de quatre jambes. Des comédiens : le monde en était plein. Il secoua la tête et braqua son arme.

Il y eut un cri d'angoisse de Holtz qui avait passé la tête et les épaules par la vitre arrière de la voiture :

« Non ! Non ! Au nom du ciel, ne tirez pas ! Franzen... Nico... Nous pouvons discuter. Écoutez-moi. Tout ça était un malentendu. Je peux vous expliquer... »

Franzen, toujours protégé par Cyrus et par le tableau, ouvrit la portière de la Citroën et mit le moteur en marche. Lucy et André se glissèrent sur la banquette arrière. Cyrus vint rejoindre Franzen à l'avant : la Citroën descendit la rue, passant si près de Holtz qu'André aperçut un peu de bave sur ses lèvres et, derrière lui, la tache pâle du visage de Camilla.

« Il est obligé de repartir à reculons, observa Franzen. Ça nous donne quelques minutes d'avance. »

André regarda par la lunette arrière et vit Paradou monter dans la Renault.

« Prenez l'autoroute, suggéra-t-il. Il y aura plus de circulation. Où peut-on la rejoindre ?

– Pas avant Saint-Maximin. (La grosse voiture fit une embardée dans un virage.) Vous croyez qu'ils vont nous suivre ? »

Cyrus regarda la toile posée sur ses genoux :

« Pour trente millions de dollars ? Ils nous suivront. »

Ils restèrent silencieux tandis que Franzen atteignait la Nationale 7. Là, il poussa la voiture à fond sur une section de route toute droite et plate : si droite et si plate, si dénuée de virages et de cachettes qu'il ne pouvait rien faire d'autre que de conduire au klaxon en espérant que tout irait bien tandis que Lucy et André surveillaient la route par la lunette arrière. Une demi-heure s'écoula, aussi paisible que peut l'être une demi-heure passée à rouler à toute vitesse sur une des routes les plus redoutables de France. La tension dans la Citroën commença à se dissiper lorsqu'ils quittèrent la Nationale 7 pour prendre la bretelle d'accès à l'autoroute.

Franzen s'arrêta derrière une file de voitures attendant de franchir le péage et il poussa un énorme soupir de soulagement qui sembla vider tout l'air qu'il avait dans ses poumons. Il se tourna vers Cyrus avec un grand sourire.

« Je pense que désormais je vais m'en tenir aux faux. Je ne voudrais pas recommencer ça. Tout le monde va bien ? Pas de crise cardiaque ?

– Ce que j'aimerais savoir, commenta André, c'est qui était ce type avec...

– André ? fit Lucy d'une toute petite voix. Il est là-bas. »

Leurs regards suivirent la direction que Lucy indiquait de la tête. Dans la file voisine, s'avançant vers le péage, se trouvait la Renault blanche. Paradou les dévisageait. Il souriait.

« Rudi, c'est ridicule. (Camilla se sentait brisée, absolument brisée, même si elle avait passé la demi-heure précédente les yeux fermés.) Enfin, c'est insensé... je veux dire, ces armes. Et...

– Tais-toi, femme. Paradou, qu'est-ce que vous en pensez ?

– L'autoroute, ce n'est pas bon pour nous, mais ils ne peuvent pas rester indéfiniment sur l'autoroute. Nous n'avons qu'à les suivre et attendre. »

Camilla fit une nouvelle tentative :
« Et s'ils allaient trouver la police ?

– Ils ont dans la voiture une peinture volée et un faux, rétorqua Holtz. Je cherche à récupérer mon bien. Peu m'importe qu'ils aillent trouver la police, mais ils ne le feront pas. Vous avez raison, Paradou. Suivez-les. »

289

Ils les suivirent donc : passant par Brignoles, Fréjus, Cannes, Antibes, jamais à plus de deux ou trois voitures derrière. Blottie dans le coin, Camilla aurait voulu retrouver la sécurité de New York. Holtz envisageait les diverses éventualités : à leur place, il se dirigerait vers l'Italie, ferait un crochet par la Suisse et porterait la toile à l'homme de Zurich. Pine saurait où aller. Mais c'était un long trajet. Ils devraient s'arrêter pour reprendre de l'essence. La nuit finirait par tomber. Paradou aurait sa chance. Au cours d'une longue carrière d'escroc, Holtz avait appris la valeur de la patience. Tôt ou tard, tous les gens finissaient par commettre une erreur.

Il y a une limite à la dose d'angoisse que l'organisme humain est capable de subir avant de s'ajuster, de cesser de s'affoler et de retrouver une sorte de pensée logique. Au cours des deux dernières heures, les occupants de la Citroën de Franzen avaient opéré cette adaptation, mais le cap Ferrat se rapprochait et la Renault blanche continuait à les suivre, tantôt sur une voie tantôt sur une autre, toujours là dans le rétroviseur.

Ce fut André qui suggéra un crochet par l'aéroport de Nice.

« D'abord, ça grouille toujours de voitures. Nous pourrions avoir une chance de les semer. Et puis, quand ils vont nous voir emprunter cette sortie, ils vont s'imaginer que nous prenons un avion. Nous allons entrer dans un des parkings, traverser jusqu'à l'autre côté et ressortir. »

Franzen acquiesça, ses mains se crispant sur le volant.

« Bon Dieu ! fit Holtz. Ils vont prendre un avion. »

Paradou faisait de son mieux pour ne pas perdre de vue la Citroën bleue qui se mêlait au flot de voitures

290

déferlant par le labyrinthe des routes d'accès à l'aéroport. Gêné par un car qui déboîtait devant eux, il perdit deux précieuses minutes et, lorsque la route se dégagea, la Citroën avait disparu.

« Allez droit au terminal », ordonna Holtz.

Mais, comme ils ne tardèrent pas à le découvrir, l'aéroport de Nice possède deux terminaux, à une certaine distance l'un de l'autre. Laissant Camilla et Holtz dans la voiture devant l'un d'eux, Paradou se précipita en courant jusqu'à l'autre pour être récompensé par le spectacle de l'arrière de la Citroën de Franzen qui déboulait du parking et qui prenait la sortie marquée *Toutes directions.*

En nage, fou de colère, hors d'haleine, il revint jusqu'à la Renault pour la trouver entourée d'un groupe de chauffeurs de taxi : des chauffeurs volubiles et gesticulant qui interpellaient les deux personnages blottis sur la banquette arrière en leur intimant l'ordre d'ôter leur putain de voiture de cet endroit où il était interdit de stationner, où l'on empiétait sur le droit divin des chauffeurs de taxi d'utiliser toutes les places de stationnement devant le terminal. Il se fraya un chemin sans trop de douceur et remonta dans la voiture.

« Les salauds nous ont roulés, rugit-il. Je les ai vus filer. »

André regarda les voitures derrière eux sur la Promenade des Anglais. Une sur deux semblait être la Renault blanche.

« Je n'en jurerais pas, dit-il. Mais je sais qu'ils n'étaient pas derrière nous quand nous sommes sortis de l'aéroport. Je crois que nous sommes tirés d'affaire. »

Franzen poussa un gémissement. Cyrus garda le silence, repassant dans sa tête ce qu'il allait dire à Denoyer. André et Lucy continuaient à surveiller la route par la lunette arrière : les panneaux indiquant

Villefranche et Saint-Jean apparurent et la Citroën descendit vers la mer.

Denoyer fit un geste d'adieu à sa femme, ravi d'avoir l'après-midi pour lui tandis que Claude et elle s'en allaient à Nice. Les années précédentes, il avait toujours adoré ces premiers jours où il revenait au cap Ferrat : le calme avant l'arrivée des invités de l'été, le jardin avec ses pins et ses cyprès offrant un spectacle si paisible après l'extravagante végétation des Bahamas, le goût différent de la mer, les plaisirs de sa cave et de sa bibliothèque. Il y avait largement de quoi faire le bonheur d'un homme. Cette année, ce n'était pas tout à fait pareil. Il avait beau essayer de croire aux paroles rassurantes de Rudolph Holtz la dernière fois qu'ils s'étaient parlé, le Cézanne n'était jamais bien loin de son esprit et l'absence d'information depuis quelques jours était inquiétante. Dès demain, il allait rappeler Holtz – non, il allait lui téléphoner maintenant. Il aurait sûrement des nouvelles.

Il était au milieu du vestibule lorsqu'il entendit sonner à la porte.

« Monsieur Denoyer, fit une voix inconnue dans l'interphone. Livraison. »

Encore quelque chose que Catherine avait commandé. Durant les premiers jours qui suivaient leur retour, c'était toujours un livreur après l'autre. Denoyer pressa le bouton qui commandait l'ouverture de la grille et vint se planter sur le pas de la porte.

La Renault blanche était garée sur un des parkings de l'aéroport, à cuire au soleil : une situation qui ne faisait rien pour calmer les tempéraments déjà surchauffés à l'intérieur de la voiture. Camilla boudait : elle en avait par-dessus la tête de Rudi, de Paradou, de ces horribles petites voitures, de la France et de toutes ces fausses pistes. La solution qu'elle proposait – aller à pied jusqu'au terminal et prendre le premier vol pour Paris – avait, comme on pouvait le prévoir, provoqué chez Holtz une réaction cinglante. Assise maintenant les lèvres serrées, elle contemplait avec écœurement les filets de transpiration qui ruisselaient sur le cou épais de Paradou. Holtz marmonnait : il pensait tout haut.

« Ça pourrait être ça, finit-il par dire. Ils s'imaginent qu'ils peuvent faire la vente tout seuls : ils pourraient bien conclure un marché. De toute façon, nous n'avons pas d'autre piste. Paradou ? Le cap Ferrat, aussi vite que vous le pouvez. (Camilla recula en voyant Holtz se tourner soudain vers elle.) Tu sais où est la maison de Denoyer, n'est-ce pas ? Tu as passé assez de temps là-bas.

– Qu'est-ce que tu vas lui dire ? »

Mais Holtz était déjà loin, son imagination travaillant fébrilement sur une mise en scène impliquant le vol du tableau par Franzen, son double jeu et sa fourberie ainsi que son propre rôle de sauveur de la dernière minute.

Ç'avait été pour Denoyer une demi-heure qui l'avait laissé abasourdi, et presque en état de choc tandis qu'il s'efforçait d'assimiler les détails que tour à tour Cyrus et André évoquaient pour lui. Pendant qu'ils parlaient, son regard ne cessait de revenir aux deux toiles appuyées contre un fauteuil. Quoique ces gens aient pu faire d'autre, songeait-il, du moins lui avaient-ils rapporté son Cézanne. Et c'était la preuve d'une certaine honnêteté. Pouvait-il les croire ? Pouvait-il leur faire confiance ? Y était-il contraint maintenant qu'il avait récupéré le tableau ?

« Il va sans dire, poursuivit Cyrus, que vous pouvez fort bien vouloir ne plus rien avoir à faire avec nous (regard affligé), mais si vous décidez quand même de vendre, je crois pouvoir vous promettre la plus entière discrétion et, bien entendu, je me ferai un plaisir de vous fournir toutes les références que vous pourrez demander. »

Denoyer examina les quatre visages attentifs qui l'entouraient, puis son regard revint aux deux toiles – le faussaire avait vraiment fait un travail extraordinaire – et il haussa les épaules.

« Vous ne vous attendez pas à une décision immédiate ? »

Bien sûr que si, songea Cyrus.

« Bien sûr que non », déclara-t-il.

La sonnerie retentit dans le vestibule et Denoyer les pria de l'excuser. Il avait l'air surpris quand il vint les rejoindre.

« Quelqu'un qui prétend être Rudolph Holtz, annonça-il. Je n'ai pas ouvert la grille. »

Par la fenêtre ouverte, ils entendirent le claquement de deux détonations se succédant rapidement, puis une troisième.

« Je crois qu'il est en train de l'ouvrir tout seul, dit André. Est-ce qu'il y a une autre sortie ? »

Denoyer jeta un coup d'œil par la fenêtre. Au bout de l'allée, quelqu'un donnait des coups de pied dans les barreaux de la grille.

« Venez avec moi. »

S'emparant des toiles, il les entraîna par l'arrière de la maison, leur fit traverser une terrasse, puis les guida jusqu'à l'entrée d'un tunnel donnant sur le ponton.

« Il faut que j'appelle la police, s'indigna-t-il, c'est scandaleux. »

Camilla tressaillit en entendant cet affreux bonhomme vider tout un chargeur sur la grille. Elle le sentait : elle était au bord d'une migraine carabinée.

« Rudi ! Rudi ! Fais-le cesser ! On est au cap Ferrat, Bonté divine ! »

Sans se soucier d'elle, Holtz regardait Paradou donner un coup de pied dans la serrure. Le Français secoua la tête :

« Voulez-vous que j'essaie de l'enfoncer avec la voiture ? »

Holtz se mordillait la lèvre : il regardait par les barreaux en essayant d'accepter l'idée que c'était trop tard. En ce moment même Denoyer devait être en train d'appeler la police et il n'y avait qu'un seul chemin pour repartir : celui par lequel ils étaient arrivés. Il était temps de filer : il ne pouvait pas courir le risque de se faire prendre. Il comprit qu'il n'allait pas mettre la main sur le tableau : pas ici, en tout cas. Mais Pine rentrerait à New York et, une fois à New York... Un mouvement au loin par-delà les arbres... Holtz cligna des yeux dans le soleil : il vit une petite forme se déplacer sur le sombre miroir de la mer, laissant derrière elle une longue traînée blanche qui partait en droite ligne du pied de la maison. Il s'écarta de la grille :

« Laissez tomber. Conduisez-moi à l'aéroport. »

Ils retinrent tous leur souffle jusqu'au moment où le canot, dangereusement bas sur l'eau avec cinq personnes à bord, se trouva à près de cent mètres de la rive. Lucy relâcha son étreinte sur la main d'André.

« Ça m'ennuie de te dire ça, s'excusa-t-elle, mais si je ne pense pas à autre chose, j'ai le mal de mer. »

André la regarda en souriant. Il n'avait jamais vu un visage moins proche du mal de mer.

« Est-ce que la perspective d'une autre semaine à Paris pourrait te faire penser à autre chose ?

– Ça aiderait. (Elle leva la main pour essuyer les embruns sur son visage.) Deux semaines feraient sûrement l'affaire. »

Denoyer diminua les gaz pour réduire la vitesse et se retourna pour regarder sa maison.

« Scandaleux, répéta-t-il. Des armes ! Des gangsters au cap Ferrat ! C'est honteux. Monsieur Pine, je peux vous dire une chose. Nous allons directement trouver la police de Saint-Jean et, après cela, plus question de jamais faire affaire avec Holtz. (Il sourit à Cyrus qui protégeait les deux toiles à l'aide de sa veste.) Naturellement, je serais de bien meilleure humeur s'il y avait un faux de moins au monde.

– Certes, approuva Cyrus. Absolument. Je comprends parfaitement votre point de vue. Nico? »

Le Hollandais soupira. Il se pencha vers Cyrus et choisit une toile. Il l'approcha de son visage, y posa un baiser et, d'un grand geste qui menaça de faire chavirer l'embarcation, la lança par-dessus son épaule. Elle se posa à plat sur l'eau et resta à flotter doucement à la surface, la « femme aux melons » contemplant le ciel tandis que l'eau déferlait sur son visage.

« J'espère, Seigneur, que c'était la bonne », dit Cyrus.

Mais il le dit tout bas.

Peter Mayle est britannique, ancien publicitaire, il fuit New York et Londres pour venir en France et écrire. Il s'installe en Provence avec sa femme, trois chiens, quelques maçons et un certain nombre d'amis qui passent toujours « par là ». *Une année en Provence* a fait le tour du monde et a connu en France un succès sans précédent.

S.N. FIRMIN-DIDOT AU MESNIL-SUR-L'ESTRÉE.
DÉPÔT LÉGAL : AVRIL 2000. N° 50251 (22604).

Collection Points

DERNIERS TITRES PARUS